河出文庫

夏至遺文
トレドの葵

塚本邦雄

河出書房新社

目次

夏至遺文

トレドの葵

夏至遺文

禽

隣家の少女が朝から泣いてゐる。ここ一時間ばかり間歇《かんけつ》的に咽喉《のど》を痙攣させるやうな執拗《しつえう》な泣き方で知らぬ人が聞いたら三十がらみの母親の方がヒステリーの発作でも起したと思ふだらう。それでなくても黴雨《つゆ》の入り、門前の紫陽花《あぢさゐ》が今年は二十余り花をつけ雨の絶間には花とも思へぬ腥《なまぐさ》い臭ひを漂はせ宿酔《ふつかゑひ》の頭がくらくらする。

「あなたは夜中《よなか》に帰つて来たから知らないけどあれ昨日の夕方からなのよ。あまり凄じい泣き方なので到来物の山独活《やまうど》のお裾分けかたがた覗いてみたらねえ、何でもあの子が友達に貰つて来た鴉《からす》の雛が昨日の昼死んだんですつて。あの子の留守中に。それだけならああも泣かないんだけど、お父さんかお母さんが殺したに決つてると言ひ張つて宥《なだ》めようが賺《す》かさうが頑として受けつけずに泣き通し」

まるで『マルドロールの歌』のマルグリット姉妹の挿話を一捻《ひとひね》りしたやうな経緯《いきさつ》であ

る。たしか隣のマルグリットならぬ蒔子《まきこ》は十一歳、鴉を飼ふには雑穀の他に蛙や芋虫の類の生餌《なまゑ》が要るはずだが、世話をしきれるつもりで貰つたのだらうか。物珍しさだけの出来心なら慰んで殺すのが落ち、昨日死なうと一箇月先であらうと結果は同じと思ふのは大人の生悟《なまざと》りで、少女にとつては生木を割《さ》かれたやうな口惜しさなのだらう。それにしてもあの泣き方は異常だ。

「代りに文鳥か四十雀《しじふから》を買つてやると言つても駄目なんですつて。鴉なんて売つてやしないしあの子もいい加減に諦めればいいのに。第一あんな鳥が育つて隣で朝つぱらから啼いてごらんなさい。大概迷惑よ。死んだのか殺したのか知らないけど私は大助かり」

隣家は夫婦共にルナ化粧品のセールスをここ三年ばかり続けてゐて日曜以外は留守、ただ妻君の方は夕方五時頃にはかならず帰つてをり大きな声ではものも言はぬ地味な性質《たち》である。私事、殊《こと》に過去に関しては一切喋らず隣合つて五年になるがただの一度も打解けたことがないと言ふ。それも潔い生き方、他人の身辺を覗《うかが》ふことだけが生甲斐のやうな向《むか》う三軒の女共は少し見習ふがよからう。

泣き声はその後二日ばかり断続して聞えたが三日目にぴたりと止《や》んだ。紫陽花が青から錫《すず》色に変り三日続いた雨が上つた。

「あなた、一寸《ちよつと》来て！　お隣の玄関脇に鴉がゐるのよ。あれ以来用事もないし覗きもしなかつたんだけど、先午後《さつき》からの断水を知らせに行つたら表は鍵がかかつたままらしいの。新聞は門柱の横のポストに四、五日分溜つてるわ。鴉に突《つつ》かれると厭だからそのまま帰つて来たものの何だか気になる。夜逃げしたんぢやないか知ら」

夜顔の蔓が巻きついた表の木戸を押開けて入つた。よく見ると鴉は剝製、それも腸も十分抜かず紙屑や綿を詰め込んだらしく近寄ると蠅がわつと飛び立つ。腥い臭ひがあたりに立ちこめて思はず鼻を覆つた。ふと見ると下に小さなナイフが一挺《いつちやう》落ちてゐる。私は妻を促して外へ出た。屍臭は家の中からも洩れはじめてゐる。

受難

「お前さん、早く箒《はうき》を掛ける釘を打つておくれよ。家《や》移りして来たばかりで勝手が悪いつたらありやしない。その次は行灯《あんどん》の破れの継張《つぎは》り、それが済んだら鼠捕《ねずみと》りしかけとくんだよ。なにさ、煙管《キセル》の掃除に半刻《はんとき》も潰して、全く役立たずにもほどがある。さあ早く、早く」

女房のお留加《るか》に尻たたかれて、能無しの宿六の油駄八《ゆだはち》は、五寸釘がんがんやけに打ちこみ、さて気がつくと釘は薄い壁突破つて背中合せの隣家に抜けた気配、とんだことをと大慌てで金槌《かなづち》片手に家を飛出した。

棟割長屋《むねわりながや》三十六軒、十八軒宛《づつ》の背中合せ、端《はし》が別棟で門も構へた大家の萱葉《かやば》の隠居、六十に手が届かうといふ今日まで無妻でとほし、このごろは南蛮渡りの暹羅猫《シャムねこ》と流行の万年青《おもと》を可愛がつてゐる結構な身分で弁慶もどきの大男、斑入《ふいり》の葉を筆で手入れしながら奔《はし》る油駄八をちらりと横目で見たが、同じ能無しでも熊や八とは大違ひ、目尻はやや下つてゐるが色白の優男、われも昔は衆道《しゆだう》好きの、もう十も若かつたらこの筆の穂尖《ほさき》に丁香《ちやうかう》塗つて、とろろあふひの一夜の逢瀬、かう後から手を取つてとのばした腕に、牡猫の苫酢《とます》が妬いて噛みつき、その拍子に万年青の鉢がひつくりかへつた。

　春の彼岸が目近《まぢか》といふのに朝から冷えてひどい霧、手さぐりするやうに角を曲つて、さてわが家の裏隣はあの見当と、ちびた雪駄《せつた》をひきずつてまた一走り、霧はますます濃くなつて、とんとお梶が驚いた反魂香《はんごんかう》の煙さながら、ここと思ふ家の表をどんどん叩くと、白い女の顔がふいと覗き、見れば亜麻色の髪の異国の風体、さういへば扉も石造りで何とも知れぬ蔦葛《つたかづら》が絡みつき、女の後から覗く顔《かほ》、貌、面《つら》、みな奥目の鷲鼻で紫の髯、和蘭陀《オランダ》万歳《まんざい》の楽屋がこんなところにあつたのかと、魂消《たまげ》果てて立往生、「御勘弁なすつて。とつと粗忽《そこつ》の五寸釘一本、箒掛にと打つたのがものの弾《はづ》みでこちらさんの壁まで突抜けた様子、どの辺に尖《さき》が出たやらと伺ひに」

　みなまで言はせず、進みでた屈強の若者が青い眼を緑に光らせて油駄八の腕むづと摑み、奥へ引立てると、続く十二、三人、前後左右からとりかこみ、憎しみに炎《も》える眼でうなづきあひ、あれ見よと正面の柱の方へ油駄八の顎をこぢあげた。

　柱は柱でも上に一本さしわたした横木のあるT十字架、そこに縛りつけられた青年一人、渦巻く髪が額に垂れ、両掌に打込まれた犬釘で身の重さを支へ、ゆらりと架けられて断末魔、蒼紫に渇いた唇の間から泡を噴き、腰を覆つた麻布は失禁で濡れたみじめなありさまながら、下から見上げればはつとするやうな美男。ところがその胸の中央に、鋭い釘の尖端がこちら向いて飛出し、そこから迸《ほとばし》る血潮が鳩尾《みぞおち》から臍《へそ》を伝つて件《くだん》の腰布を蘇枋《すはう》色に染めてゐる。さてはわれとわが手で突刺した五寸釘が、あらうことかこの青年の胸貫いたかと、おのが仕業《しわざ》の恐ろしさに動転、わなわなとふるへながら後退《あとずさ》り、逃げようと身をひるがへすところを逞しい両手でがつと抱きとめられ、男は羽交《はがひ》締めにしたまま十字架に引立てる。あ、と言ふ暇に十字架の青年と相擁《あひいだ》くかたちに麻縄でぐるぐる纏《ま》きに縛られて、けぶる口ひげが油駄八のもみあげを擽《くすぐ》り、死に近い生温い体温と小刻みの痙攣が、前はだかつた盲縞《めくらじま》の袷《あはせ》をとほして、無気味に伝はつてくる。それよりも釘の尖が油駄八の胸にもきりりと喰入り、思はず身をもがくと釘の尖はさらに肋《あばら》を掻きむしり、

「お留加、萱葉の隠居、助けてくれつ」

と大声をあげると、別の一人の男が後から五寸釘もつて近づき、いま一人が巨大な金槌渡す気配、件の亜麻色の髪の女が、何やら渇く口もとに差寄せるので、唇つけると酢の匂ひ、一舐めするかせぬにがんと背中を打たれて油駄八は身をのけぞらし、すうつと目の前が昏《くら》くなつた。

昏む意識の底からけたたましい女の声、

「何だねえ、騒騒しい。一寸《ちよつと》くらゐ奔《はし》つたからと言つて、この春先に霍乱《くわくらん》とは大袈裟すぎるよ。大家の御隠居さんが抱いて連れて帰つて下さつたんだ。今私が口うつしに焼酎飲ませてやつたら、やつと気がついて」

縁先の手洗鉢《てうづばち》で、照れた風情《ふぜい》の萱葉の隠居がしきりに手を洗つてゐた。

蠍の巣

　フォーティンブラスの好みで去年からエルシノア城の大広間、壁間の出窓の花甕《はながめ》に、色とりどりの鬱金香《チユーリツプ》が飾られるやうになつた。和蘭陀《オランダ》から押付がましく月に一度馬車で齎《もたら》されるこの血紅色や猩猩緋《しやうじやうひ》の花花は、最近頓《とみ》に鬱病の傾向あらはなホレーショの癇癪《かんしやく》の種である。花の崩れぎはに、三年前のあの事件、王に王妃、ハムレットにレアティーズが刺創《さしきず》の血と血反吐《ちへど》にまみれ、四人四様にのたうちまはつてことされた惨劇の一部始終が、ホレーショの眼裏《まなうら》にまざまざと蘇るのだ。

　醜聞《スキヤンダル》の実地検証にならば西蔵《チベツト》へでも象牙海岸へでも出馬を辞さぬ、物見高い点では人に聞えたリエージュ司教領の公女マキシミリエンヌが半処女の唇玉虫色に光らせ、岳父共共あの二箇月あとにはやつて来たものだ。新王に拝閲《はいえつ》の何のと口実を造り、修道院が干拓したシェルト河口の花園で栽培した自慢の鬱金香を大籃《おほかご》に盛り、好奇心に轟く薄い胸があらはで醜かつた。

軽薄な新王フォーティンブラスは前夜から、仏蘭西《フランス》製の細身の剣の飾紐を青紫《ヒアシンス》にするか葵色《モーヴ》にするか、股嚢《ブラゲット》を絹の五枚繻子《ごまいじゆす》にするか亜麻の金糸繍箔《ぬひはく》入りにするかで大騒ぎし、さて当日公女の眩惑的な媚笑にあふと忽《たちま》ち逆上《のぼ》せて挨拶も吃《ども》り、次は乾杯の杯とりおとすといふさんざんな不首尾。醜聞邪劇の経緯顚末逐一説明されるのはホレーショ、フォーティンブラスは涼しい顔で当然のやうに聴手側にまはり、初耳めかせて急所急所では微細を穿《うが》つた質問を発する始末。ホレーショも腹立ち紛れにゐなほつて精精《せいぜい》派手に手足振廻しての仕方噺《しかたばなし》、フォーティンブラスの剝卵《むきたまご》に目鼻の公卿面《くげづら》とことかはり獣めいて精悍なホレーショの額に汗の熱演は、マキシミリエンヌをうつとりさせ、鬱金香の音物《いんもつ》が絶えぬのはそのせゐと覚《おぼ》しい。斜《しや》に構へた高級弥次馬はひきもきらず、蘇格《スコット》蘭《ランド》のジェームズ一族にしろ瑞典《スウエーデン》のフォルクング家の連中にしろ、本心は腥《なまぐさ》い地獄絵の絵ときが聴きたいばかりに、チンカラ乾酪《チーズ》や格子の毛布《ブランケット》を手土産に、御挨拶の御機嫌伺ひのと訪れるのだ。エルシノア見世物城、ただ一人の生残りの証人ホレーショの名演技も磨きがかかり、城内案内の手順もまづ弑逆《しいぎやく》された王の眠つてゐた中庭から、亡霊の出た胸壁《きようへき》へ上り、次が王、王妃の寝室へと抜目が無く、客達の淫らな私語を後に大広間へ進み、ここには紫檀円卓の上の玻璃杯に、番木鼈《マチン》の汁を混ぜた毒酒が用意してあつて、客の見てゐる前で犠牲の四十雀《しじふから》試し殺すといふ悪どい趣向も案出した。

然《しか》しそのやうな空しい狂言が、今日のホレーショをいささかも慰めることはない。すべての事が終つて三年、暗愚な新王を相手ならどのやうな謀反も革命も横領も易易《いい》たることであらう。否《いな》試さずとも丁抹《デンマーク》王室生殺与奪の権はホレーショの手中に在る。にも拘《かかは》らず彼の空《うつろ》な心は何を欲することもない。真夏真昼大広間無人の刻、ただ一人立ち尽すホレーショの、心の中にはだらりと垂下る綴織壁飾《タピスリー》の贅を尽した極彩の無惨絵。最上部は石榻《せきたふ》の上で悶死する父王の姿、最下部は横死する四人の虚空を摑む八本の手、中央がオフェリア入水《じゆすい》と、眩暈《めくるめ》く曼荼羅《まんだら》の色糸のどの一すぢも、皆ホレーショが企んで操つてゐたことを今となつては誰が知らう。

庚申《かうしん》薔薇の花盛りの庭で頓死した父王の死因は耳に毒を注がれたのではない。喘息用の頓服《とんぷく》を、ホレーショが庭へ出御《しゆつぎよ》の寸前に毒人参《どくにんじん》とすりかへておいたのだ。あの硬骨漢の王はホレーショの忠節の仮面の下に渦巻く禍禍《まがまが》しい狂気を直感的に察知して、かつてより一度も彼を近づけたことはなく、ハムレットからも遠ざけようとしてゐた。赦《ゆる》してよいはずがない。霙《みぞれ》の胸壁に亡霊を招くことなど、後後「ゴンザーゴ殺し」を演じさせた一座に、洪牙利《ハンガリア》生れの奇術師を加へ、金貨数枚与へれば易しい芝居であつた。彼等も勿論その後杳《えう》として行方は知れぬ。ハムレット王子が自分を溺愛してゐることを逆用し、王家のすべての人物をいづれ支配しようといふ迷夢を、然しポローニアスは狷介《けんかい》なその目で見抜いてゐた。憑《つ》かれやすくなつたハムレットに暗示を与へて彼を刺殺させるのもむつかしいことではなかつた。ハムレットを恋慕ふオフェリア、この巫女《みこ》紛ひの萎黄病《ゐわうびやう》の少女は一寸《ちよつと》した難物ではあつたが、ハムレットがホレーショに跪《ひざまづ》いて愛を乞ふさまをわざと垣間見させ、次にハムレット自身から愛想づかしの科白《せりふ》を喚《わめ》かせて、すらすらと発狂させたのだ。このあはれな牝猫は父の死で心など乱しはしなかつた。狂《ふ》れてから時時二人の不倫を諷するやうな際《きは》どい戯唄《ざれうた》など口走るので、ホレーショが水門から突落したのだ。「ゴンザーゴ殺し」でクローディアスが不快げに中座したのは、恐らく下痢のためであつたらう。しかも元元ガートルードとは姦通寸前の仲、暗殺者に感謝して然るべきなのに、このお人好は風聞通り先王が毒蛇に噛まれたと思つてゐた。この寒い国に蝮《まむし》が育つとでも考へてゐたのだらうか。その後はホレーショの与へた憎しみの秘薬を、たがひに啜《すす》り合つて雪崩《なだ》れおち、奈落の底まで沈んでゆくのは目に見えたこと。

それにしても、あれは何といふ出来過ぎた大団円だつたらう。誰一人ホレーショを疑はず、寧《むし》ろ一縷の望みを彼に托して死んで行つた。瀕死のハムレットが最後の接吻を乞うた時、ホレーショの瞼がたまゆら熱くなつたにせよ、自分の比類の無い才智でこの傲《おご》れる一族郎党を鏖《みなごろし》にした恍惚たるよろこびの前には、とるに足りぬ感動であつた。

真夏真昼の大広間を白いタイツの若者がさつと横切つた。碧瑠璃《へきるり》の天鵞絨《びろうど》に黄金の縁《ふち》どりの上着、あ、あれはハムレット王子！　とホレーショは眩暈《めまひ》をこらへて後を逐《お》つた。

廻廊の曲り角でホレーショをふりかへり、うかべた微笑のほろ苦さ、もはや紛《まぎ》らふこともない。ホレーショは喘ぎ喘ぎその後影に縋《すが》つた。汗は全身に噴き出し、渇きやまぬ彼の目の前へ横手からすずやかな玻璃杯が差出された。ホレーショは甘露を享《う》けるやうにそれを捧げて一息に飲み乾した。番木鼈《マチン》の鋭い臭ひが鼻孔を刺し、彼は咽喉《のど》を掻毟《かきむし》つて昏倒した。

青黛《せいたい》で描いたハムレット写しの目隈を、絹の手帛で念入りに拭《ぬぐ》ひながら、ホレーショの屍体を見下すフォーティンブラスの傍に、かつて父王の霊を演じた洪牙利の奇術師が跪いて、ひとりごとのやうに呟いた。

「さすが従弟《いとこ》でおはすだけに、一寸粧《けは》へばハムレット様に瓜二つ。知りつつぞつといたしました」

ホレーショの口から紅の血糊がとろりと垂れ、真昼から午後に移らうとする大広間は、はたともの音の絶えた一刻であつた。

異牀同夢

　二日の雑煮は白味噌仕立、餅は狐色になる寸前を椀に入れて一分以内と口やかましい好みがあるくせに、正午近くなつても岸南《きしなみ》は起きて来ず、一人息子の真幸《まさき》は夙《と》うに仲間と寒中水泳見物に出掛け、女房の茅子《ふきこ》は仏頂面で焼冷《やきざま》しの餅を箸で転《ころ》がしながら寝室の方を睨んでゐた。正午近くパジャマの上にガウンを引掛けた岸南がぬつと食堂に現れ、だしぬけに「おいポポカテペトルつて火山何処《どこ》にあつたつけ」と聞く。「さあジャワあたりぢやなかつたかしら」と気の無い返事で鍋を火にかけ直す茅子に「それはクラカタウだらう。ポポカテペトル、ポポカテペトル、さてあれは一体何の夢かなあ」としきりに繰返す。「あら初夢に火山見るのなら富士山にしときやよかつたのに」と呟きながら薬味の芹《せり》を刻んでゐると玄関のブザーが鳴る。茅子は庖丁持つたまま目顔で亭主に応答を頼んだ。

覗窓から透かすと後輩の国見が苦労知らずの童顔に満面の笑みで立つてゐた。招じ入れると手土産に小さな樽詰の鱒卵《イクラ》を差出しこれが茎子の大好物。現金に今一人分の祝膳を拵《こしら》へる小まめな手つきをよそ目に、国見がこれまた突然「岸南さん、チチカカ湖つてどこにあるんでせう」と妙な質問、「アフリカだらう。ナイル河の源だつたかな」と生返事すると「違ふんだ。それはヴィクトリア湖。チチカカ湖はどこかの山の上」と憑《つ》かれたやうな目つきをする。茎子が「一体お正月早早二人揃つて中学生の宿題ぢやあるまいしどうなさつたの。まさか国見さんも初夢つてんぢやないでせうね」と、皿小鉢並べながら水を向けると、「どうしてわかりました。それも見たてのほやほや。吉兆でせうか」と息を弾《はつ》ませる。「さあねえ、水の夢なんてあまり縁起が良いとも思へないわ。溺死の前兆ぢやない？」と茎子は鱒卵を樽から八寸に小出ししながら膠《にべ》も無い。岸南がガウンの裾引摺《ひきず》つて息子の勉強部屋から世界地図を借りて来ると国見が折重《をりかさな》るやうに頭を寄せ、先《ま》づ索引でポポカテペトル、四十三頁開けて緯度をたどればメキシコ。首都の南で標高五四五二米《メートル》、西部劇で見て憶えてたんだらうと笑ひつつ、次にチチカカ湖を引くが出て来ない。ふと思ひついてティティカカ湖を引くとペルーとボリヴィアの国境、アンデス山脈の中で三八一二米の高さに利鎌《とがま》の形。きつとクイズに一番高い湖つてのが出てその名残だらうと食卓につき、国見はお相伴しますと言ひもあへず箸をとつた。岸南が三十六の国見が二十八、独《ひと》り者《もの》のアパート暮しで故郷へも帰らぬ正月、お節料理《せちれうり》も懐しく飢ゑた鬣狗《ハイエナ》さながらに栗金団《くりきんとん》や椎茸に酢牛蒡《すごぼう》、海老《えび》の膾《なます》にお多福豆と荒しまはり、中南米の山水もどこかへ消えた。

公園の煤《すす》まみれの梅がやつと三分咲きになつた二月半ば、テラスで蒲団を干してゐる茎子に下から国見がお早うございますと明るい声をかけ、「まだ寝てるのよ。上つて叩き起して頂戴」と茎子の応《こた》へも終らぬうちに、勝手知つた階段どかどかと駆上り十時過の日差の明るい寝室へ闖入《ちんにふ》した。寝起の煙草吸ひつけて目をこすつてゐる岸南に、「ねえ、二月に桜は咲かないでせう？　いくら天候異変があつたつて」と国見が問ひかける。ゲルベゾルテの脂臭《やに》い煙をふうつと吐いた岸南が一瞬ぎよつとした顔で、「君ひよつとしてそれも夢の話ぢやない？　実は俺も明方の夢に西行の歌が出て来たんだ。今日は涅《ね》槃会《はんゑ》だらう。一度餓鬼の頃浄土宗の寺の本堂で見た涅槃図もそのまま一緒にね。俺も暦に合せて夢を見るやうになつたのかと思案してゐたところさ。それにしても」と国見の目を見するゑる。

毛布の中から岸南の濃い体臭が湧き、ベッドに起上つて着替へようとさつと裸になつたその胸の乳首の紅が変になまめき、慌てて目を逸らした国見は、「『ねがはくは花のもとにて春死なむその如月《きさらぎ》の望月《もちづき》の頃』つて歌なんだ。あんたも見たんですね。雪中梅の背景で老人が杖曳《ひ》いてゐる図、梅は紅梅、犬が一匹」と言ひ終らぬうちに岸南が引取る。「ところが俺は学のあるかなしさ、旧暦二月十五日は三月上旬で気の早い彼岸桜が咲くし、君の見た雪は濃い霞つてことくらゐはわかるんだ。犬は黒でそれも牡、杖が藜《あかざ》で遠景の山には飛瀑」。国見がぞつとしてベッドの傍を離れようとすると、岸南が腕摑んで引戻し「俺達心中するつて前兆だぞ。釈迦に西行、何でえ抹香臭い。やめた、やめた」と爆笑し国見も連笑《つれわらひ》したものの、摑まれた腕のいたみが快く後を曳き、揃つてトーストに紅茶の朝食の間も茅子の他意の無い目が眩しかつた。

三月に入ると二人は同じ夢にも驚かなくなり、上巳《じやうし》の節句の夢に流し雛が皆男雛、それも両人の知らぬ因幡《いなば》の山奥の清流で三椏《みつまた》の花も終り、帰りの汽車が鉄橋の央《なか》ほどで墜落、身体が宙に浮いて後は朧《おぼろ》といふ、ディテールまで符節のあふ物語。夢では二人一緒でなかつたのが奇妙なくらゐでもう茅子には一一告げるのも躊躇《ためら》はれた。

四月の声を聞くと連翹《れんげう》が散り毛布が暑苦しくなる頃から、二人は夢の内容にも触れず、触れぬことがそのまま禁忌を犯してゐるやうで照臭《てれくさ》く、互ひに無口になつてやたらに煙草をふかし、無言で数時間顔を見つめあひ、酩酊状態で別れるといふ不思議な逢ひが重なつた。

黄金週間の始まりは岸南も久久に茅子真幸を連れて百貨店から遊園地を巡り、走りの鮎料理を奢つてやつて何やら贖罪めいた心地《ここち》。茅子は「国見さんも誘つてあげればよかつたのに」などと、これは正直な感想ながら今の岸南にはほろ苦く、真幸相手にキャッチ・ボールする手が顫《ふる》へた。端午の節句用に茅子が誂《あつら》へて来た桔梗屋《きつかうや》東雲堂《しののめだう》の名物の粽《ちまき》を遊びがてら届けてやらうと、ここ一週間余り顔を見せぬ国見のところへ、岸南は隣家の高校生の自転車借り笹の香の高い包小脇《こわき》に奔《はし》り出した。

サイクリング紛ひの十二、三粁《キロ》燦燦《さんさん》とふりそそぐ太陽に顱頂《ろちやう》を照らされて睡気《ねむけ》を催し、ついうつらうつらペダル踏みながらの白昼夢、郊外もここまで来ると別天地で源はダムの支流の逆巻く流れに添ひ、下は目も眩《くら》む断崖十数米のそのはるかな対岸に国見が蒼ざめた顔で立ちつくしてゐた。昨朝故郷から母が見も知らぬ娘を連れて来て、これがお前の許婚者《いひなづけ》と押付け変に粋をきかせて帰つてしまつたと、ゐたたまらず飛出して来たらしく唇を噛んでゐる。可哀想にと駆寄つて肩を抱いた時自転車は崖を跳んで一瞬宙に浮き、そのまま岸南は真逆様に泡立つ急湍《きふたん》へ転《ころが》り落ちた。

　国見の棲む五階建のアパートの下の石畳に時ならぬ人集《ひとだか》り、何でも屋上辺《あたり》からあつと言ふ間に身を投げて死者は二十七、八の好漢。傍で涙も出ぬ恐怖に棒立になつてゐる眸の美しい縁者の娘の話では、友人が迎へに来たから行くとまるで平地でも踏むやうに、五階の窓から空中へすいと歩み出したといふ。駆けつけた医師が抱起すと口もとから仄《ほの》かな笹の香がたちのぼり、死顔は冱《さ》え冱えとした紺青《こんじやう》の空を仰《あふ》いでほほゑんでゐた。

葡萄鎮魂歌

祇園祭の稚児《ちご》に選ばれて別火《べつくわ》の食事を供《きよう》され、男仕立の肌着を着けたといふ幼時の思ひ出がそもそも紺田力雄の自慢の種であつた。二十一年の短い生涯に恐らくこの清浄潔白の手柄話を千回以上は繰返したはずである。ついでのことに世が世なら少年時代は感化院、人と成つたら兵営か刑務所で過せば、別に苦労せずとも女の顔など見ずに一生を送れたらうにと、没後親友の夏原壮介が真顔で述懐したといふが、清浄潔白の片棒、時時は肩からはづしながらも担ぎ通して、最後まで見とどけてやつた彼ならば無理もない言ではある。

生れた家が魚紺なる屋号の名代の川魚料理店、父親の造る料理こそ最高のものと信じこんでゐたし、事実食通の間でも珍重されてゐたから思ひやうでは当然の事ながら、幼稚園に通ふ時の弁当も父か板前の兄《あにい》が庖丁を振《ふる》つた幕の内でないと厭だと駄駄を捏《こ》ね、母親や女中が卵焼などでごまかさうとすると、通園拒否して頑強に抵抗した。息子なら父も父。いいぢやないか、それほど惚れてもらへば冥利に尽きると、板前促して力雄好みの蝦《えび》の鬼殻焼、茄子の鴫焼《しぎやき》と趣向を変へてもたせてやる始末。昼食時には園長まで見学に出てくるのでしめしがつかぬと老嬢の保姆《ほぼ》が目を吊上げた。その幼稚園にしてからが、女の子とは決して遊ばず保姆の叱言《こごと》など鼻の尖《さき》であしらひ、二年目の終り頃は女児排斥の徒党を組んでそのリーダーに納《をさま》り、母親が半泣きで詫《わ》びを入れに行つたことも一度や二度ではなかつた。よくしたもので園長が魚紺のひいき、いや頼もしい坊ちやんなどと変なお世辞でとりあはず、父兄会の誰彼が切歯扼腕してゐた様子である。小学校も男女非共学のを探してくれと地団駄踏む一幕あるにはあつたが、結局は学区内の女六分に男四分といふ力雄にとつては、地獄のやうなところへ通ふことになつてしまつた。なまじ優雅な目鼻立ちが禍《わざはひ》してちやほやと集つてくる上級生の女生徒引きも切らず、不快のあまり身を揉む様《さま》がまた一入《ひとしほ》と目を細めるませたのもゐて救ひやうがなかつた。別に七歳にして席同じうせずなどといふ儒教思想を吹込まれてのことではなく、嫩葉《ふたば》以前に芳《かんば》しい女類蔑視、雌性嫌悪の輝かしい発露であつた。

　それでもまだ当時は結構母親にも甘え、子持鮒《こもちぶな》も食ひ牛乳も飲んではゐたが、やや長じて英語を齧《かじ》りかけると、月、海、船などは女だから厭などと小うるさくなりだし、犬は勿論牡しか飼はず、屋上の鳩小舎の一番《ひとつがひ》の一方をどういふ智慧で鑑別したのか引摺出《ひきずりだ》して追放、残つた一羽が程なく衰弱死すると家族には秘密に雄を二羽幽閉し、一向に卵を生まぬと不審がる面面を陰で嘲笑してゐた。将棋や囲碁は湯上りの胸毛猛猛しい父の相手を務めて中学二年頃は同年輩にかなふ者もゐぬ技倆であつたが、お笑ひ草はトランプ遊び。札が配られると先《ま》づ無条件に女王《クイーン》を捨て、其後《その》の巡りにも王《キング》か侍童《ジャック》ばかり蒐《しう》集《しふ》、標印《マーク》も心臓《ハート》には女の匂がするのか悉《ことごと》く敬遠するので手の中は支離滅裂。とんとゲームになつたものではなく一座が呆れ果てる次第であつた。高校受験の頃ともなれば母にはよそよそしくなつて顔を背け、弟は溺愛するが妹は猫並《なみ》に扱つて情容赦がなく、女中など虫けらのやうに罵られるので懼《おそ》れをなして寄りつかなかつた。

ラテン、ゲルマン系の言葉を習ひ出すやうになると最早とめどがなく、森羅万象一木一草に到るまで性別を調べ、女性と知れば抽象名詞さへ避けて通るほどになつた。変人と陰口きく輩《やから》も多かつたが一方稀なる理解者も現れて、その一人が後後の莫逆《ばくぎやく》の友夏原。薩摩生れの朴念仁《ぼくねんじん》で唐手二段柔道三段、何しろ洗ひものまで盥《たらひ》が別、同席では母さへ食事共にせぬしきたりの家庭で育つただけに話のわかりも早く、サッカー部に入つて駿足を認められだした力雄とは級友先輩が岡焼《をかやき》するくらゐ睦じい仲になつた。

しかしその夏原にしても血気盛んなハイティーン、精精《せいぜい》が女女《めめ》しさを唾棄する程度で、当然かやむを得ずか慕つてくる女友達の三人や四人はゐてそれとお茶を飲むことも三日に一度はあるのだが、力雄は峻烈にそれを嗅ぎあてて、シャワーを浴びて禊《みそぎ》した後でないと一米《メートル》以内に近寄らさず、時折はつきあひかねて悲鳴をあげることもあつた。それにしても道《ラ・リユー》は女だから空《ル・シエル》なる男性の最中《もなか》を翔ける飛行士になりたいと溜息をついたり、古典も源氏や蜻蛉《かげろふ》は見てもぞつとすると言つて落第点をとつたり、久留米絣《くるめがすり》も創始者が女だからと母の心尽しの仕立おろしを手も通さずに押入へ突込む頑固さは、愛想つかしながらも天晴《あつぱれ》と言ふ他はなく、いつか夏原もずるずると情にほだされ紺田力雄の女除《をんなよけ》の楯《たて》を以てみづから任じ、募る噂をどこ吹く風と二六時中行《かう》を共にするやうになつてしまつた。一緒にレストランに入るとチキンライスに牝雞の肉の混るのを恐れて中性のオムライスを註文し、それでも上に流したトマト・ケチャップは何か不潔なものを連想すると顔を顰《しか》めるので、丁寧に匙《さじ》でこそげとつてやりもした。

ある日などたまたま招かれて連《つらな》つた席のサーロインステーキ、はてこれは牡牛か牝牛かと迷ひに迷ひ、小三十分ナイフ翳《かざ》して考へ込むのには、主人側の不審気なおもちの前で、夏原もほとほと往生しゆくすゑを思ひやつて暗然とするのであつた。その時デザートに出たのが白緑《びやくろく》に曇つたアレクサンドリア種麝香葡萄《マスカツト》、つねづね乳房でも思ひ浮べるのかぷいと横向くならひの力雄に、何の拍子でか主人の方からさり気なく語り出したのが、「泥棒日記」はスティリターノ扮装の挿話、聴き終つた途端に宗旨変つて一粒剰《あま》さず貪《むさぼ》り啖《くら》ひ、それが病みつきと言へば病みつき、死に到る病の始めになつた。早速件《くだん》の小説繙《ひもと》いてみたが出てくるのは硝子《ガラス》製か何かの細工物。主人の話とはいささか喰違つたが気にかける様子もなく、一粒が李《すもも》くらゐの大きさといふくだりだけ肝に銘じ、冬のさ中でもこれを目当に漁りまはつた。もともと果物もバナナは無条件に男と決めて珍重、次いで鳳梨《パインアプル》やインド林檎、朱欒《ざぼん》にメロン、小ぶりのものでは郁子《むべ》に蓮の果《み》と、好む因縁聞かぬが花のもあつたが、とにかくそれ以来は葡萄葡萄で他に食ふものが消え失せたやうな騒ぎ。季節外れると目を剝くやうな高値で夏原はお相伴を差控へた。

秋になると暗紅色のデラウェア、黒紫色のキャンベル・アーリー、青黒色のマスカット・ベーリーと手当り次第。吐き出す種が洗面器に小山をつくり、舌の尖が爛れて血を噴く寸前。舌の爛れは種をせせり出すためと聞いて爾来《じらい》そのまま丸嚥《まるの》みにするやうになつた。もつとも産地の玄人筋は果肉を口の中で転《ころが》してそのまま吐棄てると仄聞《そくぶん》せぬでもなかつたが、咽喉《のど》越える時の感触がえもいはれず、嚥みに嚥んでその秋も昏《く》れかかる頃、一夜激しい腹痛を覚えて七顚八倒、どうやら葡萄の過食による胃痙攣らしいと自己診断、ひそかに買置《かひおき》の胃腸薬を浴びるほど服用して堪へてゐたが、折よく翌日夕刻音沙汰が無いのを案じてやつて来た夏原が、土色の顔に落ちくぼんだ目を見て仰天、家人にしらせて有無を言はさず入院させた。さつと触診して経過を訊き、医師はよくあるケースで葡萄の種の迷入《めいにふ》による虫垂炎、ただこの症状ではもはや膿み爛れて腹膜炎を併発してゐようと眉を曇らせた。一刻を争ふと手術室に運ばれ夏原と父親は扉の外のベンチで待つことになつた。

中では身ぐるみ剝《は》ぎとられて観念した力雄が、苦痛にひきつれながらもみづみづしい四肢さらけ出して目を瞑つてゐると、こつこつと沓《くつ》の音がして人の近づく気配、はつと目を開くと三十がらみのべつとりした看護婦がレザー逆手に立つてゐる。何事かと起上るところを熱い掌で押返して事も無げに剃毛《ていもう》ですと嘯《うそぶ》き、舌なめずりするやうな顔つき。力雄は咄嗟《とつさ》に飛起きるとずれ落ちてゐた白布を素早く腰に纏《ま》き、転《ころが》るやうにして逃げ出した。外の夏原が扉に駆寄るのと中から力雄が飛出すのが同時、擁《だ》きついて喘ぐ力雄の背後に、凄じい形相でレザーふりかざす看護婦を見て一瞬さてはと勘づき、半死半生の病人を父親に渡して夏原は執刀医のところへ奔《はし》つた。

必死の懇願ざつと聴取すると医師は苦笑しながら看護婦を退出させ、みづからレザーを取つて濃い叢《くさむら》を薙《な》ぎ、今の騒動でまた急激に悪化したらしい患部を眺めて歎息するのであつた。

案の定腹の中は狼藉《らうぜき》を極め剖《ひら》いたことは剖いたが処置無し。覚悟してゐてくれとの耳打を受けて男二人がうなだれてから二時間後、力雄は双方から差伸べる、これは紛れもない男の中の男の手に抱へられて息を引取つた。霜月八日の寒露、九紫《きうし》友引の日であつた。

柩は父親の希望で遺骸が身じろぎも出来ぬほど菊を詰め紺碧のスウェーターと黄土色《わうど》のデニム・ズボンを経帷子《きやうかたびら》の代りに着せた。最後の訣《わか》れをするからと、父親にも遠慮してもらつた夏原は、携へた包みから露したたるマスカットの重い一房を取出すと、武骨な指でズボンの固いジッパーを開いた。目を閉ぢてしづかに葡萄を安置し去年の冬力雄に贈られた暗い薔薇色のマフラーで覆ひ、その上に菊花をばら撒《ま》いた。その時はじめて熱い涙が頰をつたひ落ち、涙の彼方にかすむ刎頸《ふんけい》の友の顔が、口もとに苦い笑みを浮べてゐた。

「おい夏原、涙《ラルム》は女性名詞だぞ。哭《な》くのはやめてくれ」

夏至遺文

一茎《いつけい》の萱草《わすれぐさ》を君に遺す。一茎の茴香《ういきやう》を、一茎の鴨跖草《つきくさ》を君に遺す。たとへ明日君が訪れたとてもはや後の祭、この館は固く鎖《さ》され、萎れた花のある甃《いしだたみ》に、あるいは微かにのこる湿りが、打水《うちみづ》を繰返しながら此処《ここ》に私が佇《た》ちつくしてゐたことを証《あか》すのみだらう。

一葉《いちえふ》のこの消息を君に遺す。さらに一葉の消息と一葉の写真《うつしゑ》を君に遺す。南の廂《ひさし》の下にある鳩小舎《コロンビウム》の中に、君はそれを見出すだらう。必ず雌雄一対の卵を生み、その兄妹の卵が孵《かへ》り、愛しあひ、また一対の卵を生む鳩の習性を知つた時、私はすべて放ち、ふたたび飼はうとしなかつた。青貝色の羽がまだあの鳩小舎の奥には残つてゐよう。

鳩小舎の中の消息は妹がしたためたものであり、写真はまだ健《すこや》かであつた頃の、即ちこの春のさくらがりの、それも夜桜の黒い幹をうしろに、朧に立つ姿。私はそれをあへて君に遺す未練を心で嗤《わら》ひつつ止めなかつた。消息は君への憾《うら》みを縷縷《るる》と綴つてゐよう。

来年の夏至の真昼、陽《ひ》が頭上に輝き、ものみなの影が亡《う》せる頃、必ず来ると君はわれわれに約した。橙黄の萱草を淡黄の茴香を、群青の鴨跖草をふたたび見に来ようと君は言つた。萱草と鴨跖草はただ一日のいのち、茴香は香のみさはやかに苦く、その花は花とも言へぬまづしさ、すべて夏至の花、夜の最も短い、そのはかない夜に賭けねばならぬ壮年の、どうして君を妹に譲れよう。

去年の桜、あの醍醐のほのぼのと白い夜桜の下で、君は妹に告げるべき眷恋《けんれん》の言葉を私に告げた。そしてその言葉を私は決して妹に知らすことはなかつた。君の覓《もと》めてゐたのは喪《うしな》つた父の愛、私のあらあらしい抱擁でなければならぬ。君はそれを知りつつ知らうとせず、世のつねの愛に強ひて従はうと若い唇を嚙み、ひそかに私に救ひを求めてゐたのだ。

私は夏至に賭けた。一年前のあの契りをあるいは忘れずに、阻むもの悉《ことごと》くを退けて、一途に妹に、否《いな》私にむかつて、ちかひを果さうと駆けてくるであらう栗色の頸、漆黒の髪、縹《はなだ》の揉上《もみあ》げ、蘇枋《すはう》色の唇をおもひゑがき、私は一夜眠らなかつた。今は暁、私はレプラの発病を七日前医師にひそかに告げられた妹に、一杯の桜桃酒《マラスキーノ》を飲まさう。ダルマチアの桜桃のほろ苦い香は致死量の青酸加里《カリ》を匿《かく》すだらう。扉に内側から打つべき百本の釘は、この消息の鳥《とり》の子紙《こがみ》に尖《さき》触れて、私の書終《かきをは》るのを待つてゐる。妹が浅い眠りから覚めたやうだ。君は今私を措《お》いてどこでたれと眠つてゐるのか。

さらば。さらば、みじかき夏の光よ。

霞の館

牆《かき》の庚申《かうしん》薔薇は延び放題、去年の蔓に今年の蔓を絡ませてひしひしと無数の花を飾り、館の石壁の地《ぢ》も見えぬまでにはびこつた蔦は罅《ひび》の隙間に微かな触手を食込ませ、救はれがたい皮膚病の末期症状を連想させる。館を周《めぐ》る広い苑は禾本科《くわほんくわ》の雑草が棘棘《とげとげ》しい芒《のぎ》を天に向けて生ひしげり、飛石も径も見えわかぬ。数十本の喬木は徒枝《むだえ》、蘖《ひこばえ》が幹を覆ひ、廃《すた》れた密林のやうな瘴気《しやうき》が漾《ただよ》ふ。しかしそれを睹《み》るのは私だけであらう。

死者の私の見る庭園と館はあれから五年速《すみや》かに荒れ崩れつつ残つてゐるが、生者らにとつてはこの空間も八衢《やちまた》の中の一劃、二六時中異臭を放つて顫動《せんどう》するカレー工場に過ぎぬ。

私にはその現《うつつ》のさまも亦《また》ありありと透視できる。二つの世界の央に立つて瞑《めつむ》れば、昨夜の驟雨《しうう》の溜つた沓脱《くつぬぎ》石のあたりには、厚い霞のやうに重なつて鬱金《ターメリック》を満たせた攪拌《ミキ》器《サー》が大きな口を開き、その脇の紅い小花を鏤《ちりば》めた苦蘇《クツソ》の木の股には、肉荳蔻《にくづく》を盛つた籠や生薑《しやうが》を刻んだ笊《ざる》が重ねられてゐる。彼方の樅《もみ》と楡《にれ》の昏《くら》い葉交《はがひ》を厚いマスクで貌《かほ》の半ばを覆つた少女らが、風精《シルフ》のやうにひらひらと笑ひさざめきつつ通り抜け、その向うの涸れた林泉《しま》に乗るやうにシャワー室が数十建並《たちなら》び、黄昏《たそがれ》には髪の根までカレー粉にまみれた若者たちが、獰猛なあるいは柔媚な裸身をすりあはせるやうにして、温湯をほしいままに浴びる。やがてうつつのシャワー室の湯は脂を浮べて幻の林泉に流れこみ、私は死者でありながらなほ肉のうづきに立ちすくむ。

館に入ればかつての私のアトリエに今も最後の作品「十字架心中」が薄埃《うすほこり》をかぶつて残されてゐる。等身大の彩色木彫、十字架の表側には若いイエスが夢みるやうな眸《ひとみ》を天に向けて事切れ、背中合せに乱れ髪のユダが深くうなだれて断末魔の唇を痙攣《ひきつ》らせてゐる。

掌の犬釘は実物を用ゐ裏から表へ表から裏へ、左右二枚づつを貫きとほし傷口の血は臙脂《えんじ》を塗りつけた。さらに近寄つてつぶさに点検するなら、イエスは木像ではなく私自身の木乃伊《ミイラ》であることに気づかう。私の乾いた屍体に胡粉《ごふん》を厚く塗り更に漆を刷《は》いて彩色し、数箇月の丹精のすゑつひに私を匿《かく》しおほせた怖るべき執念に今も身の毛が弥立《よだ》つ。

私を殺したのは背中合せのユダ、否《いな》ユダのモデルに私が選んだ同い年の親友であつた。聞えた美術品蒐集家であつた私の父が、夥《おびただ》しい逸品それも特にロダンからジャコメッテイに到る彫刻の数数を、一人息子の私に遺して急死したのは六年前のことである。今にして思へばユダの狙ひは時価数千万円に垂《なんな》んとするその遺産にあつたのだ。私はひそかにそれを予感しながらも父の没後急速に近づいて来る彼を拒み得なかつた。その頃彼は私の歓びのすべてであつた、私は殺される刹那すらまだ彼を愛してゐたと言はう。その十木彫の、私の精魂こめたイエス像を降《おろ》し、代りに麻酔で朦朧とした私を縛り、その十字架上の私を縊《くび》らうとした太い腕を、その腕にけぶる剛毛を私は恍惚と見えぬ目で見た。彼が私を扼《やく》するのはありふれた日日の戯れであつたものを。

館は炎上した。彼の放つた火によつて黒い焔を上げて二日燃えつづけた。当時は荒地と沼に囲まれて類焼の懼《おそれ》も無い館であつた。消防士は灰燼《くわいぢん》の中に二本の犬釘すら発見することはなかつた。釘は今日カレー工場の二階事務所専務室の、巨大な抽出《ひきだし》のあるデスクの一隅に秘められてゐる。あれは庚申薔薇の花季であつた。薔薇の蔓も音立てて炎《も》えた。

焼跡には日日霞が立ちこめ、その霞は涙のにほひがした。土地を買ひとつて工場を建てた壮年の険しい目の男は、一切の書類印鑑の所有者ユダに数千万円を支払つたが、後日言葉巧みにその全額を出資させた。工場主の鋼のやうな胸と弾む腰と熱い唇は、ユダから更にほぼ同額を搾りとつた。いちはやくユダが処分して今は海彼《かいひ》へも散逸してしまつた私の父の遺産は、かうして鮮黄のカレーに変り果てた。ユダはもはや自由になる私財を持たず、男に恭《うやうや》しく飼はれ時としては跪《ひざまづ》いてその愛を乞ふあはれな男の脱殻《ぬけがら》に過ぎぬ。

五年間、私はこの幻の館を訪れ続けた。冥府からの遊行《ゆぎやう》には厳しい禁忌があり生者を害《そこな》ふことは再びの即《そく》永遠の死を意味する。私の磔《はりつ》けられた十字架の位置には動力線用の太い支柱が植ゑられ、そこに通された電線の被覆を私はいつでも裸にすることができた。今日私の殺された日、死者として五歳の、死んだ時よりもみづみづしい私は軽軽と飛翔して深夜の工場に着いた。男二人が人影も消え失せた工場の二階に居残つてゐるのが見える。私の死者の命を賭けたはげしい呪禁《じゆごん》が彼らを足留《あしどめ》し徐《おもむろ》に動力線ポールに誘ふのだ。彼らは縺《もつ》れるやうに半睡の重い足どりで近づいて来る。二人は支柱にもたれユダの腕が工場主の太い頸に纏《ま》きつく。身体は重心をうしなひつつ裸の動力線に触れる。この時私は満身の力で電源スウィッチのバーをこぎ上げた。目も眩《くら》む放電と共に二人は白熱し一瞬の後炭になつた。男は目を瞠《みひら》いて天を仰ぎユダは首を垂れて唇を噛み、その上に吹き飛んだ鬱金の粉末が濛濛《もうもう》と降りかかる。雌黄《しわう》色の微塵は夜気に紛れつつ満ちあふれ、その鮮かな霞の奥へ私は蹌踉《さうらう》と消えてゆく。極刑を受けるため庚申薔薇の蔓でみづからの両手を縛《いまし》めた。棘に傷ついた二の腕からは涙よりも澄明な死者の血がしたたり既にこの世は味爽《まいさう》であつた。

絵空（書肆季節社版）

つい先頃まで男らはゑすがたのみを愛し　にくみかつ娶《めと》り　そのいまはのきはまで　肉と肉とのつながりをもつことは無かつた　命のかぎり愛するとは　おもへばまことにはかない誓ひであつた　即ちさかりの華を描いたゑを抱いて　白髪の老人がもだえながら死ぬかも知れず　きよらかな少年もしくは少女のゑが　男たちを薄汚いけだもの位に思うて身をふるはせてゐないとも限らぬ　更に地の果てとほい黄泉《よみ》からの迎ひは必ず若者にのみ遣はされる　時にのどかわき胸うちふるひ　いまだ定まらぬ幻の愛人のゑに身を重ね　あはれくるしみとよろこびのきはみは一つ　死のあひびきに今心満ちたらしく晴晴としたおももちで月の光の下に立つ　男たちはすべてとは

たとへば濃き青葉の中にわが若きまりあに愛するゐに心やさしく　うらはらに女らは悔いおもひとどかねば心細るなどといぢらしく　目を光らせて現身《うつしみ》の男を追ひまはすをもたずためらひもおぼえぬ　いのちただれた肉の女らは　うれむぎの香にいらだちかわき　二つ　ゐすがたを愛する男　まの乳房たれにあたへようと市をさまよふ　たくましいかちがつても肌熱い女らをかへりみようとせぬ男らは　孤にかへり今宵他者をさかとで地を蹴つて女らの前から姿を消す　けた僅かな女らだけが　ここで初めてゐすがたの男らをたましひも　然《しか》しまたものも言へぬゐの男との愛など地獄だて愛しようと志す　ぬぐつてもとわと言ふなまぐさい悲鳴がくらやみにひびきわたり　愛されぬゐの男らは夜空へきれない紅がゐすがたの男の首を飾る　ゐすがたの男らと女らは今遠くらびやかな幻灯となつて逃走する　生身の男や女にそむく苦苦しいしはなれてゐた心をからみあはせ　かかるまがつびの愛のむかう側　地獄のこちら側にあはせを知る　いつの間にか現身の男は男だけの女は女だけの世界を造り　扉をおすとそこは荒野　私は聞く性別も分かぬゐすがたの終りなき祈りを

絵空（湯川書房版）

十二参議員の一人フランチェスコ・デル・ジョコンドの三度目の妻エリザベッタが、レオナルドに肖像画を描いてもらつてゐるといふ噂は、一週間足らずでフィレンツェ中に知れ渡つた。あの青鬚の女房が評判の良くない画家のモデルになる。他に美人がゐないわけでもあるまいに、顔立ちは整つてゐるがどこか冷たいあの女に、どういふ因縁で白羽の矢を立てたのやらと、口のうるさい連中は囁き合つた。どこの町にもゐる生字引の一人、先代議長の未亡人モナ・ビアンカなど、三十年近い昔の事件まで引合に出して、意味ありげな含み笑ひと共にかう言つたものだ。

「女嫌ひのあの絵描きは、ミラノから惚れ惚れするやうな色若衆を連れて帰つてるんですよ。私はこの間ちらつと見てわが目を疑つた。何とあのレオナルドが二十五の時誘惑して、裁判沙汰にまでなつたヤーコポ・サルタレリに瓜二つなんですからね。そしてこの二つの瓜に問題のモナ・エリザベッタが生写し。察するところは彼は宗旨変へしたか、それとも両道の達人になつたか。さあどちらでせう。見てゐてごらんなさい。今に面白い事が起るから」

ところがそれから三年間何も面白い事など起りはしなかつた。起らねば起らぬでそれがまた癪《しやく》の種、フランチェスコが画室までついて行き、モデルになつてゐる間監視してゐる。いや、彼はレオナルドの寵童アンドレア・サライを買収して、一部始終を密告させてゐる。それも大嘘でレオナルドはモナ・エリザベッタを前にしながら全然別の女を描いてゐる。女ではない、男の肖像が出来上りかけてゐるさうだ。とんでもない。あれはエルマフロディットらしいぞ。いやいや、それも見当外れ、彼は何も描いてゐない。彼女はそれを承知で通つてゐるのだ。何しろ先妻の娘のジアノラと折合が悪くて口論の絶間無しだから、一日でも家にゐない方がお互ひにいいらしいよ。

言ひたい放題の陰口もやや下火になつた頃、エリザベッタは突然通ふのを止めた。夫がカラブリアへ商用に出掛けるので、まだ見たこともない土地だから、遊びがてらに同行するとの理由だつた。ジョコンドも妻に関する取沙汰があまり小うるさいので、ほとぼりの冷めるまでフィレンツェを留守にした方が賢策と思つたのだらう。

他人の目には完璧に仕上つたと思はれる絵に、レオナルドはまだ未練がましく手を入れてゐた。ある日昔の義母の弟アレッサンドロがふらりと訪れた。久濶《きうくわつ》を叙した後彼はまじまじと絵を視《み》つめた。ただならぬ感動が顔に現れ、やがて目を潤ませながら言つた。

「カテリーナの肖像だね。でもこれほどまでに、よく覚えてゐたね、お母さんの若い頃を。君を頼つてミラノに行つたのは死ぬ二、三年前で、もう六十近かつたはずだ。血は争へないものだとしみじみ思ふなあ。ところで噂に高い例のモナ・リザの絵姿つてのはどこに蔵《しま》つてあるんだい。一度ゆつくり拝見させてくれよ」

妹

臘月《らふげつ》も半ば将校官舎の前は空《から》つ風《かぜ》がぴたりと熄《や》み、真昼といふのに凍《い》てた道にはどこから吹かれて来たのか櫨紅葉《はじもみぢ》が貼りついてゐる。女は顔見世を見に京へ行つた姉の留守居を頼まれて、不承不承今朝からやつて来た。いくら主人の懇《ねんご》ろな勧めがあつたとは言へ、七つの男の子を自分に押しつけ、三十三歳が五つ六つも若返つたやうな華やぎやうでよくうきうき芝居見物に出かけられるものだと舌打をしながら、万事に居丈高《ゐたけだか》で機先を制するのに巧みな姉についずるずると従つてしまつた。

貧乏性といふのか気に染まぬ留守番役を仰せつかりながら、暮の煤掃きを今から少しはなどと気が廻り、勝手玄関口の棚や物入れ、どうせ姉なら放つておくだらうと思はれるあたりから小まめに整理を始める。姉が出かける時も別に不服さうにもせず気散じに凧を揚げに行つた甥がふらりと帰つて来て蠅入らずのくさやの残りを手摑みで食つてゐる。曲りなりにも騎兵大尉の長男が何といふことをと母代りに窘《たしな》めようとして女は口を噤《つぐ》んだ。この子は自分が母の連れ子であることを知つてゐるのだ。実の父が役者崩れであることも、その上母が今の父と正式には結婚してゐないことも夙《と》くの昔隣家の使ひ走りの老婆に吹込まれて知り抜いてゐる。どちらにも肖《に》て妙に愁ひの勝つたその癖不貞腐《ふてくさ》れた面構《つらがま》へだ。にこりともせぬ代りに駄駄を捏《こ》ねることもないのがいつそあはれで、おひきずりの姉に代つて綻《ほころ》びまで繕《つくろ》つてやつてはゐるが礼一つ言はうとせぬ。

掃除が一段落して牀《とこ》の間を見ると十日前これも留守番に来た時のままの嵯峨菊が、ひからびて薄埃をかむつてゐる。紛ひものの青磁の壺を抱へて表へ出た。菊を棄て壺の水を流すと冬とはいひながら何やらどろりと饐《す》えたにほひが漂ひ、女は大尉に囲はれてからまだ三年も経《た》たぬ姉の諸式に投げやりな日常がしのばれ襟元がぞつと鳥肌立つ。花を買ひに行くのも億劫《おくくふ》で、所在無げに鉢の金魚を苛《いぢ》めてゐる甥に言ひつけると、「今時なら水仙に南天か」と心得た返事、釣銭はお小遣ひにと少少余計に銭を渡して表戸を締めた。締めた戸がまたするつと開き小賢しい目が女を見上げた。「晩には一本つけるんだらう。海鼠腸《このわた》か何か見つくろつて来てやらうか、叔母さん」。啞然として返す言葉もない女の顔を横目に甥つ子はまた後手《うしろで》に戸を締めて駆出した。

甥は知つてゐたのか。この夏から二、三度、姉の他出の留守居に呼出されて来る都度、晩《おそ》く帰つて来た大尉の晩酌の相手のあと、二階に蚊帳《かや》を吊りに上つたり、酔ひざましの柿を持つて行つたりしたことを。そしてその他のこともことごとくあの空怖ろしい地獄耳と澄んだ三白眼で覗《うかが》つてゐたのか。女はくらくらとして上《あが》り框《かまち》にくづほれた。

遠くから蹄の音が響いて来る。凍て返つた坂を大尉は白馬《あを》に跨《またが》つて駆け下る。鎌鼬《かまいたち》が火照《ほて》つた頰を切りに来るやうな寒気だ。午後は非番の今日は家に義妹が来てゐよう。葵色《モーヴ》の乳首を思ひ浮べると不覚にも手綱が縺《もつ》れさうになる。内縁の妻は今頃昔の男に逢つてゐるだらう。また返り咲いて南座では端役の老女形《ふけをやま》で出てゐるらしい。恩に着せて京行きを許したが実は一石二鳥の策、馬丁を三日前に遣つて男に金を摑ませておいたから四、五日は帰るまい。二十七で芸者と馴れそめてからこれで六人目の女、妹で七人目。中の三人に無理心中を迫られ一人は死にあとの二人は行方不明だが、お蔭で脇腹に新月《みかづき》なりの傷痕《きずあと》も残ることになつた。三十五の男盛りで捻り上げたカイゼル髭がヴァレンティノ擬《もど》きの艶冶《えんや》な眉目によくうつる。大尉は十日前の夜姉と別れてくれねば石見《いはみ》銀山を嚥《の》むなどと夜つぴてかき口説かれたことを思ひ出し、馬を駐《と》めながら苦い笑みを嚙み殺した。

放生

犀太《さいた》は髭剃りに爪磨き、沐浴や逍遥《せうえう》の伴侶をつとめ、二十三歳で瞳が菫色にうるみ口数が少かつた。菜生《さいせい》は飲食のすべてを宰領する猪首の好漢、ことに川魚と木の実の料理に長《た》け、唇が紅かつた。彩介《さいすけ》はクラヴサンの名手でグレゴリオ聖歌を肉感的に奏で、余技に円盤を投げる二十七歳の巨人、揉上げが匂ふばかりに蒼かつた。

二十九歳の主人霞門は悲しみに曇つた眸《ひとみ》で、この三人の奴僕《ぬぼく》に永の暇《いとま》を言ひわたしたが、暇をあたへられたとて、霞門に仕へる以外何の生甲斐ももたぬ三人に、いづこへ行くあてがあらう。第一重罪に問はれて異星の囚獄へやらはれる主人に遺された奴僕を、どこの酔狂な貴人が買取つてくれよう。

霞門の罪状は、美しい奴僕と七年も共にあつて娶《めと》らうとしなかつたことであり、彼等は彼の罪の源であつた。それにしても霞門は他にも、廃頽《はいたい》した詩歌をうたひ、極彩の絵を描き、蘭科植物を栽培するといふ、それぞれが遠流《をんる》にあたひする罪を悉《ことごと》く犯してゐたが、それらについては何の沙汰も無かつた。

立夏の夕べ、最後の晩餐として、菜生は蚕豆《そらまめ》のポタージュと虹鱒と火焔菜を主人に捧げた。毒を含んだ淡緑のあつものは霞門の咽喉《のど》を灼《や》き、しかし彼は唇の端《は》を優雅にひきつらせただけで、しづかに犀太の腕の中でこときれた。

二人はその姿のままで、彩介と菜生の掘つた深い壙孔の底に葬られた。埋葬の砂の雪崩《なだれ》の彼方、犀太の歓びに満ちた最期の叫びがきこえた。

館へ戻ると、菜生は寒冷紗の檻の中を飛びかふ紅薄翅蜉蝣《べにうすばかげろふ》を一ぴきのこらず放つた。彩介は霞網で覆つた禽苑から、火喰鳥七羽孔雀七羽白鵠《びやくこく》七羽を逃した。二人は泉水の閘門《かふもん》を開けて、錦繡の鯉千尾を、彼方濃緑に泡だつ急潭《きふたん》に逐ひやつた。

彩介の入水《じゆすい》すべき井戸の底ふかい水面に星が映り、死は水を苦くするであらうと菜生は悲しげに呟いた。

菜生の身を焼くべき罌粟《けし》油の樽を見て、この油は臙脂《えんじ》を溶くために主人があがなはれたものをと彩介が歔欷《きよき》した。

蘭科植物園の扉を血紅のデンドロカカリアの気根が鎖《さ》し、十六の玻璃窓《はりまど》をもつ納屋の壁に、二ふりの利鎌《とがま》が真珠母色の刃を光らせてゐるのが見えた。ためらふことなく二人は同時にそれを手にとり、心からのほほゑみを浮べてかたみに頸を刎《は》ねた。

払暁《ふつげう》、黒い長靴に美髯《びぜん》の刑吏がまかりこした時、二人の奴僕の首は、泉水の睡蓮の蕾にまじつて浮んでゐた。二つの微笑する首は、閘門をくぐつて瑠璃色の急潭へおもむろに誘はれて行つた。さらば夏の光りよと、若い刑吏の一人が意外にすずしい声で餞《はなむ》け、それははるかな未来のある朝のことであつた。

二の舞

「また痛むんだつて？　一体何を食つたんだ。この前も十分注意しておいたらう」

　患者の愁訴を聞き終ると医師は濃い眉をひそめて反問した。

「四、五日前北欧料理に招待されたんです。好物のフランクフルトにボロナ、それにサラミやチキン・パテまでずらつと並んでゐましてね。つい我慢できずに手を出したらとめどがなかつたんです。始めは蜂蜜入りのオートミール舐めただけで先に帰らうと思つてたんですが」

　患者はやや蒼ざめてはゐるがレスラー然とした好漢で、言訳がましく言葉尻を濁すと照れたやうにうつむいた。身じろぎをしても痛むのか時時唇を噛んで堪へてゐる様子である。

「無茶だね。まだ癒《なほ》りきつてゐないのに、さういふ脂つ濃いものを食ふなんて。当分は絶食だ。いいね。痛みはすぐとめてあげるから、五日くらい我慢してそのあと濃いポタージュでも舐めるんだな。癒つてもウィンナ二、三本、小さな胡瓜《きうり》あたり少少で辛抱すること。ともかく徐徐に馴らさないとまた出血するからな」

言葉は叱責口調だが目もとに微笑をうかべ、悄然《せうぜん》とした若者の肩に手をおいて医師はさらに念を押すのだつた。

「不節制が癌の原因になることもあるんだよ。暫《しばら》く絶食するくらゐが何だ。それとも好物と心中でもする気かい」

若者は医師の訓戒に一応はうなづいたが、急に顔をあげると身体をゆするやうにして駄駄を捏ねた。

「絶食はしてるんです。それ以来ずうつと。けど痛むくせに食欲はすごく旺盛なんです。因果なことにアパートの前に肉屋がありましてね。桃色のハムやてらてらした腸詰がいやでも目に入つて、ぼくは気が変になりさうなんだ。ああもうどうなつたつていいから食ひたい！」

医師はややもてあまし気味に立上り、少し荒つぽく言ひ放つた。

「困つた奴だな。肉屋のいい兄《あにい》が『今日は特別サーヴィスですよ』なんて声をかけると、とたんにふらふらつとなるんだらう。ともかく君は単純すぎるんだ。食べ方にもよるんだからね。食欲をなだめるのには千変万化の方法があるつてことくらゐ、もうそろそろ会得《ゑとく》してもいい頃だよ。それはそれとして早く応急処置はしておかう。さ、診てあげるからこちらへ来たまへ」

ためらひがちに従ふ若者の肩をぐいと押して、医師は診察室の隅の黒いレザーを張つたベッドに導いた。仕切のサッシュ・ドアが軋《きし》りながら閉ぢられ、やがてベルトの留金を外す音ががちやつと響いた。

土曜の午後は休診で待合室はひつそりとしてゐる。調剤室にはもう看護婦の影も見えない。秋彼岸のまだ衰へぬ日差がタフタの窓掛を透し、ソファやストゥールに届いて、締切つた診察室はじつとり汗ばむばかりの温気《うんき》である。洗つた膿盆やメス、ピンセットが卓上に犇《ひしめ》き、窓掛が隙間風で煽《あふ》られるたびにきらりと光りあふ。カルテ整理棚の側面に、先頃のアンディ・ウォーホル展の絵葉書がピンで斜に留められてゐる。「マイ・ハスラー」のスティール写真らしい。白白と輝く砂浜に昏《くら》い半裸の人影、その顔は逆光で全く見えぬ。診察は永びいてゐる。時間がものうく室内に漂つてゐる感じで、窓掛の切目に見える午後の空が異様に蒼い。

断続的に低い呻《うめ》きが洩れてくる。呻吟は時として歎声をまじへ、やがて苦痛を訴へる鋭い叫びとなつてはたと鎮まつた。一しきりして水道から水の迸《ほとばし》る音がした。若者が額を汗で光らせ、濡手をズボンでこすりながら蹌踉《さうらう》と現れた。頓服《とんぷく》が利《き》いたのかうつて変つた明るい表情である。窮屈なジッパーを力まかせにこぢ上げながら、彼は振返つてサッシュ・ドアの向うに声をかけた。

「ぢやさやうなら、また明日、でも先生は当分断食ですね」

如月の鞭

テーブルには読みさしの『ガリア戦記』が伏せられ、椅子には黒いスウェードの手袋の左が指を曲げたまま遺されてゐる。鈍い日射が私達の寝台をひややかに煙らせ、藍色の毛布には点点と黒い飛沫がついてゐる。これらをも皆焼捨てて私もまた明日は旅立たねばならぬ。カエサル気取のあの男は冷《つめた》い拳に息を吐きかけながら、しかし傲然と、私より一足先に未知の国の末枯《うらがれ》の野を歩いてゐるだらう。その夕暮、一人で紅茶を入れて飲んで出たのか、カップの底に紅褐色の澱《おり》が乾き、砂糖もその色に結晶してゐる。

あの男は四箇月前の薄暮時《かはたれどき》、突然一羽の雉子《きじ》を提げてこの部屋に闖入《ちんにふ》し私の前に立ちはだかつた。邑《むら》のはづれで暴発したライフル銃の弾丸が、この方角へ飛んだらしいと言ふ。傷痕のある顎が花弁《はなびら》のやうに縊《くび》れ、惨忍な眼が濡れて煌《きら》めいてゐた。私達は昏《くら》いテラスに出てみた。懐中電灯の光の這廻《はひまは》るモルタル壁に弾痕は歴然と残つてゐた。彼はライフルを私の頰にあてて微笑した。その時私の心は撃ち抜かれ冷い鮮血が迸《ほとばし》つた。霜月の玻璃屑のやうな星が天に満ち、私は銃身を抱いてあの男にほほゑみ返した。心の傷の鈍いしかしながら快い疼《うづ》きのために私は彼をこの部屋から帰すことが出来なかつた。雉子は腸《はらわた》を抜かれ綿を塡《つ》められ、緑金の尾羽根《をばね》を燦爛《さんらん》と逆立ててそれ以来この部屋の壁を飾つてゐる。私はむしろ暁近く恍惚と眠りに落ちたあの男を殺し、剝製にして寝台に安置しておくべきであつた。否《いな》彼が私をさうしてくれるべきであつた。

彼は夕暮になると私を残して出て行つた。ライフルの銃先を私の頰にあて、ほのかな温みの消えぬ間に傲然と肩をそびやかせて出て行くならひであつた。

その年の降誕祭前夜、私は鮭色の冬薔薇に血紅の冬苺、サラミ・ソーセージにキャヴィア、一壜《びん》のチンザノ酒、彼の好むもの総てを買ひそろへて帰りを待つてゐた。雪催《ゆきもよ》ひの空が漆黒に暮れその空が錫《すず》色に明けそめる頃、彼はやつと蹣跚《まんさん》とした足どりで部屋に入つて来た。しかし私の額に吐きかける息に酒精《アルコール》の臭ひはなく、手にはライフルの他に一本の長い柊《ひひらぎ》の枝があつた。

煖房の熱気の中でシャツを脱ぎ無言で寝室へ入る私の背を、葉の縁に鋭い棘の光る柊の枝で彼はしたたかに打ちすゑた。私の肉はその時始めて血を噴き、その痛みはかつて撃たれた心の疼きよりもさらに濃厚な悦楽を秘めてゐた。唇を嚙んで堪へてゐる私の足《あし》許《もと》へ今度はあのカエサルが急に半裸の奴隷に変身して跪《ひざまづ》き、さつきまでこの降誕祭前夜の空を撃ちつづけてゐたと告げる。目に見えぬ数多《あまた》の鳥を撃ち殺し、空にはその屍が満ち満ちてゐる、もうとりかへす術《すべ》もない、この罪を清めてくれと声を上げて哭《な》いた。彼を慰めるために私は外の牆《かき》へ新しい柊の枝を折りに出て、霜に光るその枝で彼の背を百度打たねばならなかつた。揚句《あげく》の果ては血みどろの背をすりあはせるやうにしてシャワーの下に立ち、摂氏零度の寒《かん》の水は私達の傷をかへつて炎《も》え上らせるのだつた。

牆の柊は花を兆した。一枝づつへし折られてあれから三十数本、血にまみれた筈は寝台の下にうづたかく搦《から》みあひ、牆はすでにまばらになり、花のこぼれる頃は折られるべき枝も残つてゐなかつた。私の肉はなほ血を流すことを冀《こひねが》ひ、カエサルの心は渇きいらだちはじめた。私の庭の牆よりもゆたかな繁みをもつ隣家の柊を狙つて、あの男が忍び込むのを見たのは二月半ばの黄昏《たそがれ》のことである。私はテラスのものかげから小さな双眼鏡で彼の長身が黒緑の柊の根もとに屈むのを見た。柊の彼方には隣家の女主人の季節外れの向日葵《ひまはり》のやうな貌《かほ》が浮んでゐた。彼はその夜から私の部屋には帰らなかつた。次の日の暮に覗いた時、柊の根のあたりに黒い手袋が落ち、硝子《ガラス》窓の彼方に全裸のカエサルの背が朧《おぼろ》に透いてゐた。私はその深夜、手袋を、彼の左手を奪ひかへしに隣家に潜入し、それ以上のことをなし得ぬみづからの弱さに歔欷《きよき》した。

背の傷は点点と黒い瘡蓋《かさぶた》に変り、私はその禍禍《まがまが》しい星座を背負つてひとり堪へてゐた。心の中にも血は凝《こご》り、日日は薄黒い帳《とばり》の内側に明け暮れて行つた。死者不在の喪《も》を七日過しその翌日私は心を決めて寝台の下の枯れ果てた、すさまじい臙脂斑《えんじまだら》の柊の枝の幾束ねかを、庭に引摺《ひきず》り出した。荒れつくした牆にも灯油を注ぎ、ためらはず火を放つと、鳥を焼くやうな芳香と共に橙黄の焔が寒の空に立昇り、私は涙も流さずに立ちつくしてゐた。

その時背後で耳を裂くやうな銃声がひびいた。はつとして振向くとはるか彼方の柊の繁みの後から、私のカエサルが蹌踉《さうらう》と現れた。次の瞬間彼は私の方へ手をさしのべるやうにしてぐらりと前に倒れた。口の端から鮮かな血の筋を曳き、一枝の柊の笞を握りしめてゐるのが私にはたしかに見えた。褐色の開いた窓に血の気を喪《うしな》つた女主人がライフルを逆手に持つて立つのが見え、その姿もやがて炎上《もえあが》る柊の牆の最後の煙に遮られて消えうせた。

鷹の羽違ひ

明日は華燭《くわしよく》といふのに弟の黎明《れいめい》は夜の十一時を過ぎてまだ帰らない。芒子《のぎこ》は二、三日前届いてハンガーに吊されてゐるモーニングのドスキンの黒のこまやかな毳《けば》に浮くあるかなしかの埃を、癇性に爪で弾《はじ》きながら小さな欠伸《あくび》をした。あわてて口に手をやってから、父母は月下氷人《なかうど》のところへ最終打合せに出向いて留守、何を憚《はばか》ることがあらうとまた無理に欠伸の真似をして、調剤室に引返した。漢方薬原料の草根木皮がところ狭しと場所塞ぎをし、もう飽き飽きしたきなくさいにほひを放つてゐる。芍薬、蒼朮《さうじゆつ》、川芎《せんきう》、桂皮《けいひ》、大黄《だいわう》、茯苓《ぶくりやう》、当帰《たうき》、附子《ぶす》、半夏《はんげ》、紅花《べにばな》、人参《にんじん》、結果的に言へば適当にミキサーに放り込んで微塵《みぢん》にし、適当に服用すれば良いやうなものを、一一乳鉢で擂《す》つて粉末を天秤にかけ、錬金術師か魔女さながら眉根よせて、鎮嘔《ちんおう》の利尿の健胃のと自分には絶えて久しく無縁な症状のための調剤も、五年続けると全く欠伸が出るのも当然、いつそ毒薬調合して殺し屋にでも売らうかとひとり思つて苦笑することもある。今数へ立てた座の周りにある十一種の薬草も、その中の半夏と附子は実は毒を含んでゐて、特に附子の鳥兜《とりかぶと》はアイヌが矢の根に塗る猛毒、極微量が鎮痛と麻酔に効を奏する。弟は外科医の卵で俊才だが、このささやかな漢方薬局の息子では生涯病院勤め、枸杞《くこ》の決明《けつめい》のと漢方ブームの一つ頃俄《にはか》か成金になる寸前、父が競馬に狂つて大損続き、店舗の改造さへふいになり息子の開業基金も残せなかつた。

十一種処方すると売薬「寵妃」の出来上り。殆どが中国、韓国からの輸入原料ゆゑ結構馬鹿高い値段になるが、効目のぬるい婦人病薬で、浴びるくらゐ飲《の》みに嚥んでも、寵姫はおろか妾になるのが関の山、芒子などいざといふ時は六軒隣の薬局で横文字名前の売薬を買ふつもりだからお笑草《わらひぐさ》である。薬大で学んだ本草綱目《ほんざうかうもく》も傷寒論《しやうかんろん》も忘れてしまつた。

父母の帰つた気配がする。日向《ひなた》臭い手を拭《ぬぐ》ひながら玄関へ廻ると、母の実穂子《みほこ》が猛禽めいた老醜の貌《かほ》を歪めて大仰な思入れ、

「ひどいつたらありやしない。今日になつてから先方様が花婿に紋服を着てほしいなんておつしやるんですつて。それならそれで虫干もしようし、袴の圧《おし》もかけておいたものをねえ。そりや私共は和洋両両憚りながら揃へてはをりますが、気紛れもほどほどになすつて下さいつて、私よつぽど直接言ひに行きたかつたわ。お父さんたら言はれるまま

にへらへら笑つて押付られてるんだもの、私むかむかして逆に花嫁のウェッディング・ドレスが間に合はなかつたんですかと聞いたのよ。さうしたら仲人さんの言ひぐさが振《ふる》つてるぢやない。黎明さんの和服姿がどうしても見たいつてお嬢さんが駄駄捏《こ》ねるんで、あの男つ振《をとこぶり》、なるほど仙台平《せんだいひら》の袴姿が引立たうと親御さんも御執心だなんて、ファッション・モデルぢやあるまいし。この分ぢや花婿もお色直しにスーツの三、四着持つてやらせなきやと皮肉つてやつたけど通じたかどうか」

きりの無い饒舌を振切るやうにして、芭子は奥の間へ行くと箪笥《たんす》の底から一昨年拵《こしら》へてやつた弟用の紋服を、畳紙《たたう》のまま捧げるやうにとり出した。ある製薬会社の女工の研修に講師を頼まれ、一箇月間隔日に出向いた時の謝礼に自分の貯金を足して誂《あつら》へたものである。実穂子はおひきずりの衣裳道楽、似合もせぬのに高価な紬《つむぎ》や一越《ひとこし》を四季に註文し、息子の着るものなど念頭に無く、黎明の式服の出来てきた時も目をまるくして芭子に、

「あら大変、これぢや上から下まで四、五十万かかつたでせう。あんたの婚礼衣裳はどうするのよ。男なら貸衣裳ですむのにさ」

などと歎いてみせた。その実は、四、五十万もかけて自分のために和服用の貂《てん》のコートでも作りたかつたのだらう。

紋服をさつとひろげて衣紋竿《えもんざを》にかけ、袴も解いて畳に引伸した。黒は夜目に蒼味をお

び背にくつきりと家紋の鷹の羽違《はちが》ひ、それを自分の唇のあたりに見ながら芭子は目を瞑る。まだ一度も手を通さぬこの絹の式服のもの悲しいにほひ、今日まで女に触れることのなかつた弟のにほひ、風切羽《かざきりば》の中の二枚を抜取られて、それでもこの世の外のどこかへ飛立たうとしてゐる黎明のせつぱつまつた悲鳴が聞える。黎明は花嫁を見合の時一度しぶしぶ見たつきり、あとは悉《ことごと》く母の実穂子と月下氷人が強引に事をすすめて、三箇月足らずの婚約期間、黎明の表情に翳が濃くなり、この一週間ばかりは身辺の整理をしながらぼうつと目を宙にすゑてゐることが多かつた。附子はどれくらゐ嘸むと死ねるんだつたつけなどと冗談めかせて芭子に聞いたこともある。附子など嘸むことはない、それほど結婚が厭《いや》なら今からでも破談にすればよいのだ。花嫁の実家が製薬会社の、それもベスト・テンに入る大層な羽振であらうと、頼まれ仲人が教授であらうと、そのやうな条件や義理が一人の男の生涯に何の関りがある。さう思ひはしても思ふだけ、設《しつら》へられた陥穽の鉄の霞網に一羽の若い鷹は雁字絡《がんじがら》みになつて、うたがひもなく死を考へてゐる。灯を消した調剤室の鳩時計が十二時を報せた。父母の口汚く言ひあらそふ声が居間からひびき、玄関の電話のベルが一しきり底ごもつた音を立てた。芭子は小走りに近づいて受話器をとつた。

「姉さん、俺帰らないよ。許してくれるね。ほとぼりが冷える頃、あんたにだけは必ず連絡する。頼むから探さないでほしいんだ。堪《た》へられない。俺は死にたい」

黎ちゃん、死んぢゃ駄目、馬鹿！　と叫ばうとする前に電話は断《き》れた。だが断れる前に、黎明の声の背後から、彼の名を呼ぶ野太いバスがたしかに聞えた。黎！　と呼び捨てるその低音には、苦い甘さがまじり、芒子はどこかで聞いた記憶があつた。冷《つめた》い汗のにじむ受話器を置いて、芒子はそこに蹲《うづくま》り両手で顔を覆つた。桂皮の鋭い香ののこる掌の下で彼女は目を瞑り、涙の膜の彼方に、二枚の鷹の羽がひらひらと暗闇に沈んで行つた。

月落ちて

木犀茶《もくせいちや》を作つたから飲みに来ないかといふ電話が架《かか》つて来たので早速訪れてみると球《く》磨《ま》は不在、人を招いておきながら相変らず暢気《のんき》な奴だと踵《くびす》を返しかけたところへ包みを抱へてふらふらと戻つて来た。半歳ぶりに見る横顔の肉づきがまた厚味を増し昔から球磨と呼びながら誰しも心の中で熊を連想し本名が綽名《あだな》とはよく出来たことだと噂し合つたことを思ひ出す。鳴沢《なるさは》の背を押すやうにして、

「鍵は鎖《さ》してゐないんだから勝手に上つてくれりやいいのに。もう少し遅かつたら向つ腹を立てて帰るところだつたんだらう。相変らず気が短いな。いやなに点心が絶《き》れてゐたので買ひに出たのさ」と言ひながら客間に入り包みを破つて志野の菓子皿に砂糖の塊《かたまり》のやうなものをざらざらと入れる。素性《すじやう》を質《ただ》すと羊羹の耳。懇意な和菓子屋の主人《しゆじゆ》がただ同様に分けてくれるとか。なるほど結晶した部分だけに歯ごたへもあり、種種の

銘柄が入混《いりまじ》つて味も尋常ではない。何でも洋菓子屋に頼めばマロングラッセの崩れたものやカステーラの切端も手に入り、その伝《でん》で葉茶屋には玉露の粉茶、乾物屋には鰹節の破片に海苔《のり》の屑、みみつちいやうだが形が悪いだけで味は極上だから二流品の完全なものよりはるかに悧《り》巧《かう》と得意げに笑ふ。

木犀茶も似たやうな趣向か十月初めに金木犀の花を毟りとつて二週間ばかり陰干にし茎茶《くきちや》に混ぜるといふ。茉莉《まつり》花《くわ》や素馨《ジャスミン》を入れた馬鹿高い中国茶よりよほど深い味はひがあると独暮《ひとりぐら》しに馴れた小器用な煎茶点前《せんちやてまへ》に手前味噌がくつつく。なるほど面妖な味でやや温目《ぬるめ》の湯加減のせゐか漢方の咳薬めいて何となく佗しい。

拡げ散らかした四畳半の書斎を覗くと机の上に古びた絵暦《ゑごよみ》らしいものがある。鳴沢の視線をたどつてあああれかと頷き、

「死んだ御影《みかげ》の形見分けさ。大型の楮《かうぞ》の封筒に入れて宛名はおれになつてゐたからと昨日満中陰《まんちゆういん》の志と一緒に妻君が届けてくれたんだがね。君にもいづれデパートからその志の品は行くだらう。彼、南部暦を集めてゐたらしいな。なかなか面白いのもあるぜ」

球磨の持つて来たのは十数葉の盲暦《めくらごよみ》、盛岡藩舞田屋《まひたや》理作板行《はんかう》のものも混り鄙《ひな》びた中に得《え》も言はれぬ洒脱軽妙のアイディアが溢れ見飽きない。荷を肩に走る男の絵が荷奪《にうば》ひの入梅《にふばい》、芥子坊主に濁点があつて夏至、禿頭の男で半夏生《はんげしやう》、銭二百文と砥石と蚊の組合せが二百十日とほとほと感に堪《た》へぬ智慧の絞りやう。別に文盲ならずとも判じ物や語呂合

せの好きな農工商階級はさぞかし珍重したことであらう。商業美術、殊《こと》にポスター、カレンダーでは一家を成してゐた御影がやや畠は違ふがコマーシャル・メッセージのコピー・ライターを業とする親友の球磨に遺したのは符節の合ふ話だ。三枚、五枚と目を通すうちに田山暦《たやまごよみ》の残欠がありその下に紙も新しく絵も鮮やかなのが出て来た。見覚えのあるフックス調の密画は御影の作、これは縦に十二箇月の植物が一月から水仙、梅、沈《ぢん》丁花《ちやうげ》、木蓮、罌粟《けし》、梔子《くちなし》、睡蓮、向日葵《ひまはり》、百日紅《さるすべり》、龍胆《りんだう》、橐吾《つはぶき》、柊と十二月まで。横にトランプ絵風の王、女王、侍童二人に少女一人、白描の上にくすんだ淡彩を施したのが極彩より却《かへ》つて艶冶《えんや》な趣を生み見惚れるやうな出来栄えである。ところがなほよく見ると王の顔は濃い眉、心もち反つた鼻、縦皺の入つた顎など亡き御影に生写し。さう言へば女王の泣き黒子《ぼくろ》やまくれ上つた唇は未亡人鴫江《しぎえ》そのまま。それに父親似の兄と母親似《に》の弟、どちらにも肖ぬ末の娘が横に連なつてゐる。

王の欄を縦にたどると七月睡蓮の右に赤い印が七つ。たしか御影は七月七日生れ。といへば赤は誕生石の紅玉《ルビー》を意味することになる。女王、罌粟五月の十三の緑は緑柱石《エメラルド》で、他は蛋白石《オパール》三つの長男が向日葵の八月、次男が六月十八日で真珠、娘は土耳古《トルコ》石が二つで柊の花と、牀《ゆか》しい絵暦の判じ方はのみこめた。これなら五つの幼女も七つの次男もすぐ会得するだらう。ところが更によくよく眺めると王の九月百日紅の隣に小さな黒点が二つ打つてある。初めは汚点《しみ》かと思つたが、紛れもなくくつきりと麦の穂と小鳥の印。

忌日は二日。ぞつとして球磨の顔を見ると不精髭に匿《かく》れて嘲笑が浮んでゐる。

「御影は作品の裏にかならず制作日を入れるんだがこれは八月三十一日、翌日頓死したんだから死期を予告したことになるね。あの日死の直前まで居合せたのはたしか君と鳴江夫人の二人だつたはずだが何か思ひあたることはないかい。まさかとは思ふがね」

御影が交通事故で脊髄を傷《いた》め下半身不随になつたのは五月のことである。鳴沢は時折見舞に訪れてゐるうちに鳴江の哀願にほだされてずるずると御影のなすべき下半身の役目を引受けてしまつた。もともと御影は十年前の恋敵。素封家の次男の資産に引かれて自分を裏切つた鳴江にも存分に報いてやらうと舌舐めずりしつつ逢瀬を重ねたが、不具になつて以来頭も鈍くなつた御影は知らうはずもないし、絵筆もペンもこの数箇月一度も握つたことはないと鳴江も言つてゐた。事実何食はぬ顔で見舞に訪れてもアトリエは締めた切り、このやうな絵暦をいつ作つてゐたのやら考へて見れば気味の悪い話だ。八月三十一日呼出の電話を架けると鳴江は声をひそめて、

「あの人今朝から頭痛がすると言つて寝台で呻《うめ》いてゐるの。それに午後から颱風《たいふう》でせう？　たつぷり催眠薬を嚥《の》ませておくからうちへ来ない？　大丈夫よ。子供は三人とも実家へ遊びに行つて来月の二日まで帰らないし、第一私もう我慢できないから今後のことも相談したいの。颱風に備へて窓の補強工作もしなくちやならないからと言つてあの人は寝台ごとアトリエに移つてもらふわ。直ぐ来てね」と訴へる。小雨まじりの突風の

中を車で駆けつけると御影は昏昏《こんこん》と睡《ねむ》つてゐた。やうやく烈《はげ》しくなつた風の音に紛れて二人は喘ぎも啜《すす》り泣きも憚《はばか》らず、扉一重を隔てた客間のソファで貪《むさぼ》り合つた。嵐が斂《をさ》まつたら明日は恐らく快晴、部屋は明け放つて御影を二階のバルコニーへ運ばう。日光浴をさせるのさ。近所の人が見るだらう。毛布やマットレスも欄干に干さう。さうだわ。欄干の中央は腐つてるのよ。一寸《ちよつと》押せばすぐ倒れる。車椅子の下の軛《くびき》に透明なヴィニール・ロープを巻きつけて下に垂らすんだ。ぼくは階下の雨戸の陰でそれを引張る。真逆様に落ちる寸前ロープは解《ほど》ける。その前に君は買物に出かけるんだ。籠を提げて両隣のお喋りマダムに挨拶してゆけよ。ぼくはそれまで表で車を洗つてゐよう。さうだ車椅子に載せる時にクロロフォルムでも嗅がせておいた方がいいな。さうしませう。

黄昏《たそがれ》の後朝《きぬぎぬ》に交す睦言《むつごと》にしては殺伐な文句だつた。颱風は過ぎて九月一日は底抜けの青空、事はすべて筋書《すぢがき》通り運んだ。御影の唯一人の親友球磨が取材旅行中で通夜の間にも合はなかつたのも幸であつた。鳴沢は大事を踏んで二七日《ふたなぬか》、三七日《みなぬか》など人の集る時は顔を見せぬやうにしてゐた。惨事前後の模様は鳴江がテレーズ・ラカンそこのけの名演技で縷縷《るる》と警察や弔問客に陳述、かてて加へて隣八軒の出しやばり連中が見事に口裏を合せてくれた。本当に、気持よささうに露台で日向ぼつこしていらつしやつたわ。欄干は昨日の颱風で壊れかけてゐたのね。御主人のお好きなマロングラッセを買ひに奥様は駅前の菓子屋へお出かけになつたのよ。日光浴の後、あのお友達の方が車で公園へお連れになる予定だつたんですつて。

一周忌の済む頃までは外で逢つてゐた方が賢明だらう。それから家は売り払つてどこか遠くへ引越し、ゆるゆると結婚といふ手筈にしよう。球磨の言ふ通り正札《しやうふだ》つきの二流品より一流品の傷物を手に入れる方が遥かに得《とく》、鳴江もまだ二十八、みづみづしい上に亭主の遺産は五、六千万あるだらう。生命保険は足がつく原因《もと》になるから掛けさせてゐない。子供はそれぞれの実家に引取らせることだ。

「君の名は一穂《かずほ》、未亡人の名が鳴江、この黒い印の麦の穂と小鳥はどうやらそれを暗示してゐるらしいぜ」

球磨の言葉にはつとわれに還つた鳴沢はふたたび絵暦に目を向けた。それがどうしたといふのだ。一種の装飾に過ぎないだらう。

「それだけぢやないんだ。暦の欄外に二日月が淡黄色で描いてあるのが見えるね。矢印があつて一番下まですうつと落ちてゆく。九月のその欄の外に月は二つに割れて転《ころが》つてるな。月を落とす。突き落とす。さういふ意味ぢやないんだらうか。君はどう思ふ」

馬鹿馬鹿しいとは思ひながら鳴沢は腋の下に冷たい汗の流れるのを感じてゐた。罠だ。誘導尋問に引つかかつてたまるものか。

「あれは八月の二十五日だつたかな。旅行に出る前に彼のところへ行つたら独《ひとり》でこの絵暦を描いてゐたんだ。最近よく催眠薬を嚥まされるので時によつては嚥んだ振りして捨てゐると言つてたぜ。アトリエに閉ぢ籠《こ》められるのも初中終《しよつちゆう》だとこぼしてたつけ。客間のディヴァンの下やキチンのテーブルの裏に録音テープをとりつけてくれと真顔で頼まれてね。まあ言ふ通りにはしてやつたが別に何も入つてゐないだらうよ。あれからずうつと坊や達は留守だつたし、鳴江さんがつきつきりだもの。颱風の凄じい音が残つてゐるくらゐのことさ。葬式の後で外して持つて帰つたから何なら一度聴いてみるかい？いや鳴江さんは昨日来た時すつかり聴いたんだ。絵暦の謎解きもしてやつたのさ。あ、さうさう。ヴィニール・ロープも持つて帰つてそこの押入れに納《しま》つてある。車椅子の軛の赤いエナメルがロープの結び目にこびりついてたんでね、あれはまづい」

では鳴江は今どこでどうしてゐるのか、額に脂汗が滲む。咽喉《のど》が渇き目の前が昏《くら》くなつてゆく。鳴沢はふらふらと立上つた。

「おい、どこへ行くんだい。彼女何も言ひはしないさ。おれも黙つてるよ。だつて一周忌が済んだら結婚するつもりだもの。知らなかつたのか。鳴江とおれはもう五、六年の仲なんだぜ。一番下の娘はおれの子なんだ。君はただロープを引つぱる役目だけだつたのさ。交通事故？　彼の車のブレーキに一寸細工したんだが失敗してね。あの時死んでゐてくれれば君にこんなお手数を煩《わづら》はせることもなかつたのになあ。許してくれたまへ。まあ今後とも羊羹の耳や木犀茶の二番煎じくらゐいつでも御馳走するから時時遊びに来いよ。鳴江もこのままぢや悪いからせめて子供の面倒は鳴沢さんに見ていただかうと言ってたぜ。優しいんだよ、彼女は」

僧帽筋

この眼が明いたら今着てゐる袷《あはせ》の縞目も見えようとは落語の「景清《かげきよ》」前半のさはりだつたらうか。浄瑠璃ならぬ落語にさはりも妙な言ひ方だが何にせよ作品には見せどころ聞かせどころがかならずあるもので、これはクライマックスともカタストロフとも微妙に食ひ違ふ点睛の一齣《こま》なのだ。たとへば絵で言ふならキリコの「街の神秘と憂愁」の輪廻しの少女や光琳「白梅図」の一枝が流水の光琳波《くわうりんは》と重なるところ。映画なら「アンダルシアの犬」で剃刀《かみそり》が眼を截《き》る一瞬、「現金《げんなま》に手を出すな」の老ギャング二人の夜食シーン、あるいはまた「ワーロック」には卓上火葬の昧爽《まいさう》場面。書で言ふなら佐理《すけまさ》「双《さう》鬘帖《くわんでふ》」の冒頭、中津《ちゆうしん》「十牛頌」の牧牛のあたり。文は「古事記」の枯野、劇はラシーヌ「アンドロマック」の où fuyez-vous, madame?《ひめよ、いづこへおにげなされます》の口説《くどき》、詩なら蕪村《ぶそん》「晋我追悼曲《しんがついたうきよく》」の雉《きぎ》子《す》の声やエリオット「荒地」の葡萄商人ユージェニデス。並べ立てればきりもとめどもないが、かう思ふのもこのたび母が三度目に入籍した夫、すなはち遥太《えうた》の二度目の義父が何かと言へば、「この耳が聞えたらあんたにシュトラウスの協奏曲でも吹いてもらふのに」と溜息をついてみせるからだ。かういふさはりめいた台詞《せりふ》も三度目には噯《おくび》が出る。二流交響楽団でもいいから将来一員に加はつてホルンを吹きたいと思つてゐる遥太にしてみれば如是《じょぜ》の言ふシュトラウスやモーツァルトの独奏などどうせかなはぬ高望み、高望みであればなほその栄光の一時を夢に見ぬ夜はなく、大男の如是が顔に似合はぬ優しい声で初めてから囁いた時は肝胆相照らす朋《とも》に邂逅《めぐりあ》つたやうな心躍りに差含《さしぐ》んだものだ。昔はセカンド止りの重量級ボクサー、その昔が周旋《しうせん》業、そのまた昔は三流バンドでドラムを叩いてゐたといふが皆一部分は真実で大半は創作と覚《おぼ》しい。潰れた鼻と厚い僧帽筋と鋭い運動神経が三十六にもなつて衰へてゐないのはその一部を裏書するが、他にも能のある鷹の匿《かく》した爪は指先からだけでなく眼にも時時閃《ひらめ》く。十七の時結核に罹《かか》り大量投与されたストレプトマイシンのお蔭で身体は元より丈夫になつたがひどい難聴が残り、ボクシングで耳を強打されて右は全然聞えなくなり、左は近づいて大声を挙げるとやうやく微かに聞える程度だといふ。補聴用のイア・フォーンを持つてゐるのだが此頃《このごろ》は一日中家にゐるのでポケットに入れたまま滅多に使はず、電話は彼一人の時は架《かか》つても鳴りつ放しである。

母の営む美容院は市内の南の盛り場の穂宮《ほのみや》ビルの三階、亘理《わたり》如是はここのガードマンの一人であつた。聾、聾とチーフの老獪《らうくわい》な小男に年中口汚く罵られて力仕事を専門に押しつけられ、屈強な四肢を小さくして俯《うつむ》きがちに働いてゐた。去年の秋の夜更けに小火《ぼや》があり店仕舞をしてゐた母の麻名子が煙に巻かれ右往左往、遁《のが》れようとして逆に火元へ迷ひ込まうとする寸前を彼が横抱きにして救出した。二番目の夫は小柄で麻名子とは釣合もとれ男女の雛と古風な讃辞を奉る向《むき》もあつたが、その一周忌も済まぬのに結婚した如是は丈も体重も前の二割増、麻名子と並ぶとさながら檸檬《レモン》と朱欒《ザボン》、蜉蝣《かげろふ》に兜虫。顔も遥太の父が最高で、男雛と言はれた二代目も足許に及ばなかつたが、如是はその基準でゆけば最低、サムソンかオセロあるいは熊襲《くまそ》か為朝《ためとも》を思はせる荒削りの三枚目であつた。よくしたもので前二代が公卿《くげ》悪《あく》風の面《つら》そのまま、麻名子に寄食するマクロ根性まる出しだつたのに引換へ、如是は真偽のほどは別として童貞初婚の働き者、蜜月とも塩月ともつかぬ五月の半ばから、朝は麻名子よりも二時間早く起きて美容院へ走り、掃除から器具機械の整備まで一切済ませて家へ舞ひ戻り朝食の仕度、麻名子と遥太の目を覚ます頃はキチンに味噌汁の香が漂ひ、べつたら漬が恰好よく切られ、朝刊がテーブルに置かれてゐるといつた次第で、とんと腕利きの執事と下男とコックを一度に雇つたやうなものだつた。

麻名子は二つ上の三十八、遥太は今年十九。日向水《ひなたみづ》に浸つて隙間風に吹かれてゐるやうな少年時代を顧みると、自分もさることながら母も不幸な半生であつたと哀《あはれ》を催す。

後家性《ごけしやう》、亭主殺しと蔭口を叩かれては来たがこれも甲斐性無しで浮気な男ばかりに連添つた因果。二度目の義父が死んだ時もう懲り懲《こ》りといふ麻名子の窶《やつ》れた顔を横目で見ながら、懲りたのはこつちの方、情婦への文遣ひをさせた父、競馬場通ひを図書館通ひと瞞《だま》して出歩き、偽証を強ひた二度目の養父、親仁《おやぢ》など最初から赤の他人とは思つてゐたが、他人ならせめて迷惑だけはかけてほしくない。いづれそのうちにこんな家など飛び出して一人で暮すのだから母親がどんな男と一緒にならうと構ふものかと十二、三の頃から考へてゐた遥太ではあつたが、如是が来てからは妙に和《なご》んだ気持になり、かういふ倒錯した幸福感もあるものだと妙に悟つて、義父のいれてくれる夜の紅茶を飲むのだつた。

　麻名子の帰つて来るのが夜の八時。以前は見習や助手と後始末をし翌日の準備まで済ませるのでもう一時間は遅かつた。働き口はあるからとその気の如是を却《かへ》つて宥《なだ》め賺《すか》して遊ばせておく麻名子の気持が遥太には不可解であつたが、二月《ふたつき》三月《みつき》経《た》つうちにこの優しい巨人が聾ゆゑに卑下しておろおろと他人の中を奔《はし》り廻つてゐるのはいかにも無残、麻名子の抜群の技術と客あしらひで固定客も百人を越える美容院「マナ」の女主人の名にかけても、夫を日傭《ひやとひ》や守衛には出せぬと言ふのも一理あることだと、模《も》様替《やうがえ》した二階の書斎でうつらうつらと日中を過す如是をいたはる心遣ひも湧いて来た。

　如是が二度手間かけた麻名子の夕食が終ると遥太の部屋へ紅茶が運ばれる。三年前から病みつきになつたホルンの練習に教師の家へは週三回通ひ、馬術部とワンダーフォーゲル・クラブに籍を置く遥太は日中ほとんど家にゐず、義父と顔を合すのは稀に空《あ》いた休日かこの夜半の一時《ひととき》、話は一方通行でこちらはメモに書いて意志を告げ感情は表情で伝へる以外にみちはないのだが、慣れてくれば次第に以心伝心、よほどの事でもない限り筆談も不要になつた。

ドラムを叩いてゐたといふのも嘘ではないらしい。遥太がある日友人四、五人を連れて来て気晴しにジャム・セッション紛ひの演奏を試みた時、茶菓を運んで来た如是が去りがてにしてゐるのでドラマーに訳《わけ》を話して代らせた。手早く曲目を〈Smoke gets in your eyes〉とメモして渡したところしばらく目を瞑つてゐたが、いつそこんなものと呟いてイア・フォーンを耳から外しやをらスティックを構へた。遥太のスタートの合図と共にサックスがピアニシモでテーマを吹き始める。スティックの腹がシンバルをさつと一撫《ひとな》で、それから後はこれが十数年ドラムに触つたこともない男かと思ふやうな鮮やかさで小気味よくリズムを生みメロディーの中を駆け巡る。途中で代るつもりの元のドラマーも傍で目を剝き足拍子で浮かれ出す。耳の聞えぬ哀しさやや後れ先立つ嫌ひはあるものの却《かへ》つてそれが得《え》も言へぬシンコペーションを創つてジェローム・カーンのマニアならずとも肩を叩いてやりたいほどの出来栄えであつた。一曲終ると次を所望する一同に無礼を詫《わ》びてそそくさと退出したが、たれの耳にもあれはクラシックも十分叩ける腕、一座の一人など彼にオーガンディー製のロココ風のシャツでも着せてステージに立たせたら大向《おほむか》うが湧くだらう。見方によればずば抜けて魅力のある男つ振り、若い女にはあいふのがこの頃もてるんだ。いや男にもアピールするものがあると穿《うが》つたことを言ふ。

ドラムはそれ以後何度か機会を作つて誘つても言を左右して遂に叩かうとはしなかつたが、能ある鷹の爪は随時随処に隠顕《いんけん》して遥太の心を快く引掻いた。古文のレポートに頭を悩ませてゐると万葉の東歌《あづまうた》あたりがよからうと古い無名歌人の論文を見つけて机の上に置いてくれたり、シェークスピアを読み患《わづら》つてゐれば翌日恰好な対訳本をそれも三種類古書店で探して来てあてがひ、馬から落ちて足を挫《くじ》けば整形外科の医者も舌を巻くやうな手つきで処置を施し三日で癒す。日課になつた夜の紅茶が待遠しく母の都合で遅れるといらいらするまでに馴染み打解け、半年は瞬《また》く間に過ぎた。

紅茶を飲みながらの話が弾《はづ》みもう五分もう三分と引留《ひきと》めるのだがそのうちに烈《はげ》しい睡《ねむ》気《け》を催し、正体もなく眠りこけた遥太を抱上げて寝台へ運ぶのは如是。翌朝目が覚めて慌てはするがその記憶の反芻《はんすう》が朝食を甘美なものにする。母のうつとりした寝起の顔が急にみだらに映りまめまめしく給仕する義父と独占する麻名子二人ながらに癪に触る。麻名子はめきめきと若返つた。やや瘦せはしたが険《けん》のあつた目つきが潤みがちになりよほど抑へてはゐるのだらうが如是に溺れ切つた態度は隠せない。見て見ぬふりをしてはゐるが朝如是の胸元や頸に紅花の散つたやうな痕のあるのは連日のことで、以前はしたことも無い小さな欠伸《あくび》を初中終《しよつちゆう》洩らし、店で粗相でもなければよいがと遥太は心配であつた。公休日は如是に遥太も着たことのない真紅のスウェターや藤色のシャツを纏《まと》はせ、自分も二十代の娘さながらの華麗な装ひで連立つて出て行く。麻名子の好みで揉上げを伸ばし髪もやや長目に刈ると昔の雲助《くもすけ》めいた泥臭さは名残もなくなり、煙草を持つ手つきさへ陰影がさし添つてローレックスの腕時計もぴたりと板についた感じである。

美容院の経営にも控へ目ながら決然と意見を述べ、華客《とくい》の好みに応じて男の美容士を採用させたし、待合のマガジン・ラックにヴォーグやマダムを備へた。年が変つて暇な二月にレイアウトも一週間休業してがらりと一新したが、このデザインも如是の独創。その頃には七人の中《うち》五人まで美容士は男に変へてゐた。この採用も亦《また》如是の一存でどこから引張つて来るのかいづれ劣らぬ美青年で技倆も相当なもの。常連の夫人は彼等をお目当に通ひ、事によれば他の希望にも応じかねない仕組になつてゐる。如是が顔を見せるとマスターと呼び一顰一笑《いつぴんいつせう》を覗《うかが》つてゐる風情だが麻名子はそれも夫の人徳と目を細くする。旧顔《ふるがほ》の一人は既に万事をとりしきりチーフと奉られマダムがゐなくても支障のないまでに運ばれてゐる。

麻名子は昼は家へ帰つて如是と差向ひで食事をするやうになり後また一時間過した上で二度目の後朝《きぬぎぬ》の別れを惜しみ惜しみ出て行く。夜の紅茶は続いてゐるがシュトラウスのホルン協奏曲云云《うんぬん》の殺し文句に代つて奇妙な台詞《せりふ》を囁くやうになつた。今飛ぶ鳥落とす勢の指揮者ルイ・栃尾氏が君を養子に欲しいと言つてるが行く気はないかね。ホルンは欧州へ遊学させて一流に仕立てて見せると請合《うけあ》つてゐる。いや別にコンダクターを襲名させるの継がせるのといふ気持はない。ただ君の才能と人柄に惚れてのことさ。お母さんも承知してゐるんだ。この五月あの人もミラノへ行く。ともかく一緒に旅行だけでもしてみては。麻薬のやうな言葉が遥太を夢見心地にする。断る理由も気力もない。如是の魔力は母と息子を自在に操り始めた。彼のゐない日常などもはや考へやうもなく考へると途方に暮れて二人の目は宙に迷ふ。事実如是が今心変りでもしたら、腑抜けになつた母と息子は背をむけ合つて哭《な》き暮すだらう。

桜が散つて日癖《ひぐせ》の疾風が吹き出す。ルイ・栃尾には二度会つた。如是がつき添つて委細呑みこんだ様子である。別に改めてホルンを聴いてくれるわけでもなしただ遥太のみづみづしい四肢を黙つて見つめるだけであつた。操り人形擬《もど》きに如是に従ひながら遥太はとりとめもないもの思ひに耽つてゐる。渡航準備も着着《ちやくちやく》と進んでゐるらしい。麻名子は他人事《ひとごと》のやうに羨しいわなどと嘯《うそぶ》いてこの頃は午前《ひるまへ》になるまで如是を離さない。美容院は全部男に変つて盛況である。ミラノからニースへ廻り事と次第では一年ばかり向うで過すことになるらしいがその間にまたすつかり変つてゐるだらう。母は白痴《はくち》になつてゐるかも知れない。友人の一人はルイ・栃尾の芳しからぬ風評を告げて憂ひ顔であつたが自分は例外だと思つてゐよう。彼が養子にした青年は今までに三、四人ゐたさうだが揆《き》を一《いつ》にして海外で消息を晦《くら》ましたといふ。そのうちに故郷へ錦を飾るのだらう。また他の一人は、如是は聾どころか地獄耳、あのイア・フォーンは逆に耳の栓で、外してゐる時は聞えてゐるのだと噂する。夜九時の紅茶の中には催眠薬、麻名子の食事には催淫剤、美容院のメンバーは悉皆《しつかい》彼の乾分《こぶん》弟分、他にもさういふ美容院やホスト・クラブが沢山あるらしい。ほぼ一年に一つの割で増えてゆくとか。ガードマンも小火も全部演出かも知れぬ。葬儀屋と生命保険会社に潜入してゐる彼のアシスタントが情報やデータを齎《もたら》すのだ。見てゐて御覧不日《ふじつ》彼は蒸発同様に姿を隠すだらう。美容院や他の不動産の名義は三箇月前に書換へてある。その上後月《しつき》家から除籍の手続きまでしてしまつた。母と息子は完膚なきまでに藻抜けの殻にされてその後どうするつもりなのだらう。遥太の仮睡《まどろみ》を狙つて誰かがさう囁く。

元ボクサーの太い両腕が彼を抱へてゆらゆらと寝台に運ぶ。囁きは如是の唇から洩れてゐるのだ。さやうなら、愛する餌食よ。いつの日かお前の吹くホルン協奏曲を聴きたいものだ。オーブレー・ブレインよりも軽やかにデニス・ブレインよりも重重しいホルンのあの微かな旋律をおれはどこにゐても聴きとめるだらう。たとへそれが墓の下からひびいてくるものであつても。何を隠さうその冥府からの様様な訴へを聴きながらおれはこれからの半生を生きるのだ。神よ寵《めぐ》みを垂れたまへ。

賓客

母が死んで最初に尋ねて来たのは、洋裁店カランドリエのマダムだつた。今年の春つくつたイタリア製手描捺染《てがきおしぞめ》の山繭織《やままゆをり》カクテル・ドレス一着五万円未払になつてゐるとのこと。未亜子《みあこ》は途方に暮れたが、母の生きてゐた頃とはてのひらをかへしたやうに険しいマダムの目に射すくめられて、とりあへず三万円もつて帰つてもらつた。あれだけ親しく往来《ゆきき》してゐたのに香奠《かうでん》もくれなかつたことを、後で思出したが相手が悪すぎた。

その次に来たのはマント狒狒《ひひ》のやうに髪をのばし、ひげの剃りあとのべとつと青い、三十すぎの色男で、くやみも言わずににやにやしながら翡翠の指輪とイアリング、形見にもらふ約束だつたからと馴馴しく肩に手をかけ催促した。未亜子はそれが時価百万くらいすることは知つてゐたが、男の粘りつくやうな目が怖ろしく、母の居間の鏡台のひきだしから大急ぎでつまみ出して渡した。渡す手をたぐりよせて、行きがけの駄賃に唇を盗もうとしたので、「私、猩紅熱《しやうこうねつ》が癒《なほ》つたところよ」と言ふと、色男は顔色を変へて退散した。

三人目の来訪者は全く意外な二十五、六歳の首の太い青年で、許婚者《いひなづけ》だから結婚してやると言ふ。びつくり仰天いつそんな契約ができてゐたのかと問ふと、昨年のどこかのクリスマス・パーティーで母が指切りまでしたと言ふ。酔つぱらふと何でも約束する母の悪い癖を思ひ浮かべて、借金五百万ばかり相続したからそれもあわせてもらつてくれるつもりかと言ふと、五百万円は持参金をつけると言つてゐた、詐欺だなどと騒ぐ。ぢや隣りに警察があるから行つて相談しようと立上ると「ヘン、案外図太いあまだ。今日は忙しいからまたにしようぜ」と顔をゆがめて出て行つた。

もう誰が来たつて会つてやるものかと、未亜子は玄関の扉に鍵をかけて、編み終るのに一年はかかるマキシ・ドレスを、葵色《モーヴ》の毛糸で編みはじめた。片手編んだ頃勝手口の扉をノックする音が聞えた。うるさいやつだと思ひながら覗窓から透かすと、五年前母と大喧嘩した揚句追出された父だつた。ああやつと私の味方がやつて来てくれたと、よみがへる思ひで扉を開けて迎へ入れると、見ちがへるほど活活《いきいき》とした明るい目で、立派な口ひげまで生やした父は優しく囁いた。

「未亜子、お前の新しいお母さんと、新しい妹三人連れて来てやつたよ。ひとりぼつちで淋しかつたらう。今日から賑やかになるからな。安心しろよ」

玄関にまはつて無理に笑顔をつくりながら扉を開けると、険しい目つきの中年の女が、父そつくりの三人の女の子を連れて立つてゐた。はつとしてよく見直すと化粧を変へて地味にはなつてゐるが、まさしくカランドリエのマダム、彼女は耳に翡翠のイアリング、手には猫目石の指輪をはめて射すくめるやうな目を光らせ、

「はじめまして」

と澄み切つたソプラノで挨拶した。

蕗

言語学会の公開シンポジアムは朝から雪であつた。一月二十三日で旧の睦月朔日《ついたち》、今年米寿を迎へた祖母の戛子《かつこ》は相変らず今日はお元日だと母の燕世《やすよ》を叱咤して屠蘇《とそ》に雑煮と早朝から大騒ぎ、炯介《けいすけ》にしてみれば正月の二度あるのは結構なことだが母にとつては二度手間、煤掃きこそ繰返しはせぬが戛子の茶飲み友達が明けましての候のと御慶《ぎよけい》にはやつてくるし、これが実の母娘《おやこ》の仲だからこそぶつぶつ言ひながらも従つてゐるものの姑嫁の間なら陰に籠《こも》つて胡散《うさん》臭い雰囲気の初春になることだらう。父の礼文《れいもん》は入婿、燕世とは深刻な一幕もあつての末の恋愛結婚で戛子は未だに心の底では許してゐない。第一混血児がこの由緒正しい金石家《かないし》に闖入《ちんにふ》したことは末代までの恥でために寿命を縮めたと歎くのだが、縮めて八十八まで生き、なほ当分死ぬ気配もないのだから妙な言ひがかりである。商船会社の結構な椅子に坐つて海外を奔《はし》り廻つてゐる時の方が多く去年の秋からカイロに滞在中。新旧共にこの家の屠蘇は飲まずに済んだ。

昨夜、戛子の言ふ大晦日は友人の七座《ななくら》と飲み明し炯介が起きたのは十時過ぎ、シンポジアムは午後一時から始まるので午前《ひるまへ》にはその七座が誘ひに来る。専門外の会ゆゑ別に出なくてもどうかうと言ふわけではないが七座にしてみれば今日のテーマが地名と地名用語、地理学専攻の炯介が同行してくれれば心強いのであらう。一晩口説《くど》かれて遂に陥落した。この雪景色ではとんだ無理心中の道行《みちゆき》だと洗面所の窓から外を眺めてゐると、遅蒔《おそまき》ながら祝儀の膳につけと戛子の矢の催促が聞える。迎へ酒に屠蘇もよからうと胡坐《あぐら》をかいて盞《さかづき》を突出す。数の子、酢牛蒡《すごばう》、黒豆、金団《きんとん》、何を見てもむつとして箸を宙に迷はせてゐると、お前はお父さんに似て貧乏性だからせめてこれだけはお食べと戛子が手塩を押しやる。見れば金柑《きんかん》、銀杏《ぎんなん》、蕗《ふき》の薹《たう》の甘露煮《かんろに》。酢の物さへ咽喉《のど》を通さぬのにこんな甘つたるいものが食へるかと心の中で呟きながら、さて箸をつけぬとまた親仁《おやぢ》礼文の棚卸しが始まるのは知れたこと、目を瞑つて鵜呑みにした。

「よく味はつてお食べ。金、銀、富貴《ふき》の三宝《さんぼう》、金石家の安泰もこれのお蔭ですよ。レーモンつて名は聞くところでは『賢い保護者《ワイズ・プロテクター》』と言ふ意味なんださうな。名前負けだねえ。私の名の戛はもともと苗字《みやうじ》にちなんで金石《きんせき》の打ち合ふ音ですよ。燕世は世界を安めること。言語学会なんかに行く暇があつたらかういふ為になる学問もちやんとしておきなさい。名前にあやかつて炯眼を持たなくちや」

三題噺から厭味なお説教に変つたところで座を立つ。金石が打合へば両方が傷つく。女だてらに世を安んずるとはいづれ青鞜派《せいたふは》の世迷ひ言だらう。炯眼を具《そな》へてゐればこそいづれこの家など飛び出して父方の祖父のゐるオーヴェルニュへでも行くつもりなのだ。炯介と名告《なの》つたらあのお爺ちゃん Qui est-ce que? と鸚鵡《あうむ》返《がへ》しに言つて目をまるくしてゐたつけ。夏子なら Quoique と聞き違へて妙な顔をするだらう。オーヴェルニュ高原でドルドーニュ河の流れを見て暮したい。流れ流れて末はボルドー、南へ行けばピレネー山脈、バスクへ行かう。行かうぜ。今からなら電車で間に合ふだらうと七座がポートフォリオを抱へて玄関に立つてゐた。宿酔《ふつかゑひ》の目が赤い。

学会は退屈だつた。どこかの助教授が峡谷、崖、岩壁はすべて「くら」と言ふ。モン・クメール語の Kula インドネシア語の Kara スメル語の Kla ロシア語の gora フィン・ウゴール語の Koren ……段段眠気を催して前のめりになつたところを傍の七座がつつく。なるほど七座といふのは先祖代代石頭で後頭部が断崖絶壁をなしてゐるからの命名かと腹立ち紛れに感心してゐると都合よく閉会になり、時計を見ると三時半。雪は溶けて道は一面に大根卸《おろ》しをぶちまけたやうな泥濘《ぬかるみ》になつてゐる。雨沓《あまぐつ》を穿《は》いて来たことだし会場の市民館裏を斜に横切つて駅へ出ようと今時珍しい野道にさしかかつた。雪をわづかにかむつて既に蘩蔞《はこべ》に芹、薺《なづな》、蓬《よもぎ》のたぐひがやはらかい緑を覗かせてゐる。七座が立止つてあれ蕗《ふき》の薹《たう》と指をさす。萌黄《もえぎ》色の蕾のやうなふくらみが腐つた藁の下に見える。今朝の「富貴」がほろ苦く舌の根に蘇り唾を吐きながら訴へると七座はにやりと笑つた。

「蕗は Petasites japonicus と言つてね、語源はヘルメスの頭の有翼帽のことなんだ。期せずして戛子刀自《とじ》の喩《たとへ》と一致してるぢやないか。マーキュリーは商業の神だものな。帰つて教へてやれよ。君の株が上るぜ。銀杏は Ginkgo biloba すなはち公孫樹《いてふ》の実。何だか銀行の利子みたいな語呂になるね。雌雄異株つてのもフレイザー風に釈《と》けば子孫繁栄でめでたからう。蜜柑、金柑、三宝柑、芸香科《ヘンルーダ》の植物は一様に Citrus がつくがこれはもともと仏手柑《ぶしゆかん》、婆さんも欲張つてゐずにそろそろ後生《ごしやう》を願つていい齢だから、これも頂門《ちやうもん》の一針《いつしん》に教へといてやれよ。言語学もなかなか深く広いものだと宣伝することだ」

炯介は身を屈めてそつと蕗の薹を掘り取つた。砂糖で煮詰めるよりもこのまま吸物に浮かせた方が趣がある。これから久久に駅裏の酒場「榲桲《まるめろ》」へ行かう。まだ開店前、マダムが夕食を作つてくれるだらう。オーヴェルニュへ連れて行く時は蕗の根も二、三株大事に持つて行かう。ドルドーニュの河岸にヘルメスの帽子が靡《なび》くやうになるだらう。今累珠《るいず》の身籠《みごも》つてゐる子はその淡緑の葉を翳《かざ》して遊ぶのだ。「オーヴェルニュの船歌」を歌ひながら。

トレドの葵

風鳥座

身は錆太刀、さりとも一度遂げぞしようずらう　閑吟集

煙草を持つた左手の中指と薬指をいささか反《そ》らせ気味に、視線は窓の外の沈丁花《ぢんちやうげ》の植込のあたりに漂はせ、ソファに長い脚を組んだ恰好は、たしかにぴたりと極《きま》つてゐた。二、三日前、早穂《さほ》が得意気に吹聴するのを聞及《ききおよ》んだところでは、逗留中の客は彼女の養母の義弟で、パリ在住二十年近い芸術家、この度六、七年振《ぶ》りで帰国し、月末にはまた向うへ舞戻る予定、何しろ演劇関係の仕事も手がけてゐるだけに、「優雅」「瀟洒《せうしや》」を絵に描いたやうな銀髪の紳士とのこと、香崎《かうざき》も微笑しながら頷《うなづ》き、例のカルチェ・ラタンあたりのカフェに以合ふ一異邦人を連想してゐた。それが外れたわけではない。にも拘《かかは》らず、彼は一瞬、ああ会はぬ方が良かつたと心の中で舌打した。人見知りや選り好みの少い香崎には珍しく、一瞥した途端に嫌な予感が背筋を走つた。

「ああ、君がサフォーのフィアンセ？　お噂はたつぷり拝聴してゐますよ。お掛けなさ

いな。一寸《ちよつと》、香奈義姉《ねえ》さん、この紳士にもグラスを。カルヴァドスなんかお口に合ふかな。さう、『凱旋門』であの貧乏医者がぐびぐび飲むやつさ。いいえね、古いものは上流でも愛用されてるのだから。さ、御遠慮無く。一ダースばかり持つて来たのに、ここへ来る連中は下戸《げこ》ばかり」

敬語まじりの狎狎《なれなれ》しい口調はともかく、文学的な言ひ廻しが一一気障《きざ》で、それも顔を蹙《しか》めたりすれば、日本人はそれだから社交界で爪弾《つまはじ》きを食ふのだと説教されかねない。妙な酸味の舌の根に沁む林檎酒を、義理に呻《あふ》つて見せ、それとなく斜《はす》から眺める。間違つても芸術の使徒でも学者でもあるまい。一昔前なら、女の二人や三人操れもしたらう。荒《すさ》んだ生活がなまじつかな美貌にどす黒い影をつけたのか、ちらつと覗く金歯が妙に腥《なまぐさ》い。まだ三月の始め、春寒料峭《しゆんかんれうせう》の砌《みぎり》と、昔は消息の冒頭にしたためた時候だが、白に近い枯草色のスーツに乾いた血の色のスカーフ、荒い縦縞のシャツが、結構似合つてゐるのはさすがだし、剛毛の生えた手を、これ見よがせに飾る猫目石と覚《おぼ》しい指環も、一応処《ところ》を得た感じではある。

だが何となくいかがはしい。間断無く喋り立てるその口跡も爽やかで、取上げる話題も、香奈と早穂がいかにも興味を持ちさうなファッションや音楽、それに食物の辺《あたり》を逍遥《せうえう》し、決して政治、経済方面に逸《そ》れはしない。しかし疑つてかかれば悉皆《しつかい》他人の受売で、夫子《ふうし》自身の見識はどこにひそんでゐるのか、怪しいものだ。女二人は話の切目毎《ごと》に大きく相槌を打ち、要らぬことに、香崎の方へもそれを強ひるやうな目くばせを送る。彼の目には欧州仕込の、甲羅を経た銀流しが、恰好な餌を見つけて舌舐めずりしてゐるやうにしか映らないが、女達には陰翳に富んだ、甘酸《かんさん》味到ずみの、訳知りの芸術家に見えるらしい。

考へてみれば香崎も、決して那須と正反対のタイプではない。女達の多い座では似たやうな、歯の浮くやうな話題で、彼女らをうつとりさせる手管《てくだ》を弄することもあり得る。容貌風姿も近頃流行の、繊細俊敏な色若衆《いろわかしゆ》型で、あと二十数年経《た》てば、那須を髣髴させぬとも限るまい。さればこそ、異様なまでの反撥を感じるのだらう。会つて三十分そこそこなのに、もう彼は那須の化《ばけ》の皮を剝《は》がさうと心の中で構へてゐる。時間が過ぎるにつれて、その熱意は殺意を帯び始める。

「七年前に帰つて来た時、この家を畳んでパリへ引越しなさいとあれだけ言つたのに、義姉《ねえ》さんと来た日には、苗代家の墓を守《もり》する者がゐなくなるとか、四十の坂を越してから、言葉も通じぬ他国で、いざといふ時は路頭に迷ふとか、取越苦労ばかり。一応諦めますがね、代りに早穂ちやんは預つて行きますよ。いや、何もあなた、永久になどとは言ひません。一、二年遊んだら帰つて、それからこのムシューと結婚すればいい。ね、香崎君だつたかな、たとへ一日でも別れては暮せない、なんて仲ぢやない様子だし、御賛成いただけませうな」

先刻から新しい一壜《びん》を自分用に手許に引寄せ、独りのべつに飲んでゐるから、呂律《ろれつ》もやうやく怪しく、毛唐《けとう》めいた深い眼が蒼みを帯び、ソファに寄せた上半身が、猫族《べうぞく》の媚態さながら弓なりに反るところも気味が悪い。御賛成もないものだ。深い仲だらうと浅い仲だらうと大きなお世話で、早穂が行きたければ行くだけのこと、涙ながらに取縋《とりすが》つて、やれ待て暫《しば》しなどといふ愁歎場《しうたんば》を演じるつもりはさらさら無い。正直なところ、恋人気取でゐるのは早穂の方で、香崎は女友達の一人として綺麗につきあつて来た。いざ結婚となれば、苗代家の養女のところへ婿入《むこいり》することになり、そんなことを言ひ出したら、国許《くにもと》の両親が目を縦《たて》にして反対を称へよう。事と次第では、その反対もさして怖くはないが、彼女が相手では、現在のところ、あへて対立、絶縁を覚悟するほどの情熱もない。苦笑を嚙み殺しておし黙つてゐる香崎を流し目で見ておいてから、那須は、折しも始まつたらしいテレヴィの歌謡番組に気を取られてゐる怠惰なホステスの膝を突《つつ》き、ぐいと向き直つて声を低め、いかにも内輪話めいた身振を示した。他人は退席の潮時との、無言の挨拶だらうと、香崎は立上つた。振向いて、取つてつけたやうな愛嬌を見せる那須の、先《さつき》までは死角にあつた耳の下から顎にかけて、三日月形の瘢痕《はんこん》のあるのに気がついた。青い剃痕《そりあと》の中の繊《ほそ》い曲線は、この老いた色男に一脈の凄みを添へて、むしろ美しかつた。

次に苗代家を訪れたのは一週間ばかり後で、沈丁花も薄汚れた花をこぼし始めてゐた。

香奈から、早穂が風邪を引いて三日ばかり熱が引かなかつた。今日はもう起上つてゐるが当分外出はできまい、心細さうだから一度是非との電話があり、理由をつけて逃げるのも白白しいと、不承不承、酣月堂《かんげつだう》の「夕霞《ゆふがすみ》」を提げて行つたのだ。またあの老人に煙に巻かれるだらうと半ば覚悟し、半ば怖れて、さて上つて見ると彼は不在、某旅行代理店と某美術館へ出向き、その足で某温泉へ遊びにとのこと、香奈もその程度しか教へられてゐないらしい。

銀行勤めもこの四月でまる五年、外国為替の輸入担当で、相場に激変のあつた時以外はさして繁忙を極める部門ではない。学生時代籍をおいてゐた演劇部の連中中心に月一回顔を合せ、不定期刊の「コロス」と呼ぶ同人誌に時折寄稿するのが、唯《ただ》一つの道楽、それも当人にはいつの間にか、かけがへの無い生《せい》の支へになりかけてゐる。苗代早穂と知り合つたのも、この集りを通じてのことだつた。香崎の書いた一幕物、『柑子《かんし》』を、後輩が卒業記念に上演し、こぼれざいはひでいささか評判を取つたのが三年前、その時の主演女優、と言ふも痴《をこ》がましい女子学生が早穂、芝居は何の事は無い御伽草子の「和泉式部」の翻案、時代を現代に変へ、柑子売もエンサイクロペディア・ブリタニカの販売人、ヒロインも某富豪の妾といふ設定、母親が実の息子と、知らずに情を交し、すべて顕《あらは》れて後は、二人ながらにおのれの業《ごふ》に戦《をのの》き、東西に行方を晦《くら》ます因果物語である。オイディプス王と母后イオカステに相通ずる節も感じられ、パゾリーニに倣《なら》ひ、早穂はシルヴァーナ・マンガーノ張りの、能面擬《もど》きの白塗《しろぬり》で、わざと糸操人形《マリオネット》風の挙止振舞を試みさせた。学生の演出係が、あまりにも常識的で青臭い演技指導をするのを見るに見かね、忠告を与へてゐるうちに引摺《ひきず》りこまれ、とどのつまり総監督を押しつけられたのだ。

「那須小父様《をぢさま》はパリの演劇界でも顔なんですつて。ムーラン・ルージュの振付師《コレグラフ》のルジエッロ・アンジェレッティなんか、東洋調の演目《だしもの》を手がける時は、真先に小父様に相談に来るらしいわ。私、決心したの、パリへ行つて来ます。小父様に蹤《つ》いて。ええ、勿論半歳や一年向うにゐたつて、大した勉強のできないことは判つてるけど、本物の前衛劇やコメディ・フランセーズを観られるだけでも儲け物ぢやないか知ら。今のままでずるずると劇団の研究生続けてゐたつて、どうせ梲《うだつ》の上るはずもなし」

　熱は下つたが、まだ頭痛が残つてゐるのか、粉の吹いたやうに白い顔が時時痙攣する。あの折の白塗の、仮面《マスク》めいた顔が二重写しになり、演技力も思考力も、三年前から一向に進歩する様子もないこの大根女優の卵が、急にあはれになつた。当の「小父様」は、彼女の追加報告によると、さる大学で東洋美術史を担当し、殊《こと》に日本の絵巻物については、ソルボンヌの某教授がひそかに伺ひを立てに来たほどの匿《かく》れた権威とかいふことだつたが、それにしても、話の節節が通俗臭紛紛で、いはゆる知性の深みの感じられないのはなぜだらう。

長居するとまたぶり返す懼《おそ》れもあらうと、「夕霞」の梅肉餡を口中に含んで、やをら帰り支度を始める。半身起上り、紫モヘアのケープを羽織つた早穂は、縋りつくやうな目で香崎を窺《うかが》ふ。帰つて来るまで待つてゐると一言《ひとこと》言つてさへくれたらと怨ずる風情《ふぜい》は、彼にも察しられる。同伴者が那須などではなくて、たとへば実の父親ででもあれば、彼ももつと素直にさう囁いてゐたかも知れぬ。だが、あの腥いロマンス・グレーと一緒といふのは、どうしても引つかかるのだ。

買物があるから途中までお見送りすると言ひながら、香奈が蹤《つ》いて出て来た。買物は口実、横町の茶房に香崎を誘ひ、案の定ここだけの話が始まつた。例によつて相当な厚化粧らしいが、仄明《ほのあか》りの中で透かすと、どうしても三十そこそこにしか見えぬ。顔立ちは早穂より大まかで、舞台に立つと映えるのはかういふ女だと、彼は心の中で較べてみる。四十二歳の秋に骨董品商《アンチック》の夫と死に別れ、時価数億と値踏みされてゐた逸品を、随分利口に、一切合財換金し、それをさる信託銀行に預けると、間もなくピアノ教授を始めた。醜男《ぶをとこ》の骨董屋に死ぬほど惚れられ、金で買はれるやうな結婚をするまでは、ピアニストとして天晴《あつぱれ》世に出るつもりだつた。留学も遊学も望みのままの条件で輿入《こしい》れしたのに、いざとなると言を左右して、洋行どころか、先生筋のリサイタルさへ一人では行かせてくれぬ病的な性格の男だつた。その辺までは、早穂からのまた聞きで承知してゐる。

「那須神敬の奴、七年前に帰つた時、私をパリに連れて行くつもりだつたと言つてたわ。

帰つたのは妹のお骨納めをかねて、私を籠絡《ろうらく》するのが目的だつたの。妹の榊だつて一体パリでどんな死に方をしたか知れたもんぢやないのよ。あの子頭が一寸《ちよつと》弱かつたものだから、神敬の二枚目振《ぶり》にころりと参つて、後はもう言ひなり放題。向うで結婚すると言ふから当時一千万ばかりの持参金を持たせてやつたわ。それで三年も経たないのに急性肺炎で昇天ですつて。パリにはペニシリンも無いのか知ら。三年間、ただの一度も手紙をよこさなかつたわ。調べに調べて電話するといつも留守。彼に詰問すると、榊は身体が繊細にできてゐて、パリの夏や冬はこたへるから、コートダジュールのさるシャトーへ保養に出してゐたとまことしやかに答へるのよ。信用できます？　何度か大使館か外国の興信所に頼んで、身許調査をしようと思つたけど、何だかとんでもないことが暴露しさうで、それが怖くつてやめたの。私、今でも彼の話半分どころか三分の一も信じちやゐません。早穂は、私がいくら言つても駄目、榊に似たところがあつて、あの男の胡《う》散《さん》臭いところが、逆にノンシャランで粋に見えるらしいんだから癪だわ。私、あの子を絶対パリへなんか遣《や》りません。ね、香崎さん、早穂を暫《しばら》く預つて頂戴。お嫌でも引受けて戴きたいの」

思惑はうすうす判らぬでもなかつたが、香崎ははつきり断つた。ロマンスグレーの飛ばつちりを食つて、据膳《すゑぜん》を強ひられるのは業腹《ごふはら》だ。第一早穂がその膳に載る気があるかどうか問題だ。先《さつき》の口吻《くちぶり》なら、香奈と香崎が腹を合せてパリ行の邪魔をしたと僻《ひが》む公算大、それなら二重に業腹だ。銀行員になつてからいつとはなく身についた保身術だつたかも知れない。事をし損《そん》じぬために慎重を期し、危い橋は決して渡らぬといふ、弱小動物の自衛本能に似たこの第二の天性を、香崎はわれながら疎《うと》ましいと思ふ。お粗末な同人誌に、いくら壮大なロマンや劇《ドラマ》を書いたところで、本人は次第に去勢され、知性の干物《ひもの》めいた男になつて壮年を迎へる。とんだお笑草《わらひぐさ》で、私生活の方が見事な笑劇《ファルス》だ。

勤先の三月決算まぢかになつて、デュッセルドルフ支店の浮貸《うきがし》が発覚した。支店長が交通事故で骨折、三週間ばかり入院中のことだつたらしい。本店の検査官に随伴して香崎も急遽向うへ飛ぶことに決つたのが十八日、パスポートの取れたのが月末に近く、出発は四月二日の予定となつた。身辺俄《にはか》に多事多忙を極め、問題の支店の過去六箇月の営業日報を点検し、為替ポジションの推移からコールの実態を把握するのに一週間はあつといふ間、早穂には電話で前後の事情を説明する暇しかなかつた。

「あら、那須の小父様は七日にパリにお帰りになるのよ。デュッセルドルフのお仕事が終つたら、絶対パリへ寄つていらつしやい。小父様が大歓びで案内して下さるから。支店のアドレスと電話、私にも教へておいて頂戴。私？　ええ私は今度は見合せることにしたの。フランス語みつちり勉強してからにします。ママが大変な剣幕で反対するのも、もう一つの原因。ママ、私を小父様に盗《と》られるのが怖いのよ。昨日、沢山お金を渡してたわ。榊の二の舞をさせうたつて、さうは問屋が卸《おろ》すものかとか、何だか汚い言葉で小父様と渡り合つて、まるで『三文オペラ』のロッテ・レーニャみたいな顔するんだから、私扉の隙間から見てぞつとした！」

那須のメッサー老人に鮫の歯があるかどうか。万一パリで首尾よくめぐりあへたら、モリタートの続きでもたつぷり拝聴しよう。香奈の妹榊は天使のやうな美人だつたとか。言ふのは酷だが、まさに白痴美の典型かも知れず、香奈の口吻から察すれば、那須が承知で客を取らせてゐたと思へぬでもない。曲りなりにも入籍手続はしてゐたらしいが、富豪の骨董商夫人に納つてゐる姉を計算に入れてのことだらう。妹の後釜《あとがま》に、俄《にはか》未亡人の姉をと、例の超一流の口先で口説きにかかつたが、彼女はその手を食はなかつたと思《おぼ》しい。懲りも飽きもせず口説き続けてゐるうちに、美人の養女が転《ころが》り込み、あれよあれよといふ間に、その婿がね候補まで浮び上つて来た様子、香奈の素気ない手紙から、さういふ事情を察して、善後策を講じに舞ひ戻つたといふ寸法ではなからうか。

デュッセルドルフへ着くと、内部事情を呑込むまでは、緊張のし通しで肩も凝つたが、ボスの検査官は三国融資関係のヴェテランで、文字通りアシスタントとして書類作成を手伝つてゐれば事は済み、早穂や「コロス」のメンバーに葉書を書くくらゐの暇はできた。十日余り過ぎて一件落着、事件の張本人は先に日本へ帰らせた。見るからに、不敵な面構《つらがま》への、自己顕示欲ばかり旺盛で、一向に責任感の無ささうな若造だつた。徹頭徹尾、申訳無しの一言も陳《の》べず、閑職に廻されるか、詰腹を切らされるかの暗い将来を思つて慰め顔の上司に、けらけら笑ひながら別れを告げる始末。空港へ見送りに行つてやつたところ、一目で玄人と知れる金髪女がぴつたりと寄添ひ、間《ま》がな隙《すき》がな接吻の交換、支店長や香崎には目もくれない。尤《もつと》も見送る側も別に名残を惜しむためならず、出発を確認したかつただけのことで腹も立たない。

要帰国の期限は四月末、この際ゆつくりパリ見物でもと支店長に勧められてゐる折も折、突然那須から電話が架かつて来た。一瞬出発前の早穂の言葉が脳裏を過《よぎ》る。「大歓びで案内して下さるから」とは一方的な期待に過ぎぬ。どういふ思惑があるのか、人物が人物だけに計りがたい。ところが、彼のかういふ躊躇も懸念も、一切無視した歓迎の辞が、止めるすべもなく那須の口から流れ出し、受話器片手に立往生する始末だつた。

「ぢやあ明日今頃もう一度お電話しますからね、搭乗機の名と時間をその時伺つて空港で待つことにします。銀行で決めてゐるホテルは？　無いのなら私の懇意なホテル・ラファイエットを予約しておきます。ええ万事に便利なところ。その晩はムーラン・ルージュへ案内します。早穂ちゃんへの土産話の種にね。翌日はルーヴルにノートルダムにモンパルナスつて寸法か。ぢやあその節いろいろと。三泊四日くらゐのスケジュールを組んでおきますよ。かはいい子もたんとゐるからお楽しみに」

親しげで横柄な、否応《いやおう》を言はさぬ口上だつた。香崎に断りやうのないのを見越しての強引な誘ひとも受取れる。ほほうパリに知人がゐるとはと、羨しげな目つきの支店長や検査官には、親戚の遊蕩児で、両親から帰国慫慂《しょうよう》の使者の役目を仰《おほ》せつかつてゐて、迷惑至極なのだと、見事な嘘をつき、同道を希望しさうな検査官の機先を制した。第一彼自身、あの巧言令色の後にどんな陥穽が匿《かく》されてゐるのかと、おつかなびつくりの状態、他人様《ひとさま》を巻添へにするやうなことは避けねばならぬ。

オルリー空港で再び見る那須は黒づくめのいでたちでタイとハンカチが薔薇色、灰青の嬉しさうな春服を纏《まと》つた香崎がいかにも田舎者に見える。早速車でホテルに向ひ、着くとてきぱきフロントで手続を済ませてくれる。流暢な会話の三分の一も聞き取れず、最早完全に敵に呑まれた恰好だ。十六階の、凱旋門の遥かに霞む窓のある部屋に落着く。ノン・フィギュラティフの画をそのまま写したやうな斬新なレイアウトに息を呑み、備へつけのテレヴィにソニーのマークのあるのを見てまた目をまるくする。パリも物価高騰で、半日うろうろしてゐると、ろくに飲み食ひもせず二、三百フラン飛んでしまふと、スーツケースの整理を手伝ひながら語りかける那須の、その一言にはつと気がつき、香崎は内ポケットから先刻両替したての紙幣の中の、五百フラン三枚を抜いて差出した。私が招いたのだからそんな心配は無用だ、たとへ高価な土産を買ふにしても立替に事欠くやうな身の上ではない、強ひてと仰るなら最後に精算してもらへば結構と、口では言ひながら、三枚の札はすんなりと懐中に滑りこませてゐた。その流れるやうな口跡と手つきに、香崎は、那須の永いパリ生活の薄暗い一面を嗅ぎ取つた。学者や芸術家にしては話術や身振が出来過ぎてゐる。耳学問の、ブッキッシュな知識とは言へ、今の香崎には鋭く響いて来る節《ふし》がある。

ムーラン・ルージュは食事つきといふので、五時頃近くのレストランでフォワグラを肴《さかな》に軽く一、二杯傾けてから、モンマルトルを散歩し、歌ふやうに流れ出る那須の名文句に聞き惚れ、八時過に劇場に入つた。呼物はこの四月一日からデビューしたケニア生れの黒人歌手リゼット・マリドール。支配人が現地でずぶの素人娘を掘出し、振付師ドリス某女史が二年間の凄じい訓練の後、今年ジョゼフィヌ・バケルの再来と銘打つて売出したとか。チョコレート色の、二米《メートル》もあらうかと思はれる長身、弾力のある四肢は悍馬《かんば》さながら。煙る蛾眉、漆黒の隈取《くまどり》で強調する牝豹の眼《め》、口は食人種めいて臙脂《えんじ》に濡れ、異邦人の香崎の目には美貌の女怪《によくわい》としか映らない。歌はうまいのかまづいのか、合唱と伴奏の絶間に聞えるのは囈語《うはごと》めいたアルトだ。

「連舞《つれまひ》をやつてゐる男はね、左がトニー・フローレス、右はカルロス・オルメド。スペイン出身の二枚目ダンサーだが、彼女の前では貧弱に見えること！　この間日本に帰つて、テレヴィのショウ番組をちらちら拝見したが、ありや一体何です。女のタレントの半分以上は白人との混血ぢやない？　日本人の劣等感がそのまま歌つたり踊つたりしてるんだから、とんと嘔吐を催すね。そのくせ男の方は揃ひも揃つて、目が細く鼻が低く脚は短く、ポケット・モンキーのアトラクションだ。一番面白いと思つたのは、演歌歌ひのハンサムな印度人と、プレスリーそつくりと称するアメリカ人歌手。印度人の伝で、日本でも、南太平洋の赤色土人の美男美女を狩り集めるんだね。才能のある奴を鍛へ上げて、タレントに祀《まつ》り上げりやいいのさ。絶対受けるだらうに、阿呆が揃つてるんだよ、興行界は。あんた一肌脱いでみたら？」

食事について来たシャムパンを一人で飲んで怪気焔を上げてゐる。そのくせ演劇界のニュースでも聞かうと水を向けるが、そんなことは駅売の新聞雑誌にうるさいほど書いてあるとせせら笑つて相手にしてくれない。当夜は第一回終了十一時、そのままホテルへ帰つて前後不覚に眠つてしまつた。翌朝心待ちにしてゐるのに、那須は午前中現れず、午後一時になつてやつと連絡があつた。地下の酒場《バール》で待つてゐるとのこと、覗いてみると、とろんとした目つきで息が臭い。昨夜あれから二、三軒梯子をしたら、滅多にないことだが宿酔《ふつかゑひ》で頭が痛い。ここへも一時間ばかり前に来て、迎へ酒を頂戴したと言ふ。「頂戴」とは多分、ここはホテル内ゆゑ伝票にサインして置け、預つた分とは別勘定といふ意味だらう。今頃から、管を巻く案内人に蹤いてノートルダム寺院に参るわけにも行くまい。嫌な目つきの那須を横目で窺《うかが》ひながら、香崎はパリ見物も預けた金の精算も、半ば諦める心づもりをしてゐた。

「どうせお前さんも、この私を食はせものだと思つてるんだらう。昨日も午前中はアンリ四世校の特別研究会で、『伴大納言絵詞《ばんだいなごんゑことば》』の講義をして来たんだが、信用したくなきやそれでいいんだ。何ならこれからカルチェ・ラタンへ一緒に来るか。学生が挨拶するところを見せてやるから。帰つたら早穂に言つとけよ。私の気のあるうちにパリへ来なかつたら手後れになるつてな。さうさ、あの香奈つていふ女の蟻地獄にはまつたら一生逃げられやしないぞ。サフォーと言つたのは冗談ぢやないんだ。あの娘を婆さんはさう呼んでるのさ。実は婆さんこそそのサフォーなのに。お判りかい、劇作家の銀行家《バンキエ》、お前さんの作る劇《ドラマ》から、こんな物語は食《は》み出すんだらう。なら、大した事はないね。ジロドゥーでもサルトルでも、もう一度じつくり読み直すこつた。昔話のパロディーを捏《でつ》ち上げて、これがオリジナルな日本の演劇なんて囀《さへづ》つてゐても埒《らち》は明きやしないぜ。さうさ、早穂がやいやい言ふので『コロス』のバックナンバーには目を通したよ。メレディスやスタニスラフスキーを軽く見てゐるやうだが、『喜劇論』一つにしろ原書で三度以上読まない間は、知つたかぶりは書くんぢやない。アヌーイが甘いつて？　笑はしなさんな。彼が甘かつたら、お前さんの『柑子』なんか腐り切つた糠味噌の臭気紛紛、読めたもんぢやない。素人の片手間仕事を、思ひ上らない方がいいな。ああ思ひ出した。早穂はね、五月から『風鳥座』に鞍替するさうだ。昨夜着いた手紙にさう書いてあつた。何でも黄瀬田六道のお目にとまつて、七月公演には準主役級に抜擢されるんだつて。黄瀬田と言へば、あいつ五年前パリに来た時、さんざかはいがつてやつたんだが、そのお礼心かな。演目《だしもの》はジロドゥーの『ソドムとゴモラ』ださうな。黄瀬田自身が、昔ジェラール・フィリップのやつた天使役を買つて出るらしいや。いや適役適役！　伝へ聞くところでは、お前さんとは犬猿の仲らしいが、彼は問題にしてゐないさうだぜ。もう少し大人《おとな》におなりよ」

長広舌《ちやうくわうぜつ》が一段落したところで彼は立上つた。カウンターの隅へ行つて鍵を示し、百フランなにがしの伝票にサインした。歩廊へ出ると那須は薄目を開いて壁にもたれ、香崎に挙手の礼をしてみせる。玄関まで送つて車に乗らせ、今日は綺麗に引取つてもらはうと肩に手をかけた時、先刻からこちらを眺めてしきりに頷き合つてゐた、日本の中年の女の三人連《づれ》が、険しい目つきで近づいて来た。リーダー格と思《おほ》しい蜻蛉眼鏡《とんぼめがね》の肥つた一人が、香崎に詰寄つて金切声を張上げた。

「貴方、この爺さん相手になすつちや駄目、札つきの悪徳ガイドですつて。三日前の晩私達、この一見紳士風に騙されて、『ムーラン・ルージュ』観るのに一人六百フランもふんだくられたんですよ。後で他の人から、食事も酒もチップもこみで、三百フランも出せばお釣が来ると聞かされたわ。その上にどうでせう、夜の騎士《ナイト》を紹介するといふ触込みで、揉上の長いジゴロめいたのを三人、ホテルのお部屋へ送つてよこすのよ。何もしないのにこれも五百フラン巻上げられて、そりやもうさんざん。口惜しいから、あの航空会社の代理店を通じて訴へてもらはうと思つたら、耳の下に傷のある爺《ぢぢい》は、モンパルナス辺のやくざとも脈絡のあるしたたか者で、恐喝《ゆすり》も女衒《ぜげん》も常習、邦貨換算、四、五万程度の被害で済んだのなら安いものだと慰められたつてわけ。何だつて日本人が日本人を食ひものにするんだよ。この面汚し、死に損ひ！」

青痰を吐きかける寸前、まあまあと制したものの、三人は、この破廉恥漢を庇《かば》ふのかといつた凄じい形相で、香崎まで睨みつける。折しも向うから酒壜満載のワゴンを押して給仕人が通る、それを楯として那須は身を翻し、あつと言ふ間に行方を晦《くら》ました。宿酔とは思へぬ、猫族さながらの敏捷な身ごなしであつた。

それつきり、香崎は那須に会つてゐない。早穂からは連絡がなく、彼から苗代家を訪れもしない。学生時代からその面《つら》を望見しただけでもげつとなる、あの俗物の黄瀬田の傘下に走つたと聞けば、最早早穂には憎しみ以外感じない。日本への帰途、南廻りのジャンボ機の窓から、香崎は星空を眺めて、風鳥座《アプス》を探した。それは南極に近い星座で、ここからも見えない。見られるはずがない。少くとも、日本では絶対見られない。経帷子《きやうかたびら》めいた綿雲に取巻かれ、香崎はこのまま、その風鳥座の彼方に連れ去られるやうな気がして、静かに熱つぽい瞼を閉ぢた。

聴け、雲雀を

シェリーを飲まうと君は言ふ
海にも雲雀はゐるのか
さう問ひかけたが
答へもせずに窓を開け
ここから見えるのが虚無の沖
岬は夙《と》うの昔に溶けて流れた
雲雀は岩礁に巣を造る
燕ではない証拠に
天に向つてまつしぐら
声も立てずにただ落ち続ける

ほろ酔ひの眼を君は天に向け
雨がさかさに降る六月
一粒の卵を温《あたた》めよ
罪を孵《かへ》せ死に到る罪を
人に生れ変つて私に成るのだ

「好きな詩人は？」と尋ねられたら、即座に「シェリー」と答へようと思つてゐた。思ひ続けて十何年、梲《うだつ》の上らぬ銀行員の鷹崎に、そんな洒落たアンケットを試みてくれる奇特な人は絶えてなかつた。妻の真穂《まほ》さへ、その婚約期間中にさへ、シェリーと答へる機会など一度も恵んではくれなかつた。ただの一度、それも蜜月中にとある料理店で、その名の白葡萄酒を注文して、僅かな夢すらも裏切られたことがある。酒はSherryで詩人はShelley、それを枕に一席弁じ、興に乗れば「雲雀に寄す」の一節でも口遊《くちずさ》んで聞かせるつもりだつたが、真穂は価格表にちらつと目を走らせて露骨に眉を顰《ひそ》めた。給仕長が恭《うやうや》しく一揖《いちいふ》して壜《びん》を傾けても、彼女はグラスを掌で覆つて横を向き、鷹崎は面を赤らめて俯《うつむ》く他はなかつた。

もつともいざと開き直られると今度は彼の方がしどろもどろで、シェリー論を滔滔《たうたう》と展開できるほどの蘊蓄《うんちく》も才も、決して持ち合せてはゐない。英文科はお情で卒業させてもらつた程度で、十九世紀の抒情詩云云《うんぬん》と御大層な標題を掲げた卒業論文は、言はずと知れた孫引きと剽窃《へうせつ》との切貼細工、キーツ、バイロンが腹立ち紛れに化けて出さうな迷論だつた。シェリーに興味を持つたのも、その情熱的な詩藻や潔い理想主義のゆゑならず、十六歳の美少女と結婚してゐながら他の娘と恋に落ち、幼妻は投身自殺といふ絢爛たる雅男振《みやびをぶり》、否《いな》、それとは別に、彼自身の最期が溺死だつたことによるのだ。尤《もつと》もこれは、詩人がヨットでイタリアのスペチア湾に遊び、突然の嵐に遭《あ》つたためであるが、鷹崎は例によつて至極手前勝手な推量を施し、妙な同情と鑽仰《さんぎやう》の対象にしてゐたやうである。

鷹崎は水が大の苦手だつた。狂犬とは無関係の恐水病と言つてもよい。そしてそれが原因か結果か悪循環かは別として、完全な鉄槌《かなづち》だつた。勿論手を拱《こまね》いたり逃げたりしてゐたわけではない。元海軍少佐とかの前歴を持つ祖父など、男が泳げないとは家門の汚れと熱《いき》り立ち、手を変へ品を変へ、五歳から八歳までの四年間、悪戦苦闘した。激励、叱咤、威嚇、脅迫、求憐、歎願、哀訴と、これまた因果の悪循環、畳の上の水練に始まり、浴漕中の瞑目潜行、遠浅《とほあさ》の白砂青松の浜での手取足取の指導、傍《はた》の見る目も涙ぐましい努力振《ぶり》だつたが、すべてこれ徒労だつた。彼は水に頭を漬けた瞬間、そのまま恐惶状態に陥り、続いて昏迷、五度に二度は失神する。理窟も何もない。一切の思考力は失はれ、運動神経はことごとく麻痺するのだ。彼に泳ぎを教へるより犬に木登りを教へ、猫に空飛ぶことを習はせた方が、まだしも見込があらうと、父親は高みの見物でせせら笑ひ、これがまた祖父の癪《しやく》の種だつた。ともかく四年目にさしもの祖父も匙《さじ》を投げた。父は水泳など下僕に仕せておけと気障《きざ》な慰めやうで、そのくせ彼自身は遠泳二十粁《キロ》三着の記録を持つてゐた。それが役に立つた経験もなく、格別誇るやうなことでもないと薄笑ひしてまた祖父を怒らした。

彼は古典名作映画でデュヴィヴィエの『にんじん』を観《み》、号泣したことがある。必ずしもロベール・リナン扮するあはれな少年の環境に同情したのではない。母に水汲みを命ぜられ、そのバケツに頭を突込んで自殺を図る一シーンに猛烈な共感を覚えたのだ。母親は現場を捕へて、家族を毒殺する気かと罵る。次は許婚者《いひなづけ》の幼女に告げて沼へ入水《じゆすい》に赴く。一緒に遊ぼうとねだる彼女に、彼は自殺しに行かなくつちやと拒む。幼女曰《いは》く、自殺したら後でまた遊んでね。水の底にも都は候《さうらふ》ぞぢやないが、この台詞《せりふ》でまた哭《な》いた。彼は目の中の塵芥《ごみ》を除《と》るために、洗面器に水を満たして顔を漬け、目をぱちぱちする時さへ、胸は早鐘を打ち背筋と胸を油汗が伝ふ。愛人、親友と珍味佳肴を前にし、この世の歓楽ここに尽きかつ極まるといふやうな状態にある時でも、ふと「溺死」なる一語が頭に泛《うか》ぶとこれで御破算だ。この忌忌《いまいま》しい言葉は拭《ぬぐ》ひ去らうとすればするほど鮮かに顕《た》ち、恐怖と苦悶の顚末、隈隈《くまぐま》が極彩の地獄絵さながらに繰り拡がる。食欲も性欲も熱湯を浴びた霜か薄氷《うすらひ》、世の中が灰色に見えるのだ。彼も高処恐怖症《アルトフオビア》患者だが、四十階の屋上からでも下が市街なら足は顫《ふる》へない。下に水があると幅が十米《メートル》、深さ五米の掘割を渡るにも決死の覚悟である。船に乗つたことは一度もなく、将来乗るつもりもなく、乗らねば到着できぬやうな場所へは行かない。

妻の真穂は銭湯ででも泳ぎたい方だ。面食《めんく》ひの鷹崎が血道《ちみち》を上げただけはあつて、三十過ぎても人を振返らせる華やかな顔で、夏になるのを待ちかねて海へ行きたがる。裸が見せたいのだらうと厭味の一つも言ふと、鉄槌、出来損ひ、恐水病、その他考へられる限りの悪態で応酬されるから、黙つてお見送りし、おとなしく留守番をする。五歳の渾《こん》同伴だし、元来厳格なクリスチャンの家庭に育つた女ゆゑ、滅多な真似をするはずがない。その夏のその土曜も、彼は例によつて真穂たちを海に送つて、束《つか》の間《ま》の独身を楽しんでゐた。猫の額ほどの庭にはダリアが白い焔を上げて咲き盛り、青蜥蜴が百日紅《さるすべり》の枝を滑り落ちる真昼間だつた。彼は居間に寝転んで明り取りの天窓を仰ぐ。冷房は窓掛を引いて仄暗くすると、あたかも井戸の底にゐるやうな感じになる。天窓を過《よぎ》る鳥影は魚、浮ぶ雲は萍《うきくさ》、さう思へば俄《にはか》に身は濡れそぼち、纏《まと》ふ衣は経帷子《きやうかたびら》、吐く息も腥《なまぐさ》い。ぞつとして部屋を飛出し、油照りの空を見てゐるとすうつと近づく郵便夫、渡されたのは書籍小包と葉書一枚で、差出人は近頃半身やや不随で臥牀中の父だつた。暇潰しに蔵書の整理をしてゐたら、祖父遺愛の本も数多《あまた》ある中に、一冊「加持祈禱大全《かぢきたうたいぜん》」なる奇怪な古書あり、その半ばに紙縒《こよ》りの栞、ふと目でたどると朱の横線の箇処は、どうやら恐水症の孫のための文言としか思へぬ。他にも面妖な条項数知れずと顔真卿写《がんしんけいうつし》の走り書を添へてゐた。本を取出して件《くだん》の箇処を見ると、次の文言が見えた。

不溺の神薬。六鳳草《ろつぱうさう》の根を粉末となし、その花粉と共に雲雀《ひばり》の卵の黄身にて練り、これを一日十匁《もんめ》、百日間服用すれば、身体自然《じねん》に軽くなり、水上に立つとも沈むことあらざるべし。

半白のカイゼル髭を立てた祖父の顔が目に浮び、鷹崎は苦笑する。彼の泳ぎに匙を投げた頃、多分この書のこの項にめぐりあつたのだらう。胸に熱いものがこみ上げて来る。それから二十五年、溺れずに生きて来た。今年は十三回忌、墓前で「雲雀に寄す」でも誦してやらう。

駅前の薬局の懇意な薬剤士にこの件《くだり》を示すと、一しきり首を捻つてから手早く何か参考書を繰り、総硝子《ガラス》の陳列棚に頰杖を突いてかう言つた。土曜の黄昏《たそがれ》である。「六鳳草つてのは牻牛児《げんのしようこ》のことですよ。美濃地方の方言と書いてあります。不破に青墓あたりは傀儡《くぐつ》の本場だから、かういふ妙な妙薬の伝承もありませうな。それにしても『雲雀の卵』は素晴しい。ひよつとするとイエス・キリストもこの秘薬を飲んでガリラヤ湖を渡つたのかな。いやこれは冗談。けれど牻牛児の花季は晩夏でせう。雲雀の産卵は晩春初夏だから、花粉を採集して十箇月ばかり保存しなくちや使へない。卵を発見次第薬を調製するにしても、百日間、三箇月余りその黄味を腐らないやうにするのは至難の業ぢやありませんか。首尾よく連用できたらこれは奇跡、身体も浮ぶことでせうよ」

ちなみに牻牛児に含まれる薬用成分は、単寧《タンニン》、没食子酸《もつしよくしさん》、琥珀酸、石灰、クエルセチン等で、下痢、赤痢、水中毒、食中毒、さては睾丸炎にまで卓効があるさうだ。お説忝《かたじけな》く拝聴の上、彼は件《くだん》の乾した牻牛児の葉茎根を百瓦《グラム》ばかり買つて帰つた。紙袋の中から佗しい匂が洩れ、かさこそと脆い音がした。

海から帰つて来たその夜から、一人息子の渾は熱を出し、明方まで吐瀉しきり、一夜でぐつたりと目を窪《くぼ》ませてしまつた。海岸の葭簀《よしず》囲ひの店で、真穂ともども口いやしく食べたらしい。元来乞食腹《こじきばら》の母親の方はけろりとしたものだが、消化器の弱い渾は一たまりもない。行きつけの医者を呼びに走つたが生憎《あいにく》日曜休診、真穂は虱潰《しらみつぶ》しに当るのだと自転車で飛び出した。買置《かひおき》の薬もなく、彼はふと思ひ立つて昨日の牻牛児を土瓶《どびん》で煎じ始めた。渾は鼻翼をひくひくさせてしきりに水を欲しがる。腹も空《す》いたといふ。何が食べたいのかと問ふと茹卵と答へる。半熟の黄味ならよからうと、彼は早速卵を熱湯に漬けた。真穂は帰つて来ない。匙で粘液状の卵黄を一すくひ、二すくひ、欲しがりはしたもののそれ以上は咽喉《のど》を通らぬ。やや冷《さ》めた牻牛児の煎じ汁を吸口に移して飲ませてやる。抱上げた二の腕にこくつこくつと微かな手応へ、それもあはれで差含《さしぐ》む思ひだ。

渾はとろりとした目を上げる。
「パパ、ぼく怖《こは》いよ。身体がふはふはしてどこかへ飛んで行きさうなんだ。摑《つかま》へてゐてね。暗くなつて何も見えない。見える。海が見える。パパ、一緒に行かう！」

聴け聴け真夜中の雲雀の声を
シェリーも底をついた
これが縁の切目か
紺青《こんじやう》の光漂ふひとときに
人は残酷な肩を見せて立上る
君が生んだ雲雀は沖にかへる
雲雀が孵《かへ》した私はまだ
此処《ここ》に立ちすくむ
愛などと二度と言ふな
一度聞いただけで耳が腐つた
美しい空壜《あきびん》が空の渚に転がる
君は死ぬまで酔へない
一粒の卵を温めよ

男だけが生き残つても
日日新しい罪を孵さなければ

トレドの葵

I

日没の遅いスペインは午後八時になつても空は縹《はなだ》がやや黒ずむだけで、黄昏《たそがれ》の感じなどさらにない。薔薇の花盛りの五月でかうなのだから、夏至近くなれば十時過ぎてもまだ夕映の余波《なごり》を止《とど》めてゐるかも知れない。

トレドの町は石畳の続く細い道ばかり、その道の両側には石造り、煉瓦建て、あるいは漆喰壁《しつくひかべ》の家家が軒《のき》を連ね、仰げば一条の川のやうな碧《みどり》の空が、漣《さざなみ》を立ててゐる。繊細な鉄格子のアラベスク越しに、時として家の中庭《パチオ》が透いて見えるが、黒衣の老婆がレースを編んでゐたり、灰色の犬が少女に甘えてゐたり、眠気《ねむけ》を誘ふやうな眺めばかりで、却《かへ》つて不安になる。柿崎は果実店で数箇のオレンジを買ひもとめ、ホテルへ戻つて来た。端境期《はざかひき》のオレンジは皮がたるみ、香《かをり》も高くはないが、渇いた咽喉《のど》を潤ほすには足りる。

ホテル「カルロス五世」は、二、三組のアメリカ人らしい客を見るばかり、昨夜も今朝も閑散である。薄暗いロビーは蛍火《ほたるび》のやうな淡黄の灯《ひ》をともして、外から入つて来ると危くソファに躓《つまづ》きさうになる。トレドで泊る旅行者は少い。ほとんどがマドリッドから半日訪れ、カテドラールやサント・トメ寺院、それにグレコの家を見て、さつさと引上げることになるので、ホテルなど必要としない。

彼にしても去年訪れた時はさうだつた。四月中旬、復活祭を二、三日後にひかへた受難週の一日《いちじつ》、マドリッドのトレド門を出てから約七十粁《キロ》、赤一色の荒荒しい丘陵地帯をバスはひたすら南下し、やつとこの町に着くと、休む暇もなく次から次へと、既に準備された定例コースを経廻《へめぐ》り、夕方にはもうマドリッドへ帰つてゐた。印象は甚だ散漫で、今年改めて見直してやつと記憶の蘇る処が多い。去年、その慌しいグループ旅行に彼はひそかに灯子《とうこ》を伴つて来た。愛する人と二週間常にぴつたりと寄り添つてゐられるなら、それが氷河や沙漠の旅でも我慢できよう。まして彼女が口癖にあこがれてゐたアンダルシアへの旅を実現したのだ。柿崎の目には名所旧跡の一つ一つが灯子の肖像を引き立たすための、美しい背景のやうに見え、彼女が微笑を湛《たた》へて立つと、荒寥とした岩山も独特の風情《ふぜい》があつた。不惑を過ぎた男が、何を今更と、時としてはみづからを窘《たしな》めながら、そのみづみづしい胸騒ぎはなにものにも代へがたかつた。今年、その灯子はゐない。他の道連れも一人もゐない。はぐれた獣のやうに傷ついてひとり、またスペインにあくがれ出てしまつた。そしてかうして真昼のホテルの暗がりで、なまぬるいオレンジの果汁を啜つてゐる。

「いやあ、すつかりお待たせして申訳ありません。スペイン銀行の角を曲る時、僕の車が陶器運びの馬車に一寸《ちよつと》触れましてね、大袈裟に騒ぐもんだから人垣ができたりして一件落着に三十分がかり、災難でしたよ」

後《うしろ》から爽やかなバリトンが零《ふ》って来た。ふとわれに還つて振仰《ふりあふ》ぐと、赤銅《しやくどう》色に灼《や》けた青年の顔が柿崎を見下《みおろ》して笑つてゐた。旗谷《はたや》であつた。彼とここで会ふ約束さへ忘れてゐた。そのくせ無意識に午後一時にはホテルに帰り、よそ目には人待ち顔に、ロビーで時間を潰してゐたのだ。一昨日マドリッドのホテル・ミンダナオから電話した時は、あれほど旗谷との再会を楽しみにしてゐたのに、それも忘れるほど疲れ果てたのか。否《いな》、身体は少しもだるくはなく、食欲も衰へた兆候はない。ただ、肝腎の魂が脱けてゐる。その魂は多分灯子の傍に飛んで、煉獄の薄ら明りを逍遥してゐるのだらう。一年振《ぶ》りで見る旗谷青年は、表情もやや陰翳を深め、声音《こわね》も青年期を脱したさびが感じられる。

「奥さん御一緒ぢやなかつたんですか、残念だな、今年なら今丁度聖イシドロ祭で、年《ねん》に一度の、正真正銘《しやうしんしやうめい》の闘牛が見て戴けたのに」

旗谷青年の言葉は淡淡としてゐたが、柿崎の胸には妙にこたへる。旗谷は何も知らなかつたのだらうか。灯子は何も話さなかつたのだらうか。夫婦として参加し、夫婦として扱はれてゐたのだから、「奥さん」と呼ばれるのは当然ながら、案内人として一行十五名を統率する旗谷の手許の名簿には、旅行代理店を通じての申込書、すなはちパスポート名義通り、柿崎遼介、紺野灯子と列記されてゐたはずだ。もつともかういふ例は、他にも多多あらう。要らぬ穿鑿《せんさく》はせぬのが、コンダクターやガイドの常識で、第一興味もなからう。二人ながらに一人旅をすると周囲には言ひ触らし、羽田で落合つても知らぬ顔、エールフランス機に隣同士の席を得て、やつと逢引が始まる。見送りの数人も金輪際気づかなかつたはずだ。あのむづ痒いやうな数時間の演技が、今になれば懐しい。帰りはまたこの逆の演技を繰返した。通関事務の直前から二人は赤の他人に戻らねばならなかつた。

「ゼラニュームは殖《ふ》えましたか。奥さん、庭中あの花で埋めると仰《おつしや》つてましたね。旅行の間はずつと、植物となるといつも奥さんの助け舟、音楽となると必ず柿崎さんの耳打ちで急場を逃れてゐましたつけ。何しろ、あれがスペインに住みついてから始めてのガイド勤めでしたからね、何を喋るにもおつかなびつくり。絵を含めた美術のことと、西洋史だけは少少自信があつたけど、他はからつきし素人同然で……」

スペインの旅から帰つたのが四月末、柿崎が妻ならぬ灯子の家を訪ねたのは三週間ばかり後だつた。さう言へば、その雨催《あまもよ》ひの午後、彼女は項《うなじ》にうつすらと汗をかきながら、ゼラニュームの挿芽《さしめ》に熱中してゐた。近づくと、特有の腥《なまぐさ》い臭ひが鼻を衝《つ》いた。灯子は指先を鼻の前で弾《はじ》いて大仰《おほぎやう》に眉を顰《ひそ》める。この臭ひぢやとんと艶消《つやけ》しと言ひたいんでせうと彼女は歌ふやうに呟き、花の残骸や剃刀《かみそり》をかたづけ始めた。

「一昨日《おととひ》の昼誰からか電話があつたわ。いいえ、声は聞えないの。ただギターの音が響いてゐた。アランフエス協奏曲のあれは第二楽章、ロマンチックで悲劇的なアンダンテよ。耳の底を刺すやうな鋭い音。それに重なつてホルンが鳴つてゐたから、きつとレコードかテープをかけたのね。貴方以外に、私がスペインへ、それもアランフエスを含めて旅したのを知つてゐるのは誰か知ら。あの時の一行十五名のメンバーなら、あんな思はせ振りなことをする必要もなし。気味が悪くつて」

柿崎は頭からすうつと、血の引いて行くやうな気がした。ありふれた曲目だし、ナルシソ・イエペス演奏のレコードは一寸音楽好きの家庭なら、キャビネットに入れてゐよう。茶房、スナック、酒場を流れる有線放送にしろ、日に何回か聞かせるだらう。帰国直後、柿崎がテープに採つて、灯子に送つてやらうと、わざわざ応接室のステレオ装置の右の違ひ棚に置いた、三、四枚のスペイン音楽のレコードの中の一枚と決めることはあるまい。あるまいが、昨日それらをもとのキャビネットへ戻さうとしてふと見ると、そのアランフエスだけが、ターンテーブルの上に載せつ放しになつてゐた。咎めるほどのことでもなく、彼は拭《ぬぐ》つてジャケットに納め、整理棚に挿し込んだ。長女の香澄《かすみ》が中学のクラスメートに聞かせてやつたのだらう、多分、と強ひて自分を納得させてゐたが、あるいはと思ふと背筋を冷汗が伝ふ。妻の謡子《うたこ》は例によつて例のごとく、白いつるりとした顔にほとんど表情を浮べず、よく訓練された家政婦以上に、寸分も狂ひのない手順で、十五年連れ添つた夫遼介の、その日の三度の食事を調《ととの》へ、外出、帰宅時の世話を焼いてくれた。テーブルの隅に、食堂では禁花のはずのゼラニュームの、血紅の花をつけた一枝が、白磁の壜にさり気なく挿されてゐた。朝刊を取らうとして伸ばした手が、かすかに花に触れ、その手の甲に一瞬糜爛《びらんせい》性ガス、イペリットの臭気が染《し》みついた。

「折角《せつかく》いらつしやつたんだから、柿崎さんのお気に入りの『オルガス伯埋葬図』をもう一度御覧になりますか？　少少北がグレコの家ですし、こんな素晴しい天気の日には、ゆつくりドライヴするのもいいものですよ。だから僕はマドリッドは避けてトレドに住んでゐます。後《あと》二年絵を描いて、大作が溜つたらマドリッドで個展を開きます。日本へも五年振りに帰つて、親仁《おやぢ》の友人のやつてゐる画廊のバックアップで、突然デビューしようつて胸算用なんですが、さうは問屋が卸《おろ》しやあしませんよね。ともかくこの町は死ぬほど退屈です。さうだ、バスがタホ河の対岸に停つて、トレド全景が視界に入つた時、奥さんが僕に仰つた御感想、忘れませんよ」

　旗谷は車のエンジンをかけながら柿崎に話しかける。去年、灯子は旗谷の方を向き、柿崎にもたれるやうにして、あの街死んでるわ、と澄んだ声で言つた。一行《いつかう》の中の何人かが頷いて微笑した。灯子は別に、三世紀以来のこの町の有為転変《うゐてんぺん》や、十六世紀にはスペインの都となつた栄光の歴史を踏まへて、深い歎息を洩らしたわけではない。彼女の直感に過ぎなかつた。もはや生長を止めたやうな町は西欧にも数多《あまた》あらう。スペインなら、たとへばコルドバあたりも眠つてゐるやうなたたずまひだ。だが死んではゐない。トレドは眠つてゐるとしても死後の眠りに身を任せて、もはや二度と煌《きら》めくことも、逆に崩れ落ちることもなからう。整然と雅びた木乃伊《ミイラ》の町とも言へよう。そしてその頃、柿崎と灯子の間には、やつと残り火を掻き立てたやうな愛が炎《も》え上つてゐた。少くとも柿崎は身を焼く覚悟もできてゐた。

II

スペインまで来ると太陽はもう行く先が無い。カディスの町の上空を通り、サン・ヴィセンテ岬を越えれば、後《あと》はマディラ、カナリア両群島の沖合に身を沈めるばかり。だからいつまでも躊躇《ためら》つて、ながながとイベリア半島を照らす。その余映がスペインにあの気の遠くなるほど悠長な「午後」を齎《もたら》すのだ。トレドの午後二時は日本ならまだ午前中の、仕事がやつと軌道に乗りだした時間、この町では遅い午餐が始まり、済ませた者から午睡《シエスタ》に入る。午睡を取らぬ人人も、懶気《ものうげ》にあらぬ方角に目を向けてゐる。時間が、彼等の前を透明な縞になつて流れて行くのが見える。サント・トメ寺院の暗がりには、七、八人づつのグループが二つ、この寺院のただ一つの明るみ、「オルガス伯埋葬図」

に目を向けてゐた。人人の注ぐ視線がきらきらと絵に届く。スポットライトを受けた画は蒼褪《あをざ》めて、しつとりと濡れたやうに見える。

去年はここで旗谷青年の雄弁を三十分以上聴かされたものだ。灯子は堂内の壁際《かべぎは》のベンチに腰を下して、じつと目を瞑《つむ》つてゐた。柿崎が隣に坐ると、かすかに香る頭部を肩に寄せて来た。オルガス伯爵以外の人も皆死人のやうに見える。臈《らふ》たけた屍臭が漂つて来る。その中には灯子の髪の根の汗のにほひも混つてゐる。

「この画自体が大きな柩なのね、私、さつきから数へてゐたの。地上の会葬者が合計二十七人、天上にはイエスや聖母を入れて三十七、八人でせうか。もつとも右上の聖者の群が一寸数へきれないんだけど。皆、髭を生やした胎児みたいな表情で、粘液の湖に溺れてゐるのよ、気味が悪い。六十人以上の男のほとんどが、サルバドル・ダリそつくり。私ああいふタイプの人嫌ひなの」

柿崎は不覚にも笑ひ声を洩らした。あたかもその時、彼方の旗谷も、何かユーモラスな言葉を交へたのか、一行ひとしく破顔一笑、旗谷も遥かなベンチに仄白く浮ぶ二人の方を見て手を振つた。

「僕が絵の真前《まんまへ》で精一杯の熱弁を振《ふる》つてゐた時、貴方がたお二人は、このベンチで休んでいらつしやつた。聞えるのかなあ、とあの時思ひながら忘れてゐましたが、今丁度絵の前で喋つてゐるガイドの声、ここへは届きませんね。僕はね、話の後《あと》に、グレコの画中人物と僕の顔がよく似てゐるつて友人達に言はれますが、これは悪口でせうか、頌詞《オマージュ》でせうかとつけ加へたんです。その時、ここで柿崎さんもお笑ひになつた。別に面白いことがあつたんですね。ひよつとすると奥さんが奇抜なことを仰《おつしや》つたのかな」

灯子は「奥様」ではなかつた。彼女はグレコの絵の男が嫌ひだつた。彼女は何が好きだつたのか。柿崎は旗谷に、いづれはさう告げねばなるまいと思ひつつ口を噤《つぐ》んだ。たしかに旗谷の卵形《たまごなり》の顔、秀でた長い眉、二重瞼の澄んだ眼は、若年のダリを思はせる。曾祖父がセゴビア生れのスペイン人で、そのゆかりがあるからこそ、言葉にも早く馴れ、トレドで暮す方便も得たと、問はず語りに洩らしてもゐた。灯子の言葉は必ずしも真実ばかりを告げはしない。わづか三年のつきあひながら、彼は身に沁みてそれを知つてゐる。心とうらはらのことを口にするのでもない。みづからの心を読んで、それを冷《ひや》やかに見据ゑつつ何かを予言しようとする。痩身で彫りの深い柿崎の風貌も、あへて比べるならグレコ画中人物の系譜に繋がる。彼を愛して得た心の傷の咎めを、彼女はあのやうな淡い愛想尽かしに託したのだらうか。

「私、今日旗谷君に手紙を出したわ。マラガの公園に咲いてゐた若紫の花ね、あの大木の名が判つたので詳しく教へてあげたの。即答できなくてくやしかつたから、日本では絶対見られない熱帯植物だつてことを強調しておいたんだけど、あるいは大人気《おとなげ》ない弁解と思はれるか知ら」

まさに若紫の、遠目には霞の棚引くやうな眺めに息を呑み、桐の花かなあなどと言ひつつ一行は近づいて行つた。落花を掌に載せて見ると、桐そつくりの筒状唇形花《しんけい》、やはりさうだつたかと頷いて、旗谷の質問に答へる寸前、灯子は梢に靡《なび》く葉に目を止めて首を傾《かし》げた。桐とは全く異つた、切込の多い羽状の濃緑の葉が、別科の植物であることを語つてゐた。御免なさい、こんな樹見たこともないわ、後でよく調べますからと、言葉尻を濁しつつ灯子は顔を曇らせてゐた。樹は英名がブラジル・ジャカランダ、凌霄花科《のうぜんかづら》の熱帯樹、さればこそグラナダ以北では見られなかつたのだ。ところが和名が「桐擬《きりもど》き」とは、誰がつけたのか、思ひつくのは似たやうなことと苦笑しつつペンを走らせたと言ふ。他には何も書かなかつたのだらうか。書いたのはそれ一度きりだつたのか。いづれにせよ、旗谷はいつ思ひ出して告げるか。オルガス伯爵の優美なデスマスクは、かすかに法悦の笑みを湛へてゐる。昇天の聴《ゆる》しを得た歓びを伝へてゐると旗谷は言つた。老若二人の美貌の枢機卿に胸と脚を抱きかかへられて、彼はまだ在りし日の快楽を反芻してゐるのではないか。来世をも含めた巨大な柩、柩と呼ぶ胎内に、一人の女と六十四人の男らは、永遠に、てんでばらばらの夢を見続ける。天国の門番《コンシエルジユ》の持つ二つの鍵はもう錆びてしまつた。

史跡「グレコの家」も今日は観光客の群を見ず、守衛は土壁にもたれて鼻歌を歌つてゐる。旗谷は達者なスペイン語で彼らに挨拶を送り、お定まりの部屋部屋を素通りして庭に出た。薔薇は未だ蕾ながら、ゼラニュームが咲き揃つてゐた。庭の周囲の塀の上に、一米《メートル》間隔に、色とりどりの花の鉢植ゑを置いてゐた。乾いた空気を好むこの花は、欧州全域を彩つてはゐるが、どういふわけかギリシアとスペインに一番よく似合ふ。紺碧の空と白堊《はくあ》の館と真紅《しんく》の天竺葵が、見事な三位一体を示すのだらう。灯子はその組合せがよほど気に入つたらしい。

「旗谷さん、どうお思ひになる？　南アフリカの原産なのに『天竺葵《てんぢくあふひ》』つて変でせう？　もつともダリアの『天竺牡丹』だつてメキシコ生れだし、大体和名の唐、天竺、和蘭陀《オランダ》、高麗《かうらい》の類はでたらめばかりかも知れないわ。でもゼラニュームつてのも嘘なのよ。こちらではペラルゴニュームと言はなきや通じないはず。十八世紀の終りに改名されてるのに、日本ぢや頑《ぐわん》として変へないんですつて。何とかの一念みたいに」

灯子の伯父はさる植物園園長をつい先頃まで勤めてゐたとか。彼女もその専門家について分類学をかじりかけたのだが、ある日から急に染織に興味を持ち始め、一からやり直し、全身染料にまみれて色素を分析したり、指先を真赤にして苧麻紡《からむし》ぎに専念したり、はた目には気違ひじみた孤軍奮闘の末、やつとささやかながら工房を持つやうにはなつたものの、その時は三十の声を聞いてゐた。未だに、事、植物に関ると俄《にはか》にうるさくなり、いつ知らず言ひ募る。そして必ず自己嫌悪に陥つて、しばらくは口を開かない。自分と同様ラテン民族の血が幾分は混つてゐさうな、スペイン女がはつとして振返るほど際立つた美貌の灯子が、観光旅行第一日から、旧知のやうに親しく話しかけてくれるのが、旗谷には眩《まぶ》しく、心ときめく思ひだつた。三度の食事も何となく柿崎たちと同じテーブルに落合ひ、たわいのない話題に興じてゐる間に、かたみの断片的な会話から、クロスワード・パズルの空白を徐徐に埋めるやうに、漠然と来歴や志向が浮び上つて来る。他のメンバーにしろ同様で、直接、間接に一人一人の職業や人格は伝はつて来た。柿崎がさる大学の音声学の教師であることくらゐは、三日もせぬうちに知られてゐる。原ロマンス語の研究にかけては権威の一人、などと力《りき》んでも通じはしないし、内職に、関係のありさうで無い作曲を試み、某劇団の嘱託になつてゐることも灯子だけの知るところだ。

柿崎は灯子の肩に手を置いて、糸杉や柏槇《びやくしん》の葉《は》交《がひ》に透くトレドの町の一隅を見下した。このやうな仕種《しぐさ》さへふと控へめになるのは、懼《おそ》れる要もない人目をも忍ばうとするのは、日本から引摺《ひきず》つて来た悲しい習性だつた。その悲しみがむしろ憤《いきど》ほろしい。彼は急にもの狂ほしくなつて右手の爪を灯子の鎖骨の辺にきりきりと食ひ込ませる。快い痛みに応へて彼女はその手にわが手を重ねる。スペインの太陽は真昼の朱をしたたらす。旗谷は一行の求めに応じて、次次とカメラのシャッターを押してゐる。灯子の仄《ほの》かに紅潮した耳が柿崎の手頸に触れる。人人の声も、小鳥の囀《さへづ》りも、眼下の町の車馬の音も、一切が遠く退き、二人は真空の中に立ち尽す。この一瞬が永遠に続くものなら、カメラの、その暗闇に囚はれた像のやうに静止したまま、その異次元で生きられるものならば、すべてを捨てても惜しくはない。灯子も亦《また》みじろぎもしない。呼吸すら止めてゐるやうに見える。どこからか声がする。旗谷が呼んでゐる。ペラルゴニュームの鉢を背景に、いい構図ができてますよ、カメラをどうぞ、お撮《と》りしませう。彼は明るく笑つて手を延べる。柿崎ははつとわれに還つて、無意識にカメラを背に廻し身を固くする。灯子は彼の後《うしろ》に隠れようとした。二人揃つたところを撮るなど、どうしてできよう。十五名揃つての記念撮影の時さへ、二人は中央と左端とに分かれた。打合せてではない。本能的に足が動く。防禦本能の中に算《かぞ》へねばなるまい。柿崎は苦笑を消しながら、強ひてユーモラスに手を振る。中年者をからかふなよ。綺麗にペラルゴニュームだけ写しとくからお構ひなくと、殊更《ことさら》にその方へカメラを向けた。折からの風に垣の忍冬《マドレセルバ》の軟い蔓が靡《なび》き、灯子の髪を乱す。その忍冬が今年は今花盛り、甘酸つぱい香が庭中に満ち溢れる。旗谷は出口の方へ踵《くびす》を返した。

Ⅲ

死んだ町をもう一度タホ河の南岸から眺めたかつた。眺望台の叢に血の雫さながらにこぼれ咲いてゐた雛罌粟《ひなげし》は、今年も芽生えただらうか。旗谷は柿崎が望む前に、車のドアに手をかけながら、夕食までの数時間を、向う岸で過さうと提案した。手垢で黒くなつたトレド市街図を拡げて、右のサン・マルティン橋を渡つて河岸を一周し、左のアルカンターラ橋を渡り、サンタ・クルス美術館のあたりに出るのだと言ふ。タホ河の絶壁をデッサン風に取入れたその地図は南北が逆になつてゐる。柿崎は見覚えがあつた。裏返すと料理店カルディナールの名が赤く刷られ、そこの中庭がエッチングを模したタッチで銀鼠《ぎんねず》色に描かれてゐる。去年もここで食事をした。昼食であつた。旗谷は何を考へてゐるのだらう。柿崎が単にトレドに魅せられて、もう一度訪れ、言葉敵《がたき》に自分を選んだと思ふほど素《そ》樸《ぼく》な男ではあるまい。柿崎が何かを探りに来たのは感づいてゐるのだ。

「ゼラニユームぢやない、ペラルゴニユームと言はなくちや通じまいつて、去年、奥さんに教はりましてね、それ以来、あの花を見る度に、天竺葵、ペラペラペラ、ペラルゴニユームと繰返す癖がついたんです。中学の教師をしてゐる女友達が、その呪文を聞き咎めて、早速『ペラルゴニユーム』はラテン語で『鸛＝こふのとり』のことだと教へてくれましたよ。天竺葵と鸛がどう関係するのかは後で知りました。その実が鳥の嘴《くちばし》に似てゐるからですつてね。そしてその時ふつともう一つのことを思ひ出したんです。マドリッドからトレドへ来る途中、教会の鐘楼に鸛が巣を作つてゐましたね。最初に、目ざとく、バスの窓からそれを見つけたのは奥さんだつた。あれは沿道の名物の一つで、ガイドは客に教へるきまりだつたのに、僕はうつかり忘れてゐました。お詫びと感謝の意を兼ねて、運転手のヘススに頼んで特に車を駐《と》めさせました。皆喜んでカメラを空に向けてゐたのを御記憶でせう。あれは紅嘴鸛《べにばし》、赤ちゃんを運んで来てくれるといふ伝説中の鳥ですと、僕は何気なく、誰にともなく言ひました。その時、奥さんは僕を振返つて、落ちて死ぬ子もたんとゐるんですってね、と仰つた。僕はぷつと吹き出して、バスが走り出してもまだ笑つてゐましたが、しばらく経《た》つてからひやつとしたんです。奥さんが怖くなつた。そのくせ、それ以来、殊《こと》に親しく口をきくやうにもなつたんですがね。さうさう、もう一つ、あの一見ジプシー風の目つきの険しい運転手を御一行に紹介して、『ヘスス』とはイエス・キリストのイエスのスペイン訓《よ》みですと説明した時、まあ怖しい、受難週にイエスと一緒だなんて、と悲鳴を上げられたのも奥さんだつた。ヘススにそう伝へると、彼はバック・ミラーで奥さんを見てウィンクしてみせましたね。名前を尋ねるので、セニョーラ・コンノと言ふと、『円錐《コーノ》』と聞き違へて大笑ひでした。『十字架《クルス》』でなくてよかつた、もう金曜日が来ても大丈夫と洒落たことを言つてましたつけ」

車はサン・マルティン橋を渡つてゐた。鳥肌立つやうな深い崖の下に、タホ河が泡立ち流れ、その崖に沿うて、うねうねと道は続く。灯子は鸛が嬰児を落すなどとなぜ口走つたのだらう。ゼラニュームの挿芽をしてゐたあの日、アランフエス協奏曲の電話があつたと告げたあの日から一箇月以上経つて、柿崎はやつとの思ひで灯子の家を訪れることができた。郊外電車で一時間の距離ながら、隙のないスケデュールを立てて、内容を明らかにし、連絡先もメモして家に残す習慣をつけてしまつた上は、三時間以上の空白を作るのはいささかならぬ苦心を要した。虚構を見破ることにかけては、謡子は神技に近い推理を働かせる。見破つても絶対口に出さず、眉一つ動かさない。彼は何度、何十度となく、軽い罪を犯し、実に軽妙巧者にあばかれ続けて来た。急に頼まれて放送局に廻り、ジプシーをテーマにした番組のアドヴァイスをして来るが、スタジオは決つてゐないと、逆探知不能のメモを残して家を出た。謡子は娘のピアノのレッスンに着《つ》いて行つて留守だつた。青葉明りのテラスで灯子は大きな籠一杯の青梅を前に、茫然と坐つてゐた。

「買物をしたこともない隣町の青果市場から、今日、午頃《ひる》これがどさつと届いたの。染織の方のお弟子さんかと思つて依頼人を尋ねたら、お電話で案内してあるからいいのよと仰つたとか。紫のサングラスの、真白な髪のお婆さんですつて」

案内の電話など更に架《か》かつて来ない。梅酒も梅干も嫌ひだつてことは、弟子や血縁の誰彼は皆知つてゐるから、届けさせたのは他人、あるいは別の意味をこめたものだと灯子は脅えてゐた。唇に血の気が無く、抱き締めると身体の心《しん》まで冷たかつた。その冷たさが柿崎を久久に、更に炎《も》え上らせた。放送局へともかく寄つて帰らねばとシャツの袖に手を通す柿崎の傍で、灯子はいきなりかりかりと青梅をかじり始めた。瞬く間に一つ、続いてまた一つ。見てゐる柿崎の口中が痺《しび》れて来る。灯子は唇を歪めて寝台を離れた。

知つてゐるんだわ、一体どうして判つたんでせうと囈語《うはごと》のやうに呟き、出て行かうとする愛人に別れの接吻さへ忘れてゐた。眼が青く冱《さ》えて、また一つ青梅をつまんだ手が顫へる。

眺望台は丁度二台のバスが立去らうとするところだつた。青空には午後四時の紫陽花《あぢさゐ》色の雲が浮び、死の町トレドは河の彼方に煙つてゐた。建物一つ一つが玩具さながらにくつきり見えるのに、数千数百が集ると、互に溶けにじみ、薄いゼラチンの膜を被《かぶ》つてしまふ。死の膜をうつすらと纏《まと》ふのだ。死者にも死の町にも口はあるまい。何もかも話さう。柿崎は絶壁の縁に立つ旗谷に、後からふらふらと近づいた。肩に手を触れる寸前、旗谷はくるりと振向く。

「ここから飛込んでも、タホ河には落ちずに、途中の岩鼻に引つかかつて、満身創痍のまま息絶えて、岸辺の叢《くさむら》に転《ころが》るんださうです。たまに投身者は出ますが必ず外国人で、それも北欧あたりの老人だと言つてましたね。今日まで、僕の聞き及んだところでは日本人はゐません。誰か第一号を名告《なの》り出ないかな」

去年雛罌粟の咲いてゐたのはこのあたり、と思ふ岩群の辺《あたり》には猛猛しい野薊《のあざみ》と茅萱《ちがや》がはびこつてゐた。あの時灯子は先に立つて絶壁に近づいて行つた。脛までの高さの雑草が踏みしだかれて香に立ち、あつといふ近さに奈落が迫つてゐた。柿崎は力まかせに灯子を引戻した。記念撮影ですよ、皆さん、三列くらゐに重なり合つてこちらを向いて下さい。重なり合ふつてどうするの。肩を斜にして詰合《つめあ》ふんです。旗谷が彼方の巨石の上に仁王立ちになつてカメラを構へてゐた。運転手のヘススが預つたカメラを両腕にぶら下げて笑つてゐた。どこか狂暴な翳はあるが、よく見るとぎよつとするほどの美男だ。スペイン舞踊を習つてゐると自称し、片言のスペイン語を操る娘が、マドリッドを発《た》つ時からひどく狎狎《なれなれ》しくするのも頷ける。目をうつろに瞠《みひら》き、灯子はふらふらと左端に歩み寄る。後から抱《かか》へてやりたいのを怺《こら》へて、柿崎は中央やや右寄りから首を出した。彼ら二人はカメラを預けなかつた。どさくさに紛れてそれは誰も気づかなかつた。お狭匙《せつかひ》で親切過ぎる一行の中の誰かが、気をきかせてこの記念写真を送りつけて来ることもあるまい。そして二人並んでゐるところも、誰かのカメラに入ることは極力避けて来た。こちらから教へぬ限り住所は知られることもない。コンダクターの青山女史には、もしメンバーの誰かから照会があつたら、帰国次第転居の予定ゆゑ、スナップ写真の交換なら、当方から先に連絡すると伝へるやう耳打しておいた。世馴れた女史は万事承知といつた表情で呑《の》み込んでくれた。

「あの記念撮影の時、奥さん真蒼でしたね。断崖を覗かれたからかな。高処恐怖症《アルトフオビア》とは伺つてゐなかつたけど。そこは縁《ふち》が草で隠れて、ぎりぎりまで行つてから立ちすくみますよね。僕も後から見てゐてひやりとしました。したところを、柿崎さんがぐつと抱き止められて、第一号になり損ね、いやこれは冗談です。でも奥さんは、それ以来、いつも心《しん》から旅行を楽しんでをられるやうには見えませんでしたね。柿崎さんが目を離されると、その瞬間にすうつと消えるんぢやないかとさへ思ひました。ヘススが内緒では、『悲歎聖母《マリア・ドロローサ》』のやうに美しいつて、しきりにあこがれてたんですよ。陽気に騒いでいらつしやる時でも、目にきらりと涙が光つてゐるやうな感じ。僕も画家の端《はし》くれですからね、見るところは見てゐたつもりです。奥さん、描かせてもらへないかなあ」

日が翳つた。トレドの町が俄《にはか》に鈍《にび》色に変る。グレコ描くところの「トレド全景」さながらに、その鈍色の家、尖塔、円塔、砦、城壁の類が、こまごまと黒紫色の影を頒《わか》ちあひ、死の印象を更に深める。旗谷は駐《と》めた車の傍に腰を下し、遠い市街に目を据ゑてゐる柿崎を仰ぐ。柿崎も急に、くづほれるやうに、旗谷の隣に屈みこんだ。去年、この足許には血がしたたつてゐた。

「紺野灯子は私の妻ぢやないんです」

唇を嚙んで吐き出すやうに告げる柿崎の横顔を、旗谷は憐れむやうに眺めた。

「知つてゐました。同じ姓を名告《なの》つていらつしやつても、判つたかも知れません。海員か水夫の夫婦とも一寸違ふ。あんなパセティックな雰囲気は、並のカップルには見られませんからね。羨しかつた。だからなほさら一オクターヴ高く『奥さん』と呼びました。柿崎夫人の名は、ひよつとすると『歌子』とおつしやいませんか」

Ⅳ

タホ河岸の絶巓《ぜつてん》の際《きは》どい高みを奔《はし》らせながら、旗谷のハンドル捌《さば》きは小気味よいくらゐ巧《たくみ》だつた。むしろ柿崎の呼吸が乱れてゐた。河水には無気味な泡が層を成して浮んでゐる。それは去年も見た。工場の廃水と聞く。町は死の静寂のままで保存しながら、その町の無二の景物であるタホ河はかうして汚し続けるのだらうか。「歌謡」の歌と旗谷は言つた。謡だから人違ひだらうと柿崎は軽くあしらふつもりだつた。住所を質《ただ》すとそれはまさに謡子の実家である。青褪《あをざ》めた柿崎の表情をバックミラーで確め、旗谷は梅室《うめむろ》歌子と呼ぶ架空の少女の不思議な恋文について語り始めた。第一信は去年の六月三日附、内容は大学で美術史を専攻してゐるが、伯父の高月豹之介のアトリエで絵の勉強も始めた学生で、紺野灯子は同郷の大先輩、お姉様と呼んでゐるとの自己紹介があり、今度のスペイン旅行では、特に貴方が印象的だつたのか、会ふ度に話題に上る。将来大画家になる夢を抱いていらつしやるのに、断然共鳴したと歯の浮くやうな殺し文句に続いて、お姉様は素敵な紳士と御一緒だつたはずなのに、知らを切つて一寸も教へて下さらない。お揃ひの写真があつたら送つてほしいと記してゐたといふ。末尾に以上のことは秘中の秘、万一洩れるとお姉様から絶交を宣言されること確実ゆゑ、くれぐれもよろしく願ふと附記があり、甘つたれてゐるやうで、随分達意の文章だつたらしい。旗谷は返事する興味もなくて放置しておいたが、一旬後に第二便が届いた。スペインも夏は暑いと聞いたので、小千谷縮《をぢやちぢみ》の帷子《かたびら》を送つたとあり、間もなく航空便でさらさらした手触りの、浴衣《ゆかた》代りに着るのは惜しいやうな一着と、本絹総絞りの兵児帯《へこおび》一本が到着した。邦人中の昵懇《ぢつこん》な老婦人の話では、安く見積つても邦貨十万は下るまいとか。学生にしては分に過ぎた贈物とは思ひつつ、ついシャワーを浴びた後着てみると、故国で夕涼みをしてゐる気分になり、かねてからジャポニカ趣味のある隣人友人が、珍しがつてちやほやするので、手離せなくなつてしまつた。事実眉目爽やかで長身の旗谷が小千谷縮の帷子に黒《くろ》縮緬《ちりめん》の帯を締めれば、力士も侍《さむらひ》も車夫も区別のつかぬこの国の人人ながら、随分エキゾティックに映つて痺れたことだらう。手紙は続続と届く。

気が咎めて礼状を認《したた》め、スナップはアランフエスの離宮庭園を撮《と》つた時、左の隅に小さく、偶然肩を並べて入つてゐるのを同封した。梅室歌子が何者であらうと、帰国して個展を開く時は、画廊、画商以外にパトロンやパトロネスは作つておきたかつた。高月豹之介といへば青豹会を主宰する画壇一方の雄《ゆう》、そのぎらぎらした画風を旗谷は必ずしも好きではないが、別に選り好みする筋合のものでもなかつた。打てば響くやうにそのスナップの礼状が届き、甘つたるい文言の後に、例によつて「お姉様に内緒」と一行書き添へてゐた。スナップを手に入れるのが唯一の目的だつたのか、それからは便りも間遠になり、文面も肩すかしを食はせるやうな淡淡たるものに変つて行つた。そんな内容さへ、内密にの念押しは忘れてゐない。梅室歌子との文通自体を、必ず極秘にといふ意味に気づくと、彼は少少気味が悪かつた。

料理店「カルディナール」の中庭も薔薇と天竺葵《ペラルゴニューム》に彩られてゐた。聖書に現れさうな美少年の給仕が、夕食にはやや間のあるこの時間をもてあまし、所在なげに二人の方を眺めてゐる。旗谷は指を鳴らしてこの雄《をす》の天使を呼び珈琲を注文した。珈琲ならあちらのロビーでお召上りをと天使は真剣な目つきで忠告する。いいんだ、ここで飲みたいからと、旗谷は五十ペセタのコインを彼の掌にそつと載せる。間もなく、あたりの空気まで染めるほどの香気を漂はせて、熱いアラビア珈琲が運ばれた。

「はてなと首を傾《かし》げるやうな箇処が幾つかありました。それは柿崎さん一人にしか喋らなかつた僕の身の上話の、その中の挿話が、また聞《ぎ》きのかたちで彼女の手紙に現れることなんです。勿論、それが紺野さんを経て伝はることも考へられますが。それにしてもねえ、高校野球の選手だつたとか、祖父が無名画家で祖母を一生泣かせたから、僕の画家志望もなかなか許してもらへなかつたとか、逆に紺野さんにだけ話したことは全然出て来ないんです。それに植物のことは一切現れないのも、あの方の妹分にしては、絵心があつて、絢爛たる幻想花園図を代表作とする高月画伯の姪にしては、いささか不自然だと思ひもしました。一方、柿崎さんから度度戴いたお便りは、殊更にドメスティックなにほひを一切消していらつしやつたし、家族構成にも全然触れないやうに注意されてゐながら、言葉の端端《はしばし》から、マンションの一人暮しでも、家事は家政婦任せでもないことが伝はつて来ました。紺野さんと御夫婦ぢやないことは、姓も住所も違ふし、古い形容ですが『連理の枝』のやうに、いいえ、さうなりたいと思ひながら、人目にはなるべく淡淡と振舞つていらつしやるのを見れば判ります。僕は去年の秋それをテーマに三十号くらゐの絵を完成しました。男女が左右に隔てられて檻の中にゐます。二人は中央に向つて精一杯手を差し延べる。檻の鉄の扉も外の塀も突き抜けて、手は延びる。つひに指は蔓草のやうになつて、半透明の触手として真中で絡み合はうとする。だが三粍《ミリ》ほどのところでそれは届かない。さういふ構図です。この画のことは、日本でデビューする時、どこかの画廊で突然見て戴くつもりでした。でも他人の僕に、『夫婦ぢやない』と、その気なら黙つてゐて済むことを、あへて仰つたからには、僕も言はずにゐられませんでした」

先刻のかはいい給仕がいそいそと、食卓の準備ができたことを知らせに来た。臙脂《えんじ》の絨毯《じゆうたん》を踏んで二人は二階へ上り、南側の陽の射す席に案内される。窓を背にした旗谷の表情は、逆光に隠れてさだかには見えぬ。注文は彼に一任する。昼食を摂《と》つてゐないことに今気がついた。なまぬるいオレンジの果汁以外、朝食以来何も胃には入つてゐない。空腹も限度を越えると食欲を喪《うしな》ふものだ。柿崎の心のエクランには左右から延びた手が、蔓草の軟《やはらか》い触手になり、今一息のところで触れ合はず、薄明に空しく揺れてゐる様が、くつきりと写つてゐる。彼と灯子の仲をこれくらゐ無残に、刻薄に透視し、形象化したものもまたとあるまい。たかだか二週間、それも案内役と観光客の関係でつきあつたに過ぎなかつたのに、ここまで描いたのは、旗谷のたぐひ稀な才能の賜物《たまもの》だらうか。あるいは、それほど痛切な印象を与へるほど、二人の振舞は特殊かつ異様だつたのか。とすれば、旗谷が「梅室歌子」宛《あて》に送つた一葉の中の二人も、そのやうな雰囲気を感じさせるものだつたらうか。謡子の手許にそれが届いたのは多分夏の始めに違ひない。実家へは週に一度の割で帰つてゐた。皮肉なことに灯子の、工房を営む住居とはほぼ同じ方角だつた。だがスナップは単なる傍証であり、事実の確認のため、そのやうな苦肉の策を弄したのだらう。復讐と示威はアランフエス協奏曲のあの日から始めてゐた。

スープはアンダルシア風のガスパッチョ、刳《く》り貫《ぬ》いた木の椀に入れて運んで来る。刻んだ胡瓜《きうり》、ピーマンが快く歯に触れ、仄かな酸味が胃の腑に沁みる。前菜はハモン・セラーノ、ハムの薄切と冷えたメロンが舌の先で溶けるやうな味だ。料理はパエージャも食傷気味と察してか仔豚のロースト、コチニージョ・アサドであつた。食前酒のフィノをついでにそのまま飲み続け、二人ともほんのりと酔ひが廻つて来た。

「紺野灯子は、三月の中頃から急に姿を消しました。それは手紙に書いた通りです。ひよつとしたらと君に期待して、万に一つ、ここへ逃げて来たのぢやないかと思つて、文通ではもどかしくなつて、一思《ひとおも》ひにやつて来たんです。お願ひだ。さあ、何でもいいから話して下さい」

染色工房のグループにも弟子にも、何一つ連絡はなかつた。アシスタントを勤めてゐた老嬢の杉波に頼んで部屋に入れてもらつたのは、彼岸の中日《ちゆうにち》だつた。杉波が、灯子の不在を確めてから三日経《た》つてゐた。その前夜、柿崎も電話で声を聞いてをり、失踪の予兆などさらになかつた。旧株《ふるかぶ》の弟子と二人で杉波が工房へ入ると、釜には紫根《しこん》が煮出してあり、水槽には糊抜き用の細布《さいふ》が三反漬けてあつたといふ。部屋は先刻までゐたやうな、そして間もなく戻つて来さうな空気が漂ひ、ベッドの下のスーツケースも、違ひ棚のハンドバッグも、旅に携へさうなものは皆残されてゐた。厨房には、フライパンがあり、蓋を取るとロースト・チキンが冷えて蠟のやうな脂を纏つてゐた。筋向ひの花舗《くわほ》の内儀が、白髪の、サングラスをかけた老婆と肩を並べて、慌しく出かけるのを目撃したと杉波に告げたが、彼女は心当りもないままに忘れてゐた。青梅を届けさせた老婆であつたらうに。

「とろけるやうな柔さでせう。コチニージョつて本当は豚の胎児なんです。普通かうして食はせるのは乳児ですがね。胎児と聞くと女の人は大概厭《いやあ》な顔をするから、後で教へるんだとか。ああさうだ。紺野さん、遠からず私もママになるかも知れない、名前は男なら「リコ」女なら「リカ」にしようかなんて書いていらつしやつた」

柿崎はかたりとナイフを取落した。何の関連もなく「悲歎聖母《マリア・ドロローサ》」の、愁はしげな、やや俯《うつむ》いた顔が瞼に浮んだ。父親は自分以外に考へ得まい。それもあのスペイン旅行中、そして復活祭をコルドバで迎へたその夜、料理店「赤馬《カバージヨ・ロホ》」でサングリアをがぶ飲みし、ホテル「グラン・カピタン」へ、千鳥足で帰つた後の、悲しい錯乱の結果に違ひない。

V

リコもリカも金持といふ意味だと、コルドバの花見小路《カジエハ・デ・ラス・フローレス》を逍遥しながら、旗谷は灯子に教へた記憶がある。人の名ならさしづめ富夫、富子といつたところだらうか。彼女は身籠《みごも》つてゐた。まさに聖母のやうに父無し子《ててなし》を生まうと心を決めてゐたのだ。アランフエス協奏曲を電話で聞かされたことも、青梅が不明の送り主から届いたことも、彼女は旗谷に告げてゐなかつた。もし告げてさへゐたら、旗谷は梅室歌子に問題のスナップ写真など送りはしなかつたらう。あれを受取つた後、急に素気《そつけ》なくなつた彼女の手紙の中に、灯子さんは涼しくなつたら暫《しば》く田舎へ引込んで休養するとか洩らしていらつしやいましたと、遠い訃音《ふいん》でも齎《もたら》すやうに書き添へてゐた。デザートとシャーベットが歯の根に沁みる。灯子さんの田舎つてどこでせう。彼女は都会のど真中に生れて、故郷のイメージは無いと悲しがつてゐた。田舎は無い。
「もの心のついた時、窓から外を見ると地平線の涯まで鉛色の市街が続いてゐたわ。マンション住ひの両親は、植木と泉水のある家を欲しがつて、到頭そんな家には棲めずに死んでしまつたの。テラスにもヴェランダにも窓にも幾十となく天竺葵《ペラルゴニューム》の鉢を飾り廻して。私の幼い頃の記憶には、触ると屍臭を放つあの花がぎつしり詰つてる。そのくせあの花が懐しい。スペインへ来て、トレドやコルドバの天竺葵尽《づく》しを見て、私涙が流れて仕方がなかつたわ。水と緑に飢ゑたアラブの人達が、それをふんだんに取入れてアルハンブラ宮殿やヘネラリーフェの庭園を造つたんですつてね。私も同じ思ひよ。貴方の奥様は標高八百米《メートル》の霰岳《あられだけ》の麓に別荘を二つもお持ちだとか伺つたことがあるけど、おしあはせな方ね。恐らく私の気持など永久にお判りにならないわ。判つてほしくもなし」

　灯子の言葉の底に澱む憎しみが柿崎には悲しかつた。謡子は水と緑を恋ふる心が理解できないだけではない。手を汚して緑を作ることすら疎《うと》ましく思つてゐたらう。庭は庭師が造るもの、室内の鉢植は園芸店に電話すれば、お好みに任せて、三十分以内に届けてくれる。花盛りの紅梅でも蕾の桔梗《ききやう》でも、手に入らぬものはなかつたし、入らねば探させ、探せないやうな園芸店はお払ひ箱にした。水といへばプールのある家を建てたがつてゐたが、柿崎はすべてを実家の設楽《しだら》家に負ふことになるのが目に見えてゐるだけに賛成したくなかつた。謡子は「才色兼備」の、すなはち音声学ではジャーナリズムでも知られるほどの秀才で、俳優としても通るほどの容姿の夫を、金の力で買ひ取り、かつ飼ひ馴らしてゐることに陶酔してゐた。慕ひ寄る女はすべて害虫の類、除去するのに手段を選ばず、これにも設楽一門の底知れぬ力を縦横に駆使させてゐた。紺野灯子の身辺に三百六十五日密偵を配置しておくのも易易《いい》たることだつた。柿崎はうすうすそれを察しつつ、恐怖が先立つて確めようとはしなかつた。謡子を詰問することは、そのまま自分の不形跡《ふぎやうせき》を認めることだし、さなくとも、まあ御冗談ばかり、何か証拠でもございましてと、能面のやうな顔をかすかに歪《ゆが》めて笑ふだけだらう。彼が目に見えぬ監視の網の中にゐることを、灯子は彼より先に、敏感に察知してゐた。スペイン旅行は、彼ら二人の唯一つの冒険だつた。いくら何でも外務省に手を廻してまで邪魔はすまい。十五人の参加者の中の一人が設楽家の放つたスパイとまで、憶測する要もないだらう。灯子は羽田を発つ時から、家に帰りつく時まで、絶えず、身辺にいつ口を開くとも知れぬ黒い陥穽を幻覚して脅えてゐた。ただ、その怖れこそ、二人の快楽をより新鮮に、甘美にすることだけは、脅迫者の計算の他にあつた。トレドの、そそり立つカテドラールの屋根を仰ぎつつ、灯子は後から今刺し殺されてもよいと思つた。アランフエスの廃《すた》れた庭園を貫流するのもタホ河、トレドよりやや河上に当るその水は、周囲の若葉を映して緑青色《ろくしやう》に煌《きら》めいてゐた。人人のはたと跡絶《とだ》えた一刻《ひととき》、二人は橋から身を乗出すやうにして流れを見、水面には一瞬二人の寂しい笑顔が映つて消え、身体はゆらりと傾き、その時、出発までにあと十分ですと叫ぶ旗谷の明るいバリトンが彼方に響いた。反対側の噴水の傍に運転手へススの青銅色の横顔が浮び、二人の方を優しく睨んでゐた。彼は二人の危い一刹那を見てゐたのだらうか。あの流れは深かつたらうか。

「漠然と死場所《しにばしよ》を探して廻つてゐるやうな感じの旅行だつた、だから一日が一夜が、眩しくて新鮮で、夜が明ける度に生れかはつたやうな気持だつたと、灯子さんは書いて来られました。こんなこと、独身の僕に書くことぢやない。柿崎さんの胸に顔を埋めて囁く睦言《むつごと》でせう。あの方はそれを承知の上で僕に聞かせた。聞かせておきたかつたのでせう。唯一人の第三者として、証人として僕を選んでおいて、いつの日か、僕の口から、それを柿崎さんに伝へることまで予想していらつしやつたのかも知れません。灯子さんはママにはなれない。悲歎聖母《マリア・ドロローサ》にはなれない。さうなる前に追放されることを知つてをられた。貴方もうすうす勘づきながら何もなさらなかつた。怖くなつてまたスペインへ逃げて来られた。いかがです。違ひますか。応《こた》へて戴かなくていいんです」

ホテル「カルロス五世」はマグダレーナ階段と呼ばれる坂の上にある。旗谷は坂下の果実店の親仁に頼んで車を預けて来た。鋭い質問には答へを保留したまま、柿崎は突当りのバーへ直行してマンサニージャを注文した。その発音を聞いて、旗谷は微笑し、かつ頷く。*ll* の音《おん》が現代スペインでは、英語の *j* の発音に変つてしまひ、セビージャ、カスティージャ、マンサニージャと言はねば通じないと、去年一行に教へたことを思ひ出す。スパニッシュ・ダンスをやるといふ娘、蓮沼某は、あら日本ではラジオやテレヴィのスペイン語講座でも、リャ、リュ、リェ、リョの発音をしてゐるのに。ねえ、セニョール・ヘスス、本当に上流社会《アルタ・ソシエーダ》でもそんな発音《プロナンシアション》をするの？　と運転手に確める。シ・セニョリータ・ロ、ああ蓮《ロータス》はスペイン語で蓮《ロ》と言ふのか。耶蘇《ヘスス》と蓮《はす》とは妙な取合せだが、二人はグラナダのフラメンコ劇場「ネプトゥーノ」の帰り頃から完全に意気投合して、離れ得ぬ仲になつてゐたらしい。今年の三月彼女はヘススを慕つてマドリッドにまた現れ、彼の妻君との間で刃物三昧《ラ・プニャラーダ》に及んだとか、人の噂に聞いたことがあると、旗谷は遠い世界の出来事のやうに話した。他人事《ひとごと》ではない。人種は異ならね、もつと陰に籠つた、怖ろしい劇《ドラマ》が生れようとしてゐるのだ。

　マンサニージャが咽喉《のど》と食道に蒼い火花を散らしつつ下つて行く。旗谷も既にグラスに三杯、立て続けに呷《あふ》つてゐた。澄んだ眼に絹糸ほどの血の筋が奔つた。

「何を躊躇していらつしやるんです、柿崎さん、何もかも棄ててスペインへ来ればいいのに。大学にはいくらも席が空いてゐます。言葉は私が一年間つききりになれば大丈夫マスターできる。作曲の副業も役立つし、ピアノが叩けりや友人も集り易い。こんな暮しよい国は他にありません。二人で、窓も中庭《パチオ》もテラスも天竺葵《ペラルゴニューム》で埋め尽してお暮しになればいいんです。短い人生を、どうしてそんなに息を詰めて、愛してもゐない女に牛耳《ぎうじ》られて生きて行く必要がありませう。馬鹿馬鹿しいぢやありませんか。僕などが、かうして嗾《けしか》けるやうなことを言ふ以前に、生き方を変へられるべきだつた。明日一番の飛行機で帰つて、今度はお揃ひでいらつしやい。何なら今すぐにでもイベリヤ航空にゐる友人に連絡してあげますよ」

どうして彼はこれほど親身になつて国外遁走を奨めてくれるのだらう。今夜中にマドリッドまでは帰つておくべきだと急《せ》き立てる、昂《たかぶ》つた彼の目は若い猛禽のやうに冷《つめた》く煌《きら》めき、一途に言ひ募る口調は男巫《をとこみこ》めく。柿崎も脱れ出たかつた。あるいは彼が劃策するより先に謡子が、香澄がゐればもう不貞な夫に用はない、設楽家の権勢を以てすれば、装飾用の夫の一人や二人に事は欠かぬと、ひそかに追放の準備を進めてゐるかも知れない。飼ひ殺し同然、入婿以下の生活には飽き飽きした。まことに、十も歳下の旗谷に諫められるまでもない。彼はもつと早く、屈辱的な日常を清算すべきだつた。二度と帰らぬ心を決めて、灯子と共に家を出るべきだつた。彼女も、一足先にそれに気づいて、巧妙に姿を晦《くら》ましたのではあるまいか。彼とも旗谷とも連絡を絶つたのは、細心の注意の現れでもあらう。帰らう、三日後には日本に着ける。正式に離婚を切り出さう。承諾しなければ無一物になつて再出発しよう。「ペラルゴニューム」の名で新聞の尋ね人欄から灯子に呼びかけよう。

セニョール・ハタヤ、セニョール・ハタヤ、遥か彼方の薄暗いフロントの方から、顔駲染らしい現金係《カハ》の若者が手を振つてゐる。旗谷はやうやくとろりとしかけてゐた目をきつと瞠《みは》り、急ぎ足でバーを離れて行つた。やがて彼は待ちかねてゐたやうに差出す受話器を取り、次の瞬間、くるりと柿崎に背を向けた。永い五分間が過ぎた。柿崎はマンサニージャを追加して一息に呷《あふ》つた。耳が燃えるやうに熱い。その耳に、旗谷の冷《ひや》やかな声が零《ふ》る。「梅室歌子からでした。始めて声を聞きました。『灯子さんが田舎で亡くなられました。あまり突然で、怖ろしいやら悲しいやらで、前後の弁《わきま》へもなく、お電話してしまつて御免なさい』と言つて、それつきりでしたよ。柿崎さん、死者を発見したのは、あるいは彼女ぢやないでせうか。電話が切れる前に響いたのも、むせび泣きだつたのか、むせび笑ひだつたのか……」

彼は戸外の闇に目を据ゑたままさう伝へた。扉に吊した真紅の天竺葵《ベラルゴニューム》が、風もないのに激しく揺れてゐる。

鳥兜鎮魂歌

笹田岸穂兄　リヨンにて　一九五五年五月二日夜　香元雄大

ローヌ川は青鈍色《あをにび》に、漣《さざなみ》も立てず流れてゐる。私は昨日からリヨンにゐる。中心街、ガイルトン河岸のリュックス・ホテルに投宿、今朝は午前十時から、北へ、ほんの一粁《キロ》足らずの所にある、織物博物館と装飾博物館を訪れた。ただそれだけが、この都市を訪れた目的だつたかも知れない。「フィリップ・ド・ラサールの花束」、三年前、妹がその最期の日まで、刺繡架に向つて、孜孜《しし》と刺してゐた図柄を、君も記憶してゐるはずだ。彼女にその図柄を与へ、美の国への入口を教へ、代りに彼女の心を奪つて、しかも姿を晦《くら》ましたあの画家が、このリヨンにゐるのを知つてから既に二年近く経《た》つ。

一昨年の夏のこと、私は昔、スペインを共に旅した仲間と久久に会つた。仲間の一人、風祭夫人が、その春、リヨンに行き、市の北方にあるローマ時代の町の残骸、ペルージュへ行つた折の、稀なる印象を語りつつ、五、六葉の早撮写真《スナップ》を見せてくれた。中の一葉、花盛りの山吹を背景に、石畳に立つて微笑してゐる夫人の隣で、所在なげに、あらぬ方を眺めてゐる青年に気づいて、私はほとんど声を立てさうになつた。忘れもせぬ墨谷明示の、鋭い横顔だつた。眦《まなじり》の小さな黒子《ほくろ》も、ありありと見える。石畳は片蔭《かたかげ》、こぼれた山吹の鮮黄の花弁《はなびら》が、彼の爪先で踏み躙《にじ》られてゐた。

「ああ、その方、案内人《ガイド》の墨谷さん、御本職は画家なんですつて。美男でいらつしやるから引つぱり凧で、制作に専念できないでせうつて、冷《ひ》やかしたら、リヨン郊外で小さなアパルトマンの部屋借りて、赤貧洗ふがごときやもめ暮し、佳きパトロネス物色中なんて、真顔で仰《おつしや》つてたわ。案内の収入は制作費に消えるので、夜は酒場で似顔描きまでして、いつの日か、パリで個展を開くのを夢に生きてゐると、問はず語りを伺つたり」

その時、私は、リヨンへ行く決心をした。それが亡き妹への何よりの供養だと信じたから。あの綴錦《つづれにしき》を模した刺繡の掛布は、完成したら、君に贈らうと、彼女が精魂こめてゐたものだ。君の涙ぐましいほどの愛に応へ得ぬ彼女の、それが唯一の贈物だつたらう。妹はあの花束の図柄を、今一つ、小さな衝立《ついたて》に仕立てて、墨谷に贈つてゐた。あの図柄は、くはしく言へば、たしか、ヴェルサイユ宮殿の、マリー・アントワネットの部屋の装飾に使つた唐織《からおり》で、そのデザインを創つたのが、十八世紀末の工匠、インテリア・デザイナー、フィリップ・ド・ラサールだと聞いてゐた。妹は、墨谷からの受売りを、彼女には珍しい昂《たかぶ》つた口調で、何度も私に聞かせてくれた。

　織物博物館は、装飾博物館と中庭で繋がつてゐて、入館料は通し切符で一フランと案内書にあつたが、行つて見ると、一方が済めば一旦外に出て、改めて一方に入る仕組になつてをり、それぞれ一フランづつ支払つた。週日の開館早早ゆゑ、ほとんど人影はなかつた。白い石造りの建物は、新緑の反映で華やかに蒼褪《あをざ》め、老守衛達は、東洋人の単独見学者にもほとんど注意を払はず、朋輩と私語を交してゐた。その控へめな手振りから推せば、次の休日に、ローヌかソーヌへ鱒《ます》釣りに行く相談だらう。ラサールの刺繍入《ランプ・ブ》唐織《ロシエ》の在処《ありか》を尋ねると、私のつたないフランス語を嘉《よみ》して、それは二階に沢山陳列してあるが、まづ一階の、東洋各地から集められた織物から、順番に、ゆつくり見て廻るがよいと、噛んで含めるやうに教へてくれた。

　ラサールの花束は〈au bouquet des fleurs〉と題されてゐた。妹は、口癖のやうに、私も、いつか、リヨンへ行つて、これの実物をつらつら眺めたいと洩らしたものだつた。彼女の持つてゐた手本は、墨谷の忠実な模写と覚しく、中央に勲章菊《ガザニア》、その下に更紗木蓮、左上には鳥兜、その下が紫丁香花《リラ》になつてゐた。天には漆黒の鳥の羽根が唐草模様風に組合《くみあは》され、地には鈍色のリボンが蝶結びになつて、このリボンはすべての花花に絡み、それらを束ねる。その構図は、私の脳裏に、極彩色で焼きつけられ、巧拙を問はれねば、ありありと再現も可能であつた。君への形見になつたあの刺繡も、そのリボンの三分の一ばかりが刺し終つてゐないだけで、私の記憶をなぞる資料としては十分なはず。ところが、私は、実物の前に立つて啞然とした。

一つにはその精妙な技巧、二百年間の歳月さへ、毫《がう》も感じさせないくらゐの保存状態への驚きであつた。そして、更に大きな驚きは、花が、羽が、巧妙に掏《す》りかへられてゐたことだ。妹がラサールのものと信じてゐた図の鳥兜の箇処には、同じ紫青色ながら、桐擬《ジャカランダ》が描かれてゐた。また天には孔雀の羽根が靡《なび》き、かつ地の蝶結びのリボンは、喪の色ではなくて焦茶と狐色の濃淡であつた。勿論これは、二、三分、息をつめて見守つた上で、徐徐に判明したことだ。様式化された花花が、現実以上の妖しい魅力を漂はせてゐることは、墨谷のコピーにしても、いささかも遜色はない。彼は、単にコピーを作つたのではなく、卓抜な本歌取を試みたのだ。春の花花で纏《まと》められた図案の中に、ただ一つ、秋の花、猛毒の、不吉な鳥兜を置き、玉虫色の孔雀の羽《パン》を、ぬばたまの墨谷の黒の鳥に変へ、リボンを、まだその上に服喪の色とし、この花束全体を送葬用に仕立ててしまつたのだ。奸智としか言ひやうがあるまい。妹は、それと露知らず、いそいそとこれを繡《ぬ》ひ取つて、愛してはくれぬ人と、愛に応へ得ぬ人に捧げてゐたのだ。

ラサールの作品は他にも、楡《にれ》の下の鷓鴣《しやこ》や、水辺の雉子と孔雀等、絢爛たる眺めではあつたが、私は、それらを見る心の余裕を失つてゐた。騒立《さわだ》つ胸を鎮めようと、私は窓に凭《よ》つて、かすかに開かれた隙間から入る、爽やかな若葉風を吸つた。その時、階下から、足音を忍ばせるやうにして、長身の、アメリカ人と覚《おぼ》しい夫婦が上つて来た。私の方をちらと見て、彼らはラサールの鶺鴒に近づく。一時間ばかり、夢見心地で館内を彷徨して、私は午《ひる》過ぎにホテルへ帰つた。一通の手紙が私を待つてゐた。封筒の、表の隅には、黒と赤で、小さく、精密に、ラサールの花束が描いてあつた。見覚えのある右肩の上つた墨谷の署名で、文面は乱れてゐた。

「旅行代理店にゐる友人から、貴方のお越しの情報を得ました。よい機会です。僕も今日、リヨンを去ります。すべてを捨てて、ボルドーからバイヨンヌへ、そしてピレネーの山の中へ行つて、偽りに満ちた人生を清算します。僕の父母も三十年前、僕が七つの夏、伊那の山中で行方不明になつたさうです。その時死ななくとも、二三年の間には必ず死ぬ病に、父がかかつてゐました。僕も父と同い年になり、同じ病です。それを予感してゐたので、七重さんにお応へできなかつたのです。喪の花束は、私自身への供花《くげ》でした。お恕《ゆる》し下さい。あの方には、煉獄の花野でも、きつと摩《す》れ違つて、お詫びできませう。さやうなら」

七星天道虫

しづかに胡桃

恋ふるは何その後《のち》は問ふこともなき夏速《すみ》やかに経て青胡桃《あをくるみ》

父が閉ぢこめられてゐるサナトリウムの近くには、そこここに胡桃林があり、晩春になると長長と緑の花穂が垂れ下つた。小康を得た父と連れ立つて歩きながら、手草《たぐさ》に葉を毟《むし》ると、爽やかな揮発性の芳香が鼻を打つ。これは栽培してゐる菓子胡桃《くわしくるみ》の木、向《むか》うの一群が自然林で、あれは鬼胡桃だと教へられた。この辺では生《な》つた実を落ちるにまかせ、溜ると一纏《ひとまと》めにして近くの谷川へ掃き落す。下流には柵《しがらみ》が設《しつら》へてあり、胡桃の実はすべてこれに引つかかる。秋まで放つておくと外側の果皮は腐つて流れ、固い核が残るのださうな。父は枕頭《ちんとう》に一握りの核を置き、時時掌の中で二つを摩《す》り合せてゐた。豹象はその固く軽やかな軋轢音《あつれきおん》が嫌ひではなかつた。だが子供心にも、その音を孤りで聴いてゐる父を想像すると、ひどくあはれで、連れて来てくれた叔母に、ここに残つてゐようなどと言つて困らせることがあつた。叔母は、それにつけても、夫や子を置き去りにして出て行つてしまつたあの人が憎いと、寡婦暮しの艶のない目を光らせた。豹象にその辺の機微の判らうはずはなく、また一切耳に入れてはならぬといふ祖父母の厳命であつた。

父は赤と緑で彩つた美しい胡桃割で殻を砕き、丁寧に果肉を取り出してくれた。傍で見てゐた叔母は、人間の脳髄そつくりだと呟きながら、生《なま》のままかりかりと食べてゐた。豹象は一瞬嘔吐を催しつつ、それでも次から次へ自分で割つて、渋もろくに除《と》らずに口の中へ放り込んだ。父はそれを悲しげな目で、むしろうつとりと眺め、誘はれて一つを取り歯をあてた。あてるだけで食べようとはしなかつた。今度よく炒《い》つたのを持つて来てあげるからなどと口では言ひながら、果して叔母は約束を守つたかどうか。父の死後寝台の枕の下から脂光《あぶらびかり》のする胡桃が一つ出て来たと言つて彼女は涙を流した。妻には逃げられ、両親からは疎《うと》まれ、一人息子との対面さへ人目を忍ばねばならなかつた兄の、短い人生のために哭《な》いたのではない。薄情な、豹象の生母を、一度はこの場に引き据ゑて恨みの一つも言つてやりたかつたのに、それも果せなかつた口惜しさに、唇を嚙んで哭いたのだ。

豹象はそれ以後胡桃を口にしない。菓子を飾つた果肉もそつと取り除く。断つて障《さは》りの生ずるほど頻頻とメニューに登場するものでもないから、当然人の目に立つこともない。人間の脳髄に似てゐると洩らした叔母はそれから十年ばかり後に世を去つた。病名が脳軟化症であることを知らされて、豹象は思わず失笑した。笑ひながら涙が頰を伝ひ、あの日の光景が涙の膜に映つては消えた。倒れて三箇月、もう豹象を識別する力もあやふやで、「玄武さんね」と兄の名を口走つて怖い目をした。豹象はその時、自分が夭折した父の面影を宿してゐることに気がついた。母に肖《に》てゐたら、あるいは祖父にも愛されなかつたかも知れぬ。そして結果はその方がはるかにしあはせだつたのではなからうか。

夢のマラスカ

疾風《はやち》吹く野や桜桃《あうたう》のほろにがき苦き一生《ひとよ》のなかば過ぎつつ

桜桃はダルマチア産、野生のマラスカに限ると、祖父は断乎《だんこ》主張して譲らなかつた。山形のナポレオンなど桜桃の脱殼《ぬけがら》か幻影、口あたりの良いやうに飼ひ馴らした二流品だと膠《にべ》もない。豹象は幼心《をさなごころ》にもその気魄におされて大いに頷き、いつの日かその珍味を口にしたいものだとあこがれるやうになつた。ダルマチアとはアドリア海の東岸で、すぐ東側にはディナルアルプスの山脈《やまなみ》が延延三百粁《キロ》以上屏風さながら南北に走つてをり、山と海とのはざまの斜面が、殊《こと》にこの品種に好まれるらしい。もつとも、後年豹象の調べるところでは、ユーゴスラヴィアの酸果桜桃《さんくわあうたう》 Prunus cerasus marasca は、もつぱら桜桃《マラスキ》酒《ノ》を造るために用ゐられ、その劇《はげ》しい酸味と苦みは生食に適しないとのことであつた。

豹象が二十七の夏祖父は他界した。七十六歳で、死ぬ前日までテニスを楽しんでゐた。祖父はデヴィス杯争奪戦の準準決勝にまでは出場したといふ筋金入りのヴェテランで、文弱の息子の鈍い運動神経には夙《つと》に愛想をつかし、スポーツマン・タイプの孫を鍛へ上げようと、幼稚園の頃からラケットを持たせた。それはともかく、五月の初旬、旧の端午の節句の朝、二人は清和苑のコートで一時間余《あまり》練習し、並んでシャワーを浴び、だらだら坂の桜並木を湯上りのやうな爽やかな心地で駅の方へ歩いてゐた。疾風に揉まれて葉桜の枝が肩を打つ。ふと見上げると額をかすめるやうにして、暗い葉隠れに黒紫色に熟れた果実がある。祖父も目ざとくそれを見つけたか、ついと腕を伸ばして摘み取つた。口中に含むとほろ苦い。次に酸味が舌の根に沁み、終りに仄《ほの》かな甘みが残つた。

並木は丁子桜《ちやうじざくら》、去年も今頃この実を口に含んで、やはり祖父と肩を並べて坂を下つた。祖父はその時、四十年も昔の青春時代をしきりに思ひ出してゐた。ユーゴスラヴィアの北端、イタリアとの国境にある自由都市フィウメで過した頃の、他人には語つたことのない追憶の一部であつた。モンテネグロ生れの娼婦の名はアチア、その初夏二人は、一緒に死ぬつもりでダルマチアに旅をした。祖父は海岸のホテルで肺炎を起し、二週間ばかり寝こんだ。さて癒《なほ》つてみると俄《にはか》に死ぬのが馬鹿馬鹿しくなり、一日車を駆つて丘陵地帯に赴き、たわわに熟したマラスカを二人で腹一杯貪《むさぼ》り、翌日はイタリア領の港市ツアラの埠頭で、微笑を交して南と北に別れたとか。豹象がいくらあこがれても、たとへ晩春初夏にダルマチアへ旅することがあつたとしても、祖父の食べたやうな桜桃の味には決して邂逅《めぐりあ》ふすべもあるまい。十年前死んだ祖母は、そのやうな挿話を怖らく一生知らなかつただらう。あの美しい家付娘は、飛脚便で取り寄せた出羽の天香錦《てんかうにしき》を、青磁の皿に盛つて、独《ひと》でしづかに賞味するのを好んだ。丁子桜の実やマラスカなど、多分眉を顰《ひそ》めて手も触れなかつたはずだ。ちなみに桜桃酒《マラスキーノ》は祖母の大好物で祖父は生前一滴も口にしなかつた。

花散れど雉隠

明日に恃《たの》む愛一つかみ混沌の昨日アスパラガス刈り終へし

sparrow grass が訛《なま》つて asparagus になつたと説く人もゐれば、その逆で雀草は小児用語と主張する向もある。ギリシア語のアスパラゴスは枝の細分岐を意味するだけで鳥に関りはない。にも拘《かかは》らず、「和蘭陀雉隠《オランダきじかくし》」といふ和名は、何となく、「スパロウ・グラス」と符節を合せてゐて楽しい。豹象はその昔、祖母に連れられて信濃に遊び、白樺湖畔の草原で、繊《ほそ》い針状の葉を煙らせた霞網のやうな草が一面に茂つてゐるところを通つた。祖母はその草の名を「雉隠《きじかくし》」だと教へてくれた。雉子は頭だけを草群に隠して尾を隠すことを知らず、そのため人に射殺される。だがこの草だけは、全身が隠れるやうに、低く細《こまか》く生えてゐるのでその名があるとか。秋になると雌株に真紅の実が生《な》ると言ふ。彼の初めて見る信州は杏の花盛りの五月中旬、雉隠は未だ花も咲いてゐなかつた。

三月の野火の頃、芽吹く前の枯原に巣を造つてゐる雉子は、わが身を棄てて子を救ふゆゑに「焼野の雉子《きぎす》」の諺《ことわざ》もあるものを、お前の親達はと、祖母は言ひかけて口を噤《つぐ》んだ。言はでものことを口走つて、十歳にもならぬ子を悲しませるのは酷《むご》いことだ。豹象の耳にもいつの間にか父母の噂は耳に入つた。悪意は無くても、他人はすらすらと無残な真相を聞かせてくれる。豹象は心の中で冷汗を流しながら、顔色も変へずに聞き流すことに馴れた。告口や仄《ほの》めかしや中傷の断片を綴り合せれば、下手な小説や劇など顔色なしの、変化に富んだ読物が生れよう。少年時代は、殊《こと》に祖父母の監督下にあつた頃は、禁忌と知るとなほ渇いて、耳を欹《そばだ》てたものだが、昨今は興味も薄れた。母は舞台女優で相当人目を引く容貌だつたらしい。オフェリアを演じた時、父は半月の興行の初日から千秋楽まで通ひつめたと聞く。女優柊堂火枝子《しゆうだうひえこ》は当時前衛演出家花崎凜々と五年越の間柄、知らぬ人はなかつたといふ。その春彼女は彼の演出でテレーズ・ラカンを勤め、秋が「ハムレット」だつた。豹象の父玄武は一目の恋に身を懸け、猪突猛進を繰返した。醜男《ぶをとこ》の花崎に強姦同様従はされて来た火枝子は、玄武の勇敢な騎士振《ナイトぶり》にほだされ、不日《ふじつ》恋は成就した。

和製セルヴェと噂されたことのある繊細な美貌も病魔と貧窮と孤独に蝕まれて、今は見る影もないと聞いた。火枝子にも棄てられたとか。豹象は成人した後も父を憎んだことはない。春、発芽前の茎を暗闇の中に閉ぢ籠《こ》め、乳白色に肥《ふと》らせて、或日《あるひ》ぐさりと截《き》り取り、食膳に供するアスパラガスを見ると、彼は自分の亡き父の屍体を前にしてゐるやうな錯覚に陥る。父は祖母に、愛玩動物さながらに育てられた。労働を蔑み、旧華族・士族以外は人間と思はぬあの性癖は祖母に培はれたものだ。入婿の祖父のいかなる矯正も既に手遅れであつた。祖母が勘当に同意《にへ》したのは出自卑しい女優にうつつを抜かして出奔したからだ。豹象にとつて盲愛の牲《にへ》となつた父こそ、却《かへ》つて真《まこと》の焼野の雉子であつた。

薔薇色葡萄月

世界終るとおもふをりしも一房の銀の葡萄をみごもれり母

葡萄状鬼胎と呼ぶ症状名を豹象は古い医学書の中で発見した。婦人科の領域で、それも異状妊娠の一例らしい。さう気づいた途端に彼は柄《がら》にもなく肌に粟《あは》を生じて本を伏せた。時既に遅し、人一倍想像力の発達してゐる悲しさ、彼の頭の中には、鰓《えら》を持つて羊水の中に漂ふ盲目の胎児の全身に、蒼白い葡萄のやうな泡粒がびつしりとまつはり、刻一刻とその数が殖《ふ》え続けてゐる様がありありと浮ぶ。友人の医師に言はせるとさう言ふ旧い名称は今日日《けふび》誰も用ゐず、もつぱら泡状鬼胎《ブラーゼン・モレ》と呼ぶとか。ややサディスティックな傾向のあるその青年外科医は、もう沢山と尻ごみする豹象を引き据ゑ、まあさう言はずにとつくり説明を聴けと得意の長広舌《ちやうくわうぜつ》。子宮内の胎児を覆ふ脈絡膜が異状発達して、あたかも一塊の葡萄のやうになり、やがて胎児は次第に変質し、やがて全く姿を消す云云《うんぬん》と、精悍な目を輝やかせての仕方噺《しかたばなし》である。姿を消すのではなく胎児は一塊の葡萄に変身するのだらう。

解剖学用語を含めた医学のテクニカル・タームズには、いかなる智慧者の命名か、駆け出しの詩人など蒼褪《あをざ》めるばかりの文学的直喩が頻頻と現れる。薔薇疹、奔馬性結核、飛蚊症《ひぶんしやう》、あるいは目の虹彩に涙湖《るいこ》、脳の蒼球《さうきう》に海馬回転、天幕截痕《てんまくせつこん》等等、恍惚とする。それでも、これらの中にあつて葡萄状鬼胎は抜群ではあるまいか。この名を知つてから豹象は葡萄が怖くなつた。ずつしりと重いアレクサンドリア種を掌上にする時、それがあたかもアラビアかペルシアの王子の落胤《らくいん》の鬼胎であるやうな錯覚に思はず眩暈《めまひ》を感ずる。

鬼胎幻想が脳裏で泡立つ頃は、既に生理的な嫌悪も薄れ、彼は薄緑の一房を目の高さに捧げて静かに愛撫する。仄《ほの》かな冷気が指の腹を這ひ、彼は突然その鬼胎、否《いな》麝香葡萄《マスカット》を、ぐしやつと圧《お》し潰したくなる。殺意と呼ぶ他はないその衝動に彼はをののく。豹象は九月二十二日の誕生、すなはち共和暦の元日、葡萄月《ヴァンデミエール》の第一日に当る。カランドリエ・レピュブリカンは祖父の愛するところ、その吉日の生誕をまづ嘉《よみ》し祝ひ記念してくれたのも祖父であつた。霧月・霜月・雪月・雨月・風月・芽月・花月・牧草月・収穫月・熱月・果月と、祖父は歌ふやうに諳《そらん》じて教へてくれた。豹象の父の蜂の巣の肺の崩れたのが花月《フロレアル》、祖母が肝硬変で悶死したのが熱月《テルミドール》、その直後から祖父は忌《い》まはしい妖婆の呪詛から解き放たれたやうに若返つた。豹象を一日も早く結婚させ、曾孫の顔が見たいと真顔で言つた。二十歳《はたち》にまだ間のある孫に向つてである。豹象は哄笑に紛らせて無視した。

葡萄状鬼胎を胎内に造る可能性のある「女」が、彼には怖ろしかつた。自分に酷似した胎児が日一日と葡萄の房に変身して行く過程を、ありありと透視しつつ、その妻を抱くことができようか。祖父は豹象の苦苦しい表情に怯《ひる》んで、その後二度と強請も哀願も試みはしなかつた。彼自身、まだ身体の心《しん》に猛猛しい火を抱く「男」であつた。

アミこそは妹

毛糸群青ほぐれほぐれていもうとの心の淵の干《ひ》る夕べかも

豹象が結婚するといふ噂を聞くと、彼を知る誰彼はわが耳を疑つた。あの女嫌ひ野郎がとか、母性恐怖症患者がとか、不信と好奇と反撥と同情をこもごもこめて、大いに慨歎したものだ。相手とは榊教授の養女で、秋海棠《しうかいだう》ならぬカトレヤが霧雨に悩む風情《ふぜい》の佳人と聞くと、一同は俄《にはか》に色めき、一日も早く二人の晴の姿が見たいとか、その結婚一年保《も》つだらうかとか、更に口さがないのは、首尾よく蜜月に入れるかどうかとか、陰《かげ》へ廻ると蜂の巣を突《つつ》いたやうな乱《らう》がはしさだつた。「夕星《ゆふづつ》」誌では見事に肩すかしを食はせたが、その次の週、折からひどい神経痛で動けなくなつたと言ふ教授夫人からの電話に、黙つてゐる訳にも行かず、彼は不承不承見舞に立ち寄つてみた。教授は鍼の往診施術を受けてゐる最中とか、夫人もその方につきつきり、応待に出たのは二十歳前後と思《おぼ》しい娘で、遠縁の者とつつましく自己紹介した。星絵と名告《なの》る彼女は一瞬息を呑むほど美しかつた。豹象が例外的に一度熱を上げたことのある女優イレーネ・パパスの冱《さ》え渡つた容貌を、いささか和風に曇らせた風情《ふぜい》であつた。彼女は彼のために目の前で珈琲をいれると、鍼は三十分ばかりで済みますからと言ひ、寝椅子にふはりと腰を下して毛糸を編み始めた。猩猩緋《しやうじやうひ》の、眩暈《めまひ》するやうな鮮やかな毛糸玉が転《ころが》り落ちて、珈琲を啜《すす》る彼の脚の間に迷ひこんだ。星絵は頬を染めて彼の膝下《しつか》にひれ伏し、手を伸ばして毛糸玉を探る。薔薇の香が襟のあたりから漂ひ、彼は恍惚となつた。その上、立上り際に彼女はよろめいて彼の太腿に手を突いてしまつた。更に紅潮した彼女は、口の中で詫《わ》び言《ごと》を繰返して奥へ隠れてしまつた。

豹象はそれから三日置《おき》に見舞に罷《まか》り出た。星絵は養女とのこと、既に長男は子が二人、次男も去年娶《めと》つた教授に養女とはと、疑つて見るゆとりもなく、彼は性急に彼女と二人の逢ひを劃策し、今度は外で立て続けに三度、観劇、音楽会招待、美術展同伴と、月並な智慧しか廻らなかつたが、それでも翌月は求婚に漕ぎつけ、養父母に否応はない様子だつた。式は春と一応仮に決め、次の日曜は彼女の最も濃い縁者に紹介するからと、教授は仄《ほの》かな微笑を口許に浮べて言つた。目は笑つてゐなかつた。冬至十日前の頃である。

約束の日に豹象は、榊家の客間の因縁つきの椅子に坐し、星絵を眺めながら「濃い縁者」を待つてゐた。彼女は群青の毛糸を編み続け、彼の質問を受け流した。誰が現れるかは見てのお楽しみと言ふ。やがて中年の夫婦が俯《うつむ》きがちに案内されて来た。二米《メートル》近い大男は薄紫のサン・グラスをかけ、左手が不自由であつた。その妻らしき女は豹象を眩しげに見下してたちまち涙ぐんだ。古びた造花のやうな、あはれな色香が彼の心をなごませた。花月《くわげつ》と紹介された男は潰れたバリトンで、呂律《ろれつ》の廻らぬ挨拶を繰返す。どうやら自分が星絵の実の父と言つてゐるらしい。その太い頸を猩猩緋のジャケツの襟が締めつけてゐた。

グラナダ喀血

火の石榴かしこにありて一篇のわが逸楽の詩を超ゆるなり

石榴《ざくろ》は酸味が強いほど良い。豹象は庭に植わつてゐる甘酸二種の石榴の中《うち》、秋十月ともなると、酸つぱい方をまづ捥《も》ぎ取つて、微かな割目に拇指《ぼし》を突つ込み、一気に二つに割《さ》く。半分を荒荒しく解《ほぐ》して五、六十粒の鮮紅の顆粒を口に含み、軟口蓋《なんこうがい》と歯を圧搾器代りに、ぐつと絞めつける。鼻から目の奥へじんと沁み徹るほどの酸つぱさに身顫《みぶる》ひしつつ、また掌一杯に実を解《ほぐ》す。目にはうつすらと涙がにじむ。唇の端から紅い汁が伝ひ、食肉獣が獲物を平《たひら》げた直後のやうだ。食ひ残しの半分は大きな白磁の皿を受け両掌でぐつと握り潰す。半乾きの陶器の砕けるのに似た鈍い音と共に果皮は滅裂となり、指の間からだらだらと石榴の血がしたたる。カクテル用のグレナディン・シロップなど知らぬことながら、彼はこれをラムネに混ぜて飲むことを覚えた。さして美味なものではないが、彼は石榴独特のほろ苦く青臭い香が好きであつた。縁薄い父の香と言つてもよからうか。

甘酸二種の石榴を籃《かご》に盛り、秋草模様の絹のスカーフで包み、それを抱へた叔母に連れ立つて豹象は三度、虎杖《いたどり》高原のサナトリウムを訪れた。彼の父は永らくそこで病を養つてゐた。祖父には叔母の家へ行くと称して家を出る。一粒種の孫が感染してはと怖れて、父に逢ふのは固く禁じてゐた。ツベルクリン反応が陽転して一年以上経《た》つてからでなければとむづかしい顔をするのだが、叔母は父の懸念より兄の哀願にほだされた。永くはないことも感じ取つてゐた。豹象は映画雑誌の口絵に見る若い日のジャン・セルヴェに似た優雅な父が好きだつた。大きなマスクをかけて父に近寄る。抱き締めたい手を宙に空しく游《およ》がせて、彼は代りに石榴の籃を摑む。叔母は瞼を押へつつ席を外す。石榴の故郷は何処か知つてるかい。父は枕許から綺麗な世界地図を引出し、アフリカとアラビアの頁を拡げて、うるんだ目で豹象を誘つた。父の繊《ほそ》い指のさすところはアフリカの東端、ソマリランドのグアルダフイ岬の更に東、四百粁《キロ》ばかりの沖に佐渡の二倍くらゐの孤島がありソコトラ島と呼ぶ。石榴はここからアラビアへもペルシアへも、エジプトへもスペインへも拡がつたと言ふ。ボッティチェッリの「マニフィカートの聖母」で、幼児イエスの持つ石榴も、デューラーの「マクシミリアン一世」で皇帝の掌上にある巨きな石榴も、皆アフリカ生れのプニカ・プロトプニカの末裔なのだと、父は遠い処を眺める目つきであつた。彼は笑み割れた石榴を三つに分け、十粒ばかりを口中に含んでしづかに目を瞑つた。片手で豹象を抱き寄せた。激しい咳が彼を襲ふ。豹象を突放すと彼は身体を海老《えび》のやうに曲げて咳《せ》いた。口から石榴の実が飛ぶ。同時に泡立つ真紅の液を喀《は》き出した。あんなに沢山石榴を食べたのか知らと、豹象は目をまるくした。遠くからそれを見た叔母が鋭い悲鳴を上げて駆けつけた。豹象の父は翌年の石榴を味はずに三十三で死んだ。

花月胡蝶文様

きみの額《ぬか》蠟の匂《にほひ》にかたむけりそこより蝶の墜つるきりぎし

母に関する痕跡は髪の毛一筋残つてゐなかつた。祖父母は口を緘《かん》して絶対語らず、生《いき》証人《しょうにん》の叔母が身罷《みまか》ると、豹象には調べる手段もなく、過去をたどる方法も思ひ浮ばぬ。幼い日に、叔母が、タブーを犯すことは承知で、かつまたどうせ百の中の三つも理解の届かぬことを計算に入れて、折に触れては独言《ひとりごと》のやうに喋つてくれた言葉の端端《はしばし》がそのやうな時断片的に鮮やかに蘇つた。絵巻物、それも落剝《らくはく》と汚損と蠹魚《しみ》の孔夥《あなおびただ》しい絵巻の残欠に似た一連の記憶が、その言葉を綴り合せることによつて、彼の心の中に浮び上る。

玉串家には、母はおろか父の昔を偲ぶよすがもない。父に背いて家を出た長男を、祖父は冷《ひや》やかに勘当した。単に祖父年来の夢の一つであつた外交官への道を、途中で易易《いい》と捨て去つて、地質学とやらに没頭し始めたことに立腹したからではない。それだけなら第一祖母が庇《かば》つてくれたらう。万事祖母の意見で左右される玉串家の中で、これほど父の玄武が孤立し、白眼視された原因は、一に火枝子との恋愛、あはただしい結婚の無理の皺寄せであつた。年上の、それも深い仲の男のゐる女優、素性を明せば志摩の漁夫の娘で、母親はその頃まだ海に潜《もぐ》つて鮑《あはび》を取つてゐた。祖母は火枝子を一目見ただけで卑しい淫婦の相だと罵つた。彼女の容貌と風姿は、あらゆる同性に反感を抱かせるに十分な華やかさと、なまめかしさを備へてゐた。彼女は玉串玄武が素封家の長男であることも、大学教授になる日も遠からぬ秀才であることもてんで知らず、ただその典雅な眉目と人となりを真底愛しただけのことだつた。彼に出奔を勧めたのは、玉串家の財産と家名を狙つて彼を誑《たぶら》かしたやうに言ひたてる舅姑《きうこ》への抗議を含めてのことだつた。だがそれは二人の憎しみをいやが上にもそそつた。翌年豹象が生れ、三年目に玄武は血を喀《は》いて倒れた。肺は左右共に蝕まれ、手術の施しやうもない状態であつた。火枝子はおのが自業自得に苦笑した。

隣室の老婆に一日なにがしか払つて豹象を預け、彼女は濃く粧《けは》つて働きに出た。酒場の名は「蝶《パピヨン》」、彼女のかつての仲間が腕を振ふ店で、たちまち水を得た魚さながら、四つ五つ若返り、男達の目と心を奪つた。一週間後、豹象は何の予告もなく玉串家に引つ攫《さら》はれた。談判に行かうとする寸前、玄武の妹が乗り込み、嘲笑を浮べつつ、御両人の再起まで玉串家で預らせて戴くと、いとも丁重なお為《ため》ごかしの宣言、不満なら出るところへ出て黒白をつけようかと、内縁の弱さを見透かして言ひ募つた。火枝子がサナトリウムへ駆けつけて訴へても、妹から因果を含められてゐる玄武は、その方が豹象のためと弱弱しい微笑を浮べるだけだつた。男の脱殻《ぬけがら》に似た夫に心も冷え渡り、彼女は二度と虎杖高原へ足を向けることはなかつた。人気の出かかつたレスラーのセルピエンテ・花月《くわげつ》との浮名は、それから半年ばかり後のことである。彼女は「蝶《パピヨン》」の黒揚羽《くろあげは》と綽名《あだな》されてゐた。

暮れて夕星虫

天道虫だまし陽死《やうし》のさま見つつこのかなしみの底のくれなゐ

揚羽蝶などではない、火枝子さんは実際は地味な、気の弱い人だつたと父の知己の一人榊教授は額を覆ふ銀髪を掻き上げつつ述懐した。母の悪口を言ふ誰彼も、ために陥れようとする人も、皆死んでしまつた今、やつと弁護に乗り出すのも間の抜けた話だ。さすが彼は寂しげな笑みを洩らして、豹象の母の出奔前後のことを語つてくれた。今ではどうでもよいことだつた。母が祖父達の悪罵と呪詛《じゆそ》の対象になつて当然の魔女、莫連女《ばくれん》であつたにしても、彼は別に憎みはしない。忍従の聖女であつたら却《かへ》つて重荷に感じたかも知れない。一度は舞台の上で当代一のナナ役者とも謳《うた》はれたことのある女が、もはや廃人に近い病夫を抱へ、舅姑の侮辱と凄じい貧困に苛《さいな》まれ、とどのつまりは愛児を召し上げられて、それでも歯を食ひ縛つて、貞女の鑑《かがみ》の半生を送る話など、彼はさらさら御免蒙《かうむ》りたかつた。セルピエンテ・花月と再婚し、彼の母の故郷メキシコへ蜜月旅行に発《た》つたといふ噂も、その頃叔母から聞かされたやうな気がするが、別に悲しくも口惜しくもなかつた。後後そのレスラーを写真で見た時、意外にも甘美なラテン系の容貌であることに、何となく安心した記憶もある。父玄武とどこか相通ずる「紐」の人相で、悪人もゐない代りに英雄にもなれぬ悲しい星を負ふ男の一人であつた。彼の人気は三、四年が絶頂で、つひにチャンピオンにもなれず、八百長試合で、それも卑怯な罠にかかつて左腕を折られ、左眼は半ば明を喪《うしな》ひ、齣軋しりつつ引退した。全盛時に買取つた「蝶《パピヨン》」を「夕星《ゆふづつ》」と改称し、夫婦で店を取仕切り、その後も知る人ぞ知る良質の店として栄えてゐるといふ。榊教授も常連と思《おぼ》しい。

人は天道虫と天道虫騙《だまし》の区別も知らない。害虫の方は二十八星天道虫騙《にじふやほしてんたうむしだまし》と言つて、背中の翅《はね》の左右に各十四箇づつ、綺麗な星を持つてゐる。ところが主として茄子を食ひ荒して枯らしてしまふ。七星天道虫は真紅の背中に、一つは背中の中央に左右の翅にかけて半分づつの星、他はそれぞれ三つ、シンメトリカルに漆黒の星を描いてゐる。餌食にするのは蚜虫《ありまき》、幼虫の頃から食ひ続けてくれる益虫だ。だがほとんどの人は、七星も害虫と誤解して、見つけ次第殺す。無実の罪を着せられたまま、彼らは弁解もせずに死んで行く。学名の coccinella は深紅色を意味する。あの人の赤心《まごころ》を酌んでやれと言ひたげだつた。真心も邪心も今の豹象には関りはない。一人の女が数奇な運命をたどつて生きたいやうに生き、安らぎを得た。母である前に女であることを、静かに主張したに過ぎない。二十八星天道虫騙のために世界中の茄子が枯れたとしても、一年に二、三度しか食べない彼にとっては些事に過ぎぬ。まして七星天道虫を保護する気も飼ふつもりもない。「夕星」が栄えても滅びても、酒場遊びに興味はないから、無縁の世界の現象だ。榊教授は、案ずるに火枝子に口説かれて、何十年振《ぶ》りかの母子対面の斡旋《あっせん》役をしぶしぶ買つて出たのであらう。無益なことをと彼は思ふ。

無弦琴

火砲

水無月の火砲錆びたりああかつてわが群青の花を撃ちたり

舅《しうと》はスープ皿の底に残つた一掬《ひとすく》ひを、ライ麦パンの耳で拭《ふ》き取つて、ふはりと、素早く口の中へ放りこむ。洞穴《ほらあな》めいた口腔《こうかう》の奥に、かすかに暗紅の舌がひらめき、臼歯の金冠が光る。松露《しようろ》入りの凝つたスープを作つたのは、何も舅に舌鼓を打たせるためではない。夫が今日はヴェネチアの旅から帰つて来るはずだ。午後一時に空港へ着く予定だから、どんなにのろのろ帰つて来ても六時の晩餐には間に合ふ計算であつた。だが七時を廻つたが電話もかかつて来ない。舅は露骨に空腹を喞《かこ》つ。食べ頃のスープを殊更に煮立てて、舌の焼けるやうなのを供した。松露は煮返すと色も味も悪くなる。鮃《ひらめ》のムニエールもべとつくだらう。あちらで美食に飽いて来た夫に、わざと、挑む気持で、こんな料理に、朝から心をこめたのだが、また冷笑を報いられるのが落ちだ。

それにしても一昨日着いたあの絵葉書は一体どこから投函したものだらう。ホテルのコンシェルジュが消印を捺し損《そこな》つたか、斜にずれて、日附も何も全然読めず、絵葉書に必ずある地名も注釈も洩れてゐる。漆黒の砲身が仰角《ぎやうかく》になつて、碧空を狙ひ、そのまま錆びついた火砲の絵。砲車の轍《わだち》が一米《メートル》ばかり泥土に残つてゐるのは、あるいは発射直後の衝撃を意味してゐるのだらうか。コート・ダジュールを経て、ミラノからヴェネチアとは聞いてゐたが、こんな海岸砲の残骸など一体、どこの港にあるのやら。七重は昔、少女時代、母に伴はれて旅した、マルセーユにモンテ・カルロ、ニース、サン・トロッペからジェノヴァあたりを思ひ描いてみたが、モナコ公国王宮前庭の小綺麗に磨かれた大砲以外、何一つ判然と蘇つては来ない。もつとも、絵葉書の廃《すた》れた砲塁と錆を吹いた大砲は、写真ではなくて、素描に、わづかな水彩を施した肉筆である。サン・トロッペの海岸には、たしか若い画家が屯《たむろ》して、客の一瞥《いちべつ》を誘つてゐた。

舅の弦六の銀髪は旗薄《はたすすき》のやうに靡《なび》く。週に一回脱色して、毎朝丹念にブラッシュする。大砲に目を据ゑてゐる七重をテーブル越しに、皮肉な目で覗く。「サン・トロッペには妖艶な閨秀画家もゐてね、絵は勿論、自分も売るんだから、油断大敵」。どうして心の中まで読んだのか、彼女は一瞬無気味になつて、葉書をパン籠の下に差しこんだ。「女絵描きが大砲の絵を売るとしたら、これは露骨な誘ひかけだね、俺も一枚描いて、美人に売りたくなつて来た」。弦六はゆらりと立上る。還暦とは思へない猛猛しい四肢が七重の前にある。夫の三箇月の欧州出張の間に、彼女の人生は傾いてしまつた。取返しのつかない夏が過ぎようとしてゐる。弦六の銅色の腕を振り払つて、彼女は冷蔵庫の扉を開ける。寒気の刃が鼻尖《はなさき》を削《そ》ぎ、弦六は思はず面を背ける。七重の秋繭のやうなしつとりした肩が、小刻みに動いてゐる。あの廃れた砲塁は、その画家の故郷だらうか。ブレストの沖のウェッサン島ではあるまいか。彼女は夫の声を耳の底の方で聞きとめた。

琵琶

縷縷と琵琶《リユート》の音は花野より洩れいづるわれはとこしへに秋の旅人

琵琶《リユート》の形は巨大な木蓮の花弁のやうだと七重は思ふ。ルネサンス絵画の無二の小道具であるこの楽器は、朱と金と緑に縁取られた盛装の、貴族の青年の膝の上にある時も、収穫祭の、田園の少女の、葡萄を繡《ぬ》ひ取つた胴着の胸に抱かれた時も、イエスが奇蹟を示す聖画の、魚とパンの籃《かご》の彼方の、盲目の老人の腕に載る時も、変身を遂げた花弁の、優雅なたたずまひである。七重は今、百日振りで夫の傍にゐながら、土産の、壁掛の、

「リュートを奏でる少女」を眺めつつ、自分が汚れた花心、疲れた雌蕊《めしべ》に過ぎないやうな気がする。深夜、泥酔して雄大は帰つて来た。偶然道連れになつて、ヴェネチアでは同宿だつた音楽家と、帰途も亦《また》一緒、旅路の果を記念して、空港の酒場で杯を挙げ、それでは済まなくなつて、馴染の「星月夜」へ連れて行つて名残を惜しんだとか。

百日余りの夜をどう過して来たのか、その、飽和状態を暗示するやうな、眩しげな目《まな》差《ざし》で、七重には十分に判る。渇いてゐる時は必ず潤んだ眼で、彼女の一挙一動を逐ひ、その声は欲望のために嗄れ、甘く濁つてゐたものだ。七重は口遊《くちずさ》む。〈Je ne sais plus, je ne sais rien, tout ce que je sais, c’est qu’il m’a blessée, peut-être avec une flèche, peut-être, avec une chanson〉それは、その昔、映画『悪魔が夜来る』で、悪魔のジルが竪琴《ハープ》を、その愛人のドミニックが琵琶《リュート》を掻き鳴らしつつ歌ふ一節。ジルにはアラン・キューニーが、ドミニックにはアルレッティが扮してゐた。「優しく危険な愛の面影」といふ題のその歌は、百日のヴァカンスを、七重がどう過してゐたかを、雄大に暗示する。休暇《ヴァカンス》ではない、心の空隙《ヴァカンス》に忍びこんだのは誰だつたのか。

「親仁《おやぢ》に教へてもらつたのはそれだけかい。ぢやないだらう?」と雄大はせせら嗤《わら》ふやうに訊ねる。答へなど期待はしてゐない。彼女は暗い微笑を返す。「われは知らず、知れることなど更になく、知らむは傷つけらるることのみ。恐らくは一本の箭《や》に、恐らくは一節《ひとふし》の歌に」。雄大には七重の唇から洩れて出る歌が、父の弦六の、口移しに教へたものであることが、手に取るやうに判る。一節の歌に傷つくのは、彼自身であつた。
吟遊詩人に化けた悪魔が、ユーグ男爵の城に、公然と侍候して、人々をたぶらかす。女悪魔は男装して、「弟」と名告《なの》つた。七重は映画を知らない。ただ弦六の巧みなナラタージュで、まざまざと、竪琴《ハープ》と琵琶《リュート》を持つ悪魔を想像するだけである。彼女は、確に口移しにその歌を教へてもらつた。夏三月《みつき》、夕月が上る頃、あるいは、雨催《あまもよ》ひの黄昏《たそがれ》は合歓《ねむ》の花のほぐれる頃、仄《ほの》かな酔ひに、足取りも蹉跎《さだ》と、舅は愛用の十六世紀二十四絃の琵琶《リュート》を取りに行き、弾きながら、繰返し教へてくれた。ほろ苦いバリトンであつた。ふと、自分には夫があり、その夫なる男こそ、この琵琶《リュート》奏者の、血を分けた長男だといふことを、改めて思ひ出してゐた。夏は過ぎて行く。

聖娼婦

あそびめの臙脂の口にきさらぎの霰ふるふる死へのはなむけ

争へないものだと雄大は呟く。酒も飲んでゐないのに眼の縁をうす赤く染めて、食卓に頰杖をつき、涼しい声で、意外に綺麗な発音で、古典的な恋歌を口遊《くちずさ》んでゐる七重を眺めてゐると、十数年前、初めて、彼女に逢ひに、望月家を訪れた折のことが、鮮かに蘇つて来る。七重の母は娘に生写しで、蓮絵といふ名を書いてみせる時、殊更に雄大の傍に席を移して、肘《ひぢ》を彼の腋にすりよせるやうにした。一瞬蓮の花の仄《ほの》かな香が漂つた。

娘の愛人を何と思つてゐるのだらう。これでは二人の遊女に傅《かしづ》かれてゐるやうなものだと、彼は望月家を訪れる度に思つた。快いもてなしが忘れられず、頻頻と通ひ出すとなほその思ひは濃くなり、自分が王朝物語の貴公子にでもなつたやうな心地がして、むしろそれが不快であつた。蓮絵はその頃四十代にさしかかつた頃か、娘より華やかな翡翠色の、肌の透けるやうな絹物を纏《まと》つて、他処目《よそめ》に遊び暮してゐるかに見えた。亡夫の仕事の関係で南欧各地は足跡到らざる無し、つい二、三年前までは、七重も同伴であちこちを見て歩いてゐたと、まるで郊外への散歩のことでも話す何気なさで、それも板についてゐた。

「南欧はついでよ、父の仕事は発売禁止、輸入制限内の、危つかしい絵や写真や本を漁つて廻つて、巧妙に密輸入することだけだつたの。北欧と北米へは毎月行つてたわ。母と二人で、お土産の一番際どいのを見て、きやあきやあ騒いでゐたのが十代半ば、どう、あきれた？」

あきれるより前に、この二人の聖娼婦の屈托のなさに感心した。十八歳の差しかない母と娘の、二人ともどもに自分の妻妾にするのも可能であつた。古今東西、殊《こと》に王家や貴族の間では、さう珍しい例でもない。だが雄大は、七重を娶《めと》ると望月家からは離れた。代りに父の弦六が、いつ頃からか訪れるやうになつた。雄大の母は、それを憎みつつ死んだ。奇妙なことに、蓮絵も、それから三年経《た》つか経たぬうちに、短い患ひで世を去つた。いつも濡れて瞬いてゐる七重の瞳と、うるさいくらゐ濃い睫《まつげ》は、夭折を予想させる。だが、彼女も三十を夙《と》うに過ぎた。かつて、ほんの一時《ひととき》、七重の母の擒《とりこ》になつた舅が、その記憶を探り出さうとして、七重に手をさし伸べる。雄大はそれを知りつつ旅に出た。彼は父の眼を見る。視線は逸らさない。たとへ疾《や》ましいことがあつても逸らすやうな、単純な男ではないが、この熱を疾むかに充血した、充血してなほ美しい眼は、まだ遂げてゐない証明であらう。七重の、いかにもたゆげな挙止も、それに平仄《ひやうそく》を合せてゐる。一人の稀有の遊女を、血を分けた父と子がかたみに愛し亡《ほろ》んで行く物語。どこかで読んだやうな気もする。七重はそのやうな妄想とは関りなく、琵琶《リユート》を弾くべき手で、今、豌《えん》豆《どう》をむいてゐる。銀髪の舅と、口髭の夫を前にして、今宵も亦《また》、口の灼《や》け爛《ただ》れるやうに熱いスープを供するだらう。食卓の方から茴香《ういきやう》の香が流れて来る。

凶器開花

三肉叉《さんにくさ》

三人姉妹三色菫三角洲サン・テグジュペリの緋の惨屍体

上から順に藍《あゐ》、紫《むらさき》、青子《せいこ》と呼ばれ、一つ違ひの三人姉妹。父はデューラーの模写をやらすと天下一品の銅板画作家。母は藍が十五の時死んだ。三人の年を合すと四十二だと気に病んでゐたが、金鶏亭《コック・ドール》でタン・シチューを食つた晩、肝硬変で七顚八倒の揚句《あげく》、末代まで牛の舌を食ふなと呪ひつつ息を引取つた。呪ふなら自分の不養生、牛の舌こそいい面《つら》の皮だと、三人姉妹は口を揃へて笑ふ。三人の年の計が六十、あれから六年経《た》つて姉妹は三人共、名作「メレンコリア」の天使さながらの美女になつた。三人の名の由来を訊くと、パパはソドミーが大嫌ひだから、暖色は避けたんですつてと、涼しい顔で合唱する。私は彼女らと時時一夜を同じ寝台で過す。翌日は金鶏亭で、三人の大好物のタン・シチューを奢つてやる。三本の肉叉が三枚の爛《ただ》れた舌を刺し、三枚のなまめく舌がこれをまるめこむ様《さま》は煽情的で、かつ誠に神神《かうがう》しい。

双花《そうくわ》

黒き風信子《ヒアシンス》は水中に腐りつつ肉のほか今日なに恃《たの》むべき

睦月某日、水栽培の風信子《ヒアシンス》が二組配達されて来た。まだ嬰児の舌ほどの芽を吹いたばかりだが、その根は老女の白髪のやうに瓶の水に靡《なび》いてゐた。送り主は不明ながら時限爆弾が仕掛けられた形跡もないので、妻はそれをテラスの窓際に置いた。その翌日から私は約三週間の予定でスカンディナヴィアへ旅立つた。あの鋸歯の峡湾《フイヨルド》を一つ一つ経《へ》巡《めぐ》るのが永い間の夢だつた。着いて一週間目に、妻が危篤との電報、半信半疑のまま、急拠踵《くびす》を返し、見たのはソグネとハルダンゲルの二峡谷だけだが、あの怖ろしい蒼は終生忘れまい。顫《ふる》へながら帰国、部屋の扉を明けようとすると、それは内側から開き、未知の、険しい美貌の女が、半裸で立つてゐた。宝石を匿《かく》しておいたの。昔の仲間だから暫《しば》く預かつてもらふ積りだつたのに。峡湾《フイヨルド》色の風信子《ヒアシンス》はあの人の屍体に植ゑ直しませう。女の肉はぞつとするほど冷《つめた》く、裂目は暗く深かつた。

伐罨戯《バリカン》

草刈らばたてがみ刈らば女らの髪刈らば　美しき夜到らむ

いえ旦那、受売の孫引つてやつで。バリカンがフランス語だつてことは兄弟子に教へてもらひました。何でも「バリカン・エ・マール」といふ製作所の名を採つたんですつてね。その兄《あにい》の姓が「草刈」。理髪職人にはぴたりでせう。似合ひ過ぎた因果か魔がさしたのか、バリカンを握るとありとあらゆるものが刈りたくなりましてね。休日に飼犬を丸坊主にしたり、女房を縛つて身体中刈つたり、植木も芝生もつるつるにしたり、その間はまだよかつたんですが、或日《あるひ》贔屓客《ひいき》の自慢のヒトラー髭を夢中で刈込んで馘《くび》。今ぢやソフィア・ローレン張りの美容師の女房に飼はれて、座敷牢暮しでです。小男の二枚目だつたが、ころころ肥《ふと》つちまひましてね。あ、さうさう、「バリカン」とは「小さな樽」の意なりとか呟いてゐるらしいんだが、でたらめでせう。その美人女房、頭は真青に剃り上げて尼僧スタイルなんです。紹介しませうか。

麪包刀《めんぱうたう》

切り裂かれ母のごと無《む》に還るため朝一塊の麪包《パン》馨《かを》るなり

友人の珍味商、伴海彦《ばんうみひこ》は還俗僧《げんぞくそう》である。真相は修道僧《しうだうそう》崩れなのだが、お体裁屋の彼がさう自称して澄ましてゐるものを、何もあばき立てることはあるまい。一米《メートル》九十、八十瓩《キロ》の、修験僧《しゆげんそう》か荒法師《あらほふし》の方が似合ひさうな彼が、何の因果でトラピスト入《いり》をし、また何が原因で或日《あるひ》突然、ユダ同然に逐はれたかは一切不明だが、大食漢の彼にはあの約《つま》しい菜食が耐へられなかつたのも原因の一つだらう。ダリの初期の絵に、一塊の麪包《パン》を写真擬《もど》きに描き込んだ密画がある。彼は小さな複製の切抜を秘蔵し、就眠儀式の後で、それを眺めては涎を垂らしてゐたと言ふ。一夜、ある神父の発見するところとなり、画は鋭いぎざぎざの刃のナイフで寸断され、不問に付す代償にと、その場に組敷《くみし》かれた。神父は十分後病院に担ぎ込まれ、牀《ゆか》の上には小さな肉塊を刺したままのナイフが転《ころが》つてゐた。彼も今デリカテッセン・伴の番頭に納まつてゐる。

萌蘗《はうげつ》

黄昏の空気の膜の彼方には小悪魔、豆の芽がこぞり立つ

『ジャックと豆の木』の話を幼稚園で聞いて来て以来、隣家の長男がむやみやたらに播《は》種《しゆ》を試み、随処にもやしの藪を作つたのは三年前。その時私が、同じ荳科《まめくわ》の植物、藤ならば毎年花も楽しめるし、丈夫な蔓だからいづれは天にも昇れようと、奨めて植ゑさせた白藤も、今では私の部屋の露台にまで絡んでゐる。蔓を、否《いな》裏の危つかしい梯子《はしご》を伝つて息子はよく遊びに来た。死んだパパとそつくりで凄い胸毛だ、ジャックの代りに僕が退治すると、馬乗りになつて私を責め立てるのが日課だつたが、この頃ぴたりと姿を見せず、代りに彼の母親が忍んで来る。先夜も私と息子とどちらが好きかなどと気違ひじみたことを口走り、目を青ませて迫つた。昨夜深更、鋭い絶叫が聞えたが、あれは幻聴だつたのか。今朝若作りの母親が、手斧を丁丁《ちやうちやう》と振下《ふりおろ》し、藤を根もとから伐り払つてゐるのが見える。一振毎にそこの蔓の先まで顫《ふる》へる。

双榻《さうたふ》

君ら去りける後の渚に椅子二つ一つは天に脚向けて朽つ

古物商や蚤《のみ》の市《いち》へ行くと沖は知らず識らずに椅子を探してゐる。何もヴィクトリア朝やロココ趣味の豪華な品が欲しいのではない。籐《とう》の、がつしりとしなやかな揺椅子が二つ手に入れたい。背には、一つは孔雀翅《くじやくばね》、一つは葡萄蔓の飾編《かざりあみ》がつけてあれば申分がない。独身貴族の沖さんが今一つの方に誰をお坐らせになるのやら、拝見したいものだと、行きつけの骨董屋は彼の胸中を見透かしたやうなことを言ふ。油断も隙もない男で、沖の友人の一人に、『カジノ・ロワイヤル』で、ジェームズ・ボンドが凄惨な拷問を受けた時の椅子といふ触込《ふれこみ》で、坐部底抜のひどい疵物《きずもの》を摑ませたのも彼だ。二つ手に入つたら、その一つに幼い頃から今日までに、次次と愛しては棄てて行つた架空の恋人を縛りつけて、日がな一日ゆらゆらと揺《ゆす》つて眺めてゐたいと沖は思ふ。一寸《ちよつと》数へ立てても五十人は下らず、中の一人は吉原の英雄《えいゆう》、助六である。

蒼溟《さうめい》

砂はまことと素直にわれの血を吸へり父よりも清き心の墓

藻香《もか》は砂を掘つて私を埋める。まるで七つ八つの少女のやうに嬉嬉として、まづ寝棺《ねかん》状の、扁平《へんぺい》の穴を造り、巫女《みこ》めいた吊上つた目を伏せて私をそこへ導く。かはいい人、砂の寝台で睡《ねむ》りなさい。涅槃《ねはん》の釈迦牟尼《しやかむに》より安らかに。はい口を開いて、聖餅《ウエファース》を食べさせてあげる。彼女は今年十八、私の齢はその二倍。二十年後を思ふと目が昏《くら》みさうだ。藻香の鞭のやうに撓《しな》ふ四肢を、その頃の私は首尾よく宥《なだ》めてやれるだらうか。今でも宥めそこねると否応なく宝石をねだられる。気をおつけよ、左の薬指の紅玉《ルビー》が傷つく。彼女が口移しに飲ませてくれた珈琲の甘さ！　私は怺《こら》へ性《しやう》もなくうつらうつらと睡《ねむ》りに落ちる。彼女の華やかな笑顔の向うで、獰猛な美青年が哄笑する。彼はバケツから多量の粘液状のものを、私の上に投込んだ。その上にまた夥《おびただ》しい砂を置く音がする。髪が、瞼が、脣が、ああ鼻翼まで刻刻に石化する。苦しい。

朝貌《あさがほ》

皮膚を剖《ひら》く涼しき鋏、恋人は朱の朝貌をみごもりにけり

昼は娼婦となつて馭者に犯されることを切望した人妻セヴリーヌの源氏名が「昼《ベル・ド・》貌《ジユール》」ならば、「朝　貌《モーニング・グローリー》」とはいかなる女の異称であらう。もともとファルビティスと呼ぶ峻下剤《しゆんげざい》用の毒素をその実に含み、全草を短い剛毛に覆はれたこの植物は、そのかみならば青墓《あをばか》の傀儡女《くぐつめ》、今日日《けふび》ならばバスクの男を父に、天草女を母に持つ、鳶《とび》色の目の不良少女だ。一夜を明かすと後朝《きぬぎぬ》の衣《きぬ》代りに、男の皮膚を煌《きら》めくゾリンゲンの鋏で、綺麗に剝《は》ぎ取る。それは弥撒供物《リト》を捧げる儀式さながらに恭《うやうや》しく行はれる。美しい生肉《なまにく》の塊《かたまり》となつた男が昏酔から醒める。窓から真逆様に、下の運河に蹴落される彼は、自分が緋の朝貌に変身蘇生する瞬間を夢みて歓びの声を上げる。その夏が果てる頃娼婦朝貌はアルミニウムの囹圄《ひとや》で、とある朝ひそかに化石胎児《リトパエディオン》を生む。漢方の牽牛子《けんごし》のやうに褐色に乾き縮んだその顔は、鳶色の目を瞠《みひら》いて明るくほほゑむ。

虹彩和音

純白

標《しめ》の内過ぎてから連日払暁《ふつげう》は零下十何度、飛梅沼《とびうめぬま》も午前《ひるまへ》までは凍つてゐるといふ。例年なら下旬に入り大寒の声を聞いて後に、三日に一度週に二度結氷する程度、その氷も沼の中心部は薄く、セロファン状に水皺《みじわ》を寄せてゐた。今年の氷は厚さ五糎《センチ》くらゐで、大人でも向う岸まで歩いて渡れるらしい。岸には間隔も不規則に十数本の野梅《やばい》がひねこびた枝を差し交してゐる。いづれ昔昔は天神縁起紛《まが》ひの故事もあつたのだらうが、菅原伝授の何のと言つても当節は寝言《ねごと》に等しい。その梅がなかごろ近くなると、南岸の日表《ひおもて》の枝からやうやく綻《ほころ》び始めた。

梅もさることながら、二十数年振《ぶ》りで氷の上が歩いてみたいと穂坂は思ふ。子供の頃の記憶も今は色褪《いろあ》せ、青年時代や男盛りの一時期は他国暮しで、氷どころか焼石の上を奔《はし》り廻るやうな明暮《あけくれ》だつた。氷の上を歩むなら絵津子を誘はう。彼女なら飛梅沼をガリラヤ湖に見立て、向う岸でイエスの渡御《とぎょ》でございなどと喝采してくれよう。こちらははやらない眼科医院勤めの医師、相手は地方大学の音楽の非常勤講師、怠ける気なら暇はいくらでもある。氷は厚いに越したことはなからうと、一応前触《まへぶれ》しておいた上、冷えの一段と厳しい十八日の昧爽《まいさう》に電話を入れた。これから沼へ行かう。昨夜の満月がまだ残つてゐるのも一寸《ちよつと》した風情《ふぜい》だと誘ふ穂坂に、歩いていらつしやい、帰りは車で送つてあげるからと、絵津子の声は弾んでゐた。御自慢の白いヴォルヴヴォが見せたいのだらう。

氷は兎《と》も角《かく》沼を見るのも久方《ひさかた》振《ぶ》りだつた。去年の夏、絵津子の病気見舞に行く道すがら、北側の道を通つたが、その折は水面をぎつしりと布袋葵《ほていあふひ》が覆ひ、黒緑の葉が腥《なまぐさ》く光を返してゐた。今日見れば跡方もなく、茫茫と雲母色の氷が張りつめ、百米《メートル》彼方は有明月《ありあけづき》の光を吸つて朧《おぼろ》に霧《き》らふ。足踏みすると鈍い反応があり頭の心《しん》に響く。相当な厚さだらう。穂坂は目を瞑《つむ》つて両手を前に差出し、游《およ》ぐやうに歩み出す。背後の雑木林のあたりに車の止る気配がした。ややあつて鋭い水仙のやうな香が流れる。

「それは何の真似？　アメリカ漫画に出てくる夢遊病者つてところだけど、貴方はイエスのつもりか知ら」

苦笑しながら振返る。絵津子は雪白のファーコートの裾を翻して近づいて来た。手にはスケート靴を二足ぶら下げてゐる。身体の心がふつと点灯《とも》るやうに幼い日の記憶が蘇る。手製の竹のスケートで、手を携へて二人は飽きずに滑り廻つたものだ。否《いな》、もう一人ゐた。穂坂の二つ違ひの兄がリーダー格で常に先行し、氷の厚い薄《うす》いを敏感に見分けて二人を導いた。少年ながらに首をしやんと立て、厳しい命令口調も板につき、絵津子は彼の濃い眉をうつとりと仰《あふ》いでゐた。そんな冬が三、四年続き、弟は兄への憎しみを徐徐に募らせて行つた。その兄が沼の中央部の薄氷を何故《なぜ》か踏み破つて顚落死《てんらくし》したのは、穂坂が十五、絵津子が十三の一月だつた。邪魔者が消えたのに二人きりで滑る折もなく、彼は三月に家を出た。

二人は無言で靴を穿《は》き代へる。かたみに支へあつて立上ると、エッジがざりざりと氷を嚙む感触も懐しく、足が自然に動き出す。それにしても、十二月の上旬にやつと退院した絵津子に、この厳寒のさ中、夜も明けきらぬうちからのスケートは、やや過激だつたかも知れぬ。氷の面を見渡すと、うつすらと置いた霜の上に、既にかすかな足跡がある。往《い》つて還《かへ》つた小さな足跡だ。二人よりもつと早く、ここを訪れる釣マニアもゐるのだらう。固く組んでゐた手を離して絵津子はするりと後へ廻る。彼の肩に軽く手を預け、耳許へ口を近づけて囁く。

「誘つて下すつてありがたう。正直なところこれが滑り納めかも知れないの。実は、もう癒《なほ》る見込もないので退院して来たんですもの。ええ、白血病。今年の夏までもつかどうか。さうなると私、生きてゐる間にしておきたいことが沢山ありすぎて途方に暮れるわ。その中の一番肝腎な一つはもうすぐ片付くけど。さう、冥途の土産、地獄への引出物、貴方の兄さんへの供物よ」

絵津子の手に俄《にはか》に力が籠《こも》り、穂坂を沼の中心部目がけて押出《おしだ》さうとする。制御の足掬《さば》きもしどろもどろ、彼は前のめりに、恐ろしい勢で、止めるすべもなく、じはじはと水の滲んだあたりへ滑り込む。やつと踏止まつた刹那、氷は足許から崩れ、彼は短い絶叫と共に暗緑色の水に呑まれて行つた。絵津子の頬がしづかに紅潮する。彼女は二度と振返らず、風花《かざばな》を額《ひたひ》に受けて歩み出した。

うすらひのにほひの梅の花きざす愛兆すことわれに禁じよ

淡青

布施は最近急にシュトルムの小説がことごとく嫌ひになつた。別に仔細はない。彼の「猫について」といふ詩を読んだのが原因だ。白猫が六匹生れ、それを料理女が目の敵《かたき》にし、中《うち》五匹まで溺死させようともくろむが、いちはやく勘づいてこれを救ふ。女の恨みがましい目つきも何のその、猫の優しい鳴声を聞くにつけ、われとわが人間性が誇らしいと他愛のない文句を並べ立てた詩である。だが彼はこの作品の詩的価値に愛想をつかしたのではない。猫好きな奴はシュトルムだらうがブラッサンスだらうが我慢できないのだ。あの嫌らしい獣を抱いて脂下《やに》つてゐたかと思へば、『三色菫《すみれ》』も『白馬の騎士』もたちまち薄汚れ、『ゴリラ』より猫に御用心と叫びたくなる。ブラッサンスのレコードを計十三枚二束三文で叩き売つたのは『リラの門』を観《み》た翌日のことで、もう二十年近くも前、とすると彼はロウティーンの頃からひどい猫嫌ひだつたらしい。親類、縁者、先輩、後輩のいづれを問はず、猫好きな人物には絶対心を許さない。三十過ぎるまで独身でゐるのも、原因はここにあると言つてよからう。勿論、別に彼の恋した女や見合《みあひ》の相手が皆猫を飼つてゐたわけではない。やうやく打ちとけて、精一杯の愛嬌を湛《たた》へて見せる時、女はことごとく猫に似る。さる高名な画家は二十《はたち》過ぎまで、漠然と、犬は全部牡、猫はおしなべて牝と思つてゐたさうだ。布施はその感想を洩れ聞いた時、共感のあまり危《あや》ふく涙ぐみさうだつた。

彼も度度《たびたび》犬を飼つたことはあるが、文字通り寝食を共にしてかはいがりすぎるので、皆三年ばかりで死んでしまふ。死なれると初七日《しよなぬか》くらゐまでは悲歎にくれ、仕事も手につかない。最近は死別するのが怖くて飼ふのを見合せてゐる。犬猫に関する特異な性癖を別にすれば、彼は老舗《しにせ》の家具商の次男坊で、ホテル「翡翠」の地下街に暖簾《のれんわけ》分の店を張り、趣味はヨットにフェンシングといふ美丈夫、奥方候補は掃いて捨てるほどある。事実彼女らは煌《きら》びやかな塵芥のやうに現れ、よほど冷酷に振り払はねば、彼の身辺は媚と哀願ですぐに湿度が高まる。

ところが彼の店の向ひの装身具店にこの度現れた娘は今までのもの欲しげな手合とはいささかならず趣を異《こと》にしてゐた。店員の地獄耳によると、その店の女主人の義妹で名は碧《みどり》、選り好みが過ぎてやや婚期は外れたが、数への二十七とか。さして人見知りする質《たち》でもないらしく布施が目礼するとさりげなく応へ、翌日からは先に会釈《ゑしやく》するやうになつた。一昔前売れたモニカ・ヴィッティを和風に料理し直した目鼻立ちで、これはもう布施の一番好きなタイプ。あれで猫嫌ひなら強引に近づき、たとへ不嫁後家《ゆかずごけ》だらうが実は出戻りと言はれようが、是が非でもわがものにしてみせうと、独腕《ひとり》をさすつてゐた。

ところがその後、とある朝、朝の挨拶をと思つて布施が向ひの飾窓の彼方に目をやると、碧はその腕に猫らしいものを抱へてゐた。扁桃形の瞳に放射状の髭、それは紛れもなく猫なのだが、何と全身が空色、蕨手《わらびで》に巻いた尻尾《しつぽ》はやや青みが深く、背筋に紺青の縞がある。青猫など詩集の名、それも夢の獣の謂《いひ》と思つてゐた布施は一瞬息を呑んだ。傍のラジオから洩れる音楽はラスキーヌの竪琴《ハープ》でゴレスタン曲「ルーマニア」、その凜《り》凜《り》しい猫は顫音《せんおん》に合せて耳を動かす。表情も媚など微塵もなく、テリヤや狆《ちん》などよりどれほど雄雄しいことか。彼は十分ばかり空色の猫を打眺めて、ころりと宗旨変へしてしまつた。生れてから三十二年、ものごころついて以来二十年の好尚も信条も儚く潰《つひ》え、その夕方賄賂の雀鮨《すずめずし》持参で御機嫌伺ひに罷出《まかりい》で、碧からこれは波斯《ペルシヤ》猫で名は「マリーヌ」と聞かされた時は、嬉しさに鳩尾《みぞおち》がきりきりと痛むほどだつた。マリーヌは前肢《まへあし》で雀鮨《すずめずし》を蹴飛ばし、布施を一瞥すると鼻のあたりに嘲笑めいた皺を寄せた。

数多《あまた》の一方的な条件附で碧をどうやらかうやら口説き落し、本家の兄や母の仏頂面も交へた華燭《くわしよく》の記念写真が出来る頃は、布施も見事に青猫に仕へる身になり下つてゐた。これも輿入《こしいれ》の条件の一つゆゑ仕方がない。新婦はマリーヌ殿と寝食を共にされ、新郎はそのお余り、お流れを頂戴するのだ。それに、口惜しいことに、この牡猫は何かにつけて布施よりはるかに巧者だつた。休日になると彼はヨットやフェンシングどころか、忌忌しい雑種の白猫を空色に染めるために、両手を碧瑠璃色の染髪剤《ヘアーダイ》で紺屋《こうや》の親仁《おやぢ》さながらに染め、深い溜息をつく慣ひだ。

恋棄てし昨日の空は百合の木の花ぞうすあゐの影を重ぬる

紺碧

今世《いまよ》にまだこんな職業が残つてゐるのかと、ほとほと感に耐へぬものを数へると、たとへば紺屋《こうや》に錺屋《かざりや》、匂袋に薫香の店、あるいはまた僧侶の緇衣《しえ》に五条、七条の袈裟《けさ》誂《あつらへ》処《どころ》、神職の束帯《そくたい》調製店と、職種の十や十五を下るまい。名人の人間国宝のと囃《はや》し立てられる工芸家や細工師などこの限りに非ず、精精《せいぜい》気紛れな週刊誌に紹介されてすぐ忘れられるたぐひの人人である。青砥はその神主装束の方で、彼がしぶしぶ家業を継ぐとしたら、安永何年かの創業ゆゑ約二百年で七代目といふことになる。口伝《くでん》控の始の方を繰つたら蠹魚《しみ》が走り出て、孔《あな》の傍に「後桃園帝の御宇《ぎよう》」と書かれてゐた。大昔は祭の都度適当な人物が選ばれて神事を司つてゐたのが、次第に祭神ゆかりの氏族の業となつて祭祀を宰領するやうになり、各神社には社家が生れて世襲になつた。その世襲さへ今は昔語りで、神宮は神官、神社は神職の区別さへ消え、宗教法人の雇はれ神主ばかり。宮司《みやづかさ》以下皆勤め人で、栄転も左遷も多多あり得るが、会社員の背広のやうに、個人の好みで誂《あつら》へることはまづない。誰が何を着てゐても参詣者には判らうはずもないが、内部では有《いう》職故《そくこ》実家《じつか》が三舎を避けるほど、色色と定《さだめ》や規則禁令に去り嫌ひがあり、某大工場の地鎮祭に、その町の旧官幣大社と中社及び郷社《がうしや》の神主を招いたところ、打合せなしに着て出た束帯の色に関して悶着が起り、次の大安まで日延《ひのべ》になつた実例さへ伝はつてゐる。青砥は大学で有職の方をみつちりやつた上、さる有名デザイン学校に入り、三年間裁断、縫製の技術まで実地に学んだ。神職用の束帯は縫腋《ほうえき》の袍《はう》に下襲《したがさね》と袴《こ》、細分化した完璧な型紙を作つておけば、別に事事しく口伝の秘伝のと言ひ立てる要もない。朝鮮服や支那服を仕立てたことのある者なら朝飯前だ。難点は使用生地の入手方法で、誂へは必ず古色蒼然とした前例見本つきだが、大抵要特註の稀覯裂《きこうぎれ》や特殊織物である。精好《せいがう》や浮線綾《ふせんりよう》は似たやうなのはあるにしても、染色まで正直に藍《あゐ》や茜を使つてゐたら間尺《ましやく》にも採算にも合はない。加之《しかのみならず》、註文主は決つて耳学問だけ積んだ小うるさい連中で、色目の微妙な差にも一一やかましい。その癖草木染《くさきぞめ》が陽光の下ではすぐ褪《あ》せるのを知らないのだから往生仕《つかまつ》る。父親の遺言を思へば世襲の業を廃《や》めもできず、さう言つたところで一生の仕事にするほどのこともない。彼は田舎の地所を整理した金で、裏通《うらどほり》に面した勝手口の方を改造して瀟洒《せうしや》な洋装店を構へた。店名もわざと「萌黄屋《もえぎや》」と気取り、創作品は王朝好みを加味して、パリやローマの流行にわざと逆つてみた。表はいささか手を加へたが、昔ながらの神官装束御誂処《おんあつらへどころ》、飾窓は明り障子の中に伴大納言《ばんだいなごん》絵詞《ゑことば》の複製を立て廻した。表と裏が同じ青砥《あをと》の店と知つてゐるのは税務署くらゐだらう。

　衣冠束帯擬《もど》きのカクテル・ドレスを出品して、国際デザイン・コンクールのグランプリをせしめたのは、その二年後、青砥が三十三の年だつた。授賞式にはカンヌまで出向き、その後調子に乗つてニースだナポリだと遊び歩いたので、貰つた賞金とほぼ同額の足が出た。それも投資の一種で、帰朝するとたちまち人気稼業の某嬢、某女史から続続と註文の声がかかり、ヴェテランのお針子三人を慌てて増員し、次の年には屋上に二階を建て増して縫製場をここに移す騒ぎだつた。女優の結垣藍紗《ゆふがきあゐしや》のデビューに名前通り群青の網布《チュール》で統一した衣裳を創り、それを着た彼女は一躍名を成した。被衣《かづき》、袿《うちぎ》、単《ひとへ》を一着に取纏《とりまと》めた意匠が、藍紗の悲劇的な眉目と痩身によく映つて、主演映画『昏睡』の衣《そ》通姫《とほりひめ》のイメージにぴたりと合つた。十七歳、まだ初恋も知らぬ童女めいた彼女が、選《よ》りに選つて親仁《おやぢ》紛ひの青砥に心酔し、結婚したいと駄駄を捏《こ》ね出したのは翌年の春のことだ。俳優に転向したらオセロだけは化粧も扮装も抜きで演じられさうな、色の黒い鬚男が、あの妖精に惚れられたとはと、お取巻や得意先の面面は一しきり取沙汰して首を傾《かし》げた。

結婚は青砥が二の足を踏んだ。死ぬの殺すのと騒ぐ藍紗を取りあへず養女として迎へ、冷却期間を置いてそれでもなほといふ時は再考といふことにした。彼女は惜し気もなく女優を廃《や》め、今神主用の束帯を裁つたり縫つたりして彼の気に入らうと、精一杯勤めかつ励んでゐる。藍紗の束帯姿は美しい。髪を引つ詰めて巻纓《くわんえい》の冠を置くと、伝説の業平《なりひら》の幻を見るやうだ。青砥は、彼女のために、蘭丸好みの縹《はなだ》色の水干《すいかん》と紫の大紋《だいもん》を作りつつある。

神に仕へ仕へあましいのちもて父に謝す火のいろの夕菅《ゆふすげ》

紫紺

負けず劣らず実《じつ》のない男と女が、丁丁発止の献酬《けんしう》を歌で試みる挿話が『伊勢物語』の五十段に現れる。たとへかくかくしかじかでも「貴方の心は頼みがたい」といふ問答だが、最初は男が「鳥の卵を百箇積み累《かさ》ねることができても」と挑む。応《こた》へは「朝露が万に一つ消え残つても」。男はまた「去年の桜が散り残つても」と歌ひ、女は「流れる水の上に数書くよりも、貴方を思ふことの方が儚《はかな》い」と返す。このやうな言葉の贈答自体、彼らの実らぬ恋以上に空しいものをと溜息をつくのは、澆季《げうき》の第三者で、このエピソードを全くの絵空事《ゑそらごと》としか思へないのも、異常に散文化した現代人の不幸であらう。

しかし殊更に優雅、おぼろな生を冀《こひねが》ふ人、時間遡行をあへてし、迷路迷宮の薄明を逍遥《せうえう》する人が、この高層建築の秒族に混つて、現に少からず息をひそめてゐる。七階の南側に住む榊と、五階同位置の老女貴志子が文通を始めたのも、互の心にそのやうな異次元思慕が兆してゐたゆゑであらう。一階正面玄関脇の、縦二米《メートル》横四米の掲示板は、管理人の認印入日附スタンプのあるものに限つて、五日間公告を許される。演劇のポスターから「鸚鵡《あうむ》譲ります」のビラまで種種雑多な呼びかけ、訴へ、誘惑のたぐひが犇《ひし》き合ひ、榊は日に一度飽かずに眺め入り、このマンションの百近い部屋に、生れては消える劇《ドラマ》を思ふ慣ひであつた。この「ヴィラ・降旗」は竣工後まだ二年足らず、彼は最初からの入居者の一人である。

その紙片は塵芥集めの日程表の蔭で、ほとんど目につかなかつた。薄い良質の洋紙は絶えず翻り、認《したた》められた文字も繊《ほそ》く、稀に押へて読む人はあつても、「歌劇『お蝶夫人』のアリア、『ある晴れた日に』のイタリア語歌詞を御存じの方、お教へ下さいませ。五〇五号、筧貴志子」などといふ質問に興味を持つ暇人はゐなかつただらう。榊はたまたま対訳オペラ全集を持つてゐた。甘美過ぎて通俗臭のつき纏《まと》ふプッチーニを彼はあまり愛しなかつたが、それでも棄てておく気にはなれず早速該当の頁のコピーを取り、封書で郵送した。掲示板脇の郵便受に入れておけばよいものを、わざわざ藤島武二描く蝶と少女の特別切手で飾つて投函したのは、質問者の名の向うに涼しい目の娘を幻想したからだつた。自分の出した手紙が五階の五号室のポストに挿込まれてゐるのを、彼は翌日の夕刻見た。彼女から鄭重《ていちょう》な礼状が届いたのはそれから三日後で、遥か昔の緑化週間記念切手が貼られてゐた。「榊」にちなむつもりと覚《おぼ》しい。巻紙に墨書、茶掛《ちゃがけ》にしたいやうな流麗な手跡だつた。一読して彼は苦笑した。当年とつて六十二の独暮《ひとりぐら》しの老婆、息子は在仏、レコードを聴くのとレース編が楽しみで、音楽学校中退歴を持つらしい。文面は巧者な随筆を読むやうな味があり、その次の日曜に榊はまた便りを書いた。二十九歳の独者《ひとりもの》、町の百貨店の仕入主任、趣味は登山と洋灯蒐集《ランプしうしふ》、但《ただ》し後者は空間に制限あり目下中止と、前便には触れなかつた条項を書き連ねた。三日後に、榊が帰つて来ると扉の前に小さな紙函が置いてあつた。中味は胡椒壺ほどのミニアチュール洋灯《ランプ》、笠も火屋《ほや》も火皿も台も菫色に煙り、実用に耐へる道具を揃へてゐた。相当な時代物で彼の知識によれば十八世紀の瑞西《スイス》製品らしい。紫の便箋に私の行末《ゆくすゑ》は暗く、もうこんな小さな灯では間に合はないから差上げる云云《うんぬん》と、諧謔《かいぎやく》混りの走り書があつた。

互に、どちらからも訪問を申し出ず、それを当然のこととして文通を重ね、いつの間にか一年経《た》つた。花信しきり、あの優雅な、まだ相見ぬ老女に傅《かしづ》いて桜狩するのも一興と思つたが、このまま半永久的にうつつの顔は見ぬ方が潔からうと断念し、間もなく初夏が訪れた。若葉風がテラスに届くある黄昏《たそがれ》、どこからか「ある晴れた日に」が聞える。耳を澄ますと五階のテラスあたりから上《のぼ》つてくるらしい。終に近いコン・フォルツァの絶叫のあたり若若しい潤《うる》みを帯びたメッツォ・ソプラノに、声は老いぬものだと榊は微笑した。忘れるともなく忘れ、すつかり彼女との音信も絶えて真夏に入つた。五階五号のポストを見ると名札が消え去つてゐる。知らぬ間に転居、否《いな》あの年ゆゑ万一のことでもと胸騒ぎを覚えて、彼は管理人室に出向き、何気なく探りを入れてみた。白髪童顔の管理人は、独碁《ひとりご》の手を休めようともせずに答へた。

「結婚しましたよ、寛さんは。ユングフラウで死んだ御主人の一周忌の翌日に。まだ二十六なんだから……」

春の夜のあはれ初夜《そや》にし来む人を母と思ひてまた娶らざる

二藍《ふたあゐ》

旧の五月五日が来ると、剣持は万障繰合せて銭湯に出かける。今年は六月の二日、鶴の湯の前に立てば夕闇の中に菖蒲《しやうぶ》の香が漂つてゐる。妻も長女も内湯があるのに何を物好きなと、プラスティックの盥《たらひ》片手に家を出る彼を横目で見送つた。そんなに菖蒲湯が恋しけりや、うちの浴槽にも放り込めば如何《いかが》といふ妻に、彼は目を輝かせて、本物の、あの菖蒲が手に入るのかと尋ねると、町外れの塵芥焼却場の横の泥溝《どぶ》に、嫌らしいほど茂つてゐるから剪《き》つて来ればいいと言ふ。どうせそんなことだらうとは思つてゐた。あれは花菖蒲、湯に入れるのは天南星科《てんなんしやう》の香のある菖蒲で、全然別物だと言つても、素直に頷く妻ではない。昔は新旧共、端午の節句には花屋の入口の水桶にぎつしり浸《つ》かつてゐたと思ふ。冬至に柚子湯を立ててほしいと言つたら、檸檬《レモン》の搾りかすを浮べた妻のことだ。もつとも菖蒲にしろ柚子にしろ、縦七十糎《センチ》横五十糎、屈葬の棺じみた浴槽では、浮べてみても、邪魔にこそなれ趣は更にない。やはり広広とした銭湯で、夕食前の一時、たとへば横町の自転車屋の兄《あにい》や、図書館脇の珈琲店のマスターと軽口を交しながら、うつとりと浸る時の、その菖蒲湯に限る。男湯はまだ空《す》いてゐた。

番台の親仁《おやぢ》はおやといふ目つき、滅多に見かけぬ剣持が、ああ今日はあれが目当でと即座に覚《さと》つたか、首を竦《すく》めて微笑する。彼はこの頃月に一度、二月《ふたつき》に三度、息抜きに鶴の湯の暖簾をくぐる。ここでなら深呼吸ができるやうな気がする。自転車屋の兄はゐなかつたが、靴屋の息子の後姿が見えた。こちらを向いて膝を抱いてゐるのは幼稚園裏のマンション・葵《あふひ》の住人だらう。悍馬を思はす体軀だが、顔はいたつて優しい。靴屋は獰《だう》猛《まう》な面構《つらがまへ》に柔媚な四肢、絶好の対照である。剣持は顎まで沈んで目を瞑《つむ》る。客は他に二、三人、流し場の花模様のタイルの上に、ある者は仁王立ち、ある者は平伏の形で洗髪、濛濛と立ちこめる湯気の彼方に、鮭色に煌《きら》めく。

鼻先へすうつと菖蒲の束が走つて来て軽く当つた。目に沁むやうな香が漂ふ。はつとして目を開くと、湯煙の向うの靴作りがばつの悪さうな顔で会釈する。

「失礼、足の先に浮いてるのをちよいと蹴つたら、おたくの顔に当つちまつて。五丁目の剣持さんだらう?」

爽やかに笑つて頷き、剣持もその菖蒲の束を足でついと蹴つた。澪《みを》を引いてそれは悍馬・葵氏の顎に当つた。

「御免なさい。蹴り返さうと思つたら菖蒲のやつ、貴方に慕ひ寄りやがつて。マンション・葵の方ですね。二、三度、玄関から出て来られるのを見ましたよ」

彼はそれを両手に抱へると、鼻で撫でるやうにして香を嗅いだ。子煩悩な父親が生れたての坊やをあやしてゐる風情《ふぜい》だ。その二の腕に濃い紫の蚕豆大《そらまめだい》の痣《あざ》がある。

「三階の西の端です。草薙《くさなぎ》つて言ふんですが、貴方、剣持さんなら、うまく繋るぢやありませんか」

彼はさう言つて菖蒲の束を靴屋の方へ勢よく蹴つた。濃い眉が一瞬ぐつと眉間に寄り、険しい表情に変るが、口許は笑みを湛《たた》へてゐるらしい。その辺《あたり》は湯の中だ。

「武者人形の隣には、鍾馗《しようき》が立つてたよなあ、鬼の首を摑んで。俺は鬼頭つて言ふんだが、三題噺めいて出来過ぎてらあね、皆さん。あれつ、あの隅の菖蒲は花がついてるんぢやないかな。いつそ花盛りの頃に、ぎつしり浮べてくれりやいいのに。手を叩くと番台からハイボールが届くつてのも悪くないや。俺、毎年六月の十五日には九十九河《つくもがは》の菖蒲園へ、ボスと一緒に行くんだぜ。あの茶店の菖蒲酒は絶品さ。今年、案内してあげようか」

この威勢の良い兄も、どうやら杜若《かきつばた》と菖蒲をごつちやにしてゐるやうだ。浴槽の隅のは彼の見た通り花を兆した野菖蒲《のあやめ》の一株、悪戯《いたづら》好きのここの主人が、知つた上で楽しんでゐるのだらう。濃紫の蕾が湯に萎《な》えかけてゐるのもむごたらしく、かつ美しい。群青、二藍《ふたあゐ》、若紫、色とりどりの花菖蒲や杜若の乱れ漂ふ湯槽《ゆぶね》に、鬼頭、草薙御両人を交へて酒を酌み、高唱放吟するのも楽しいことだらう。彼らも考へてみればそれぞれ内湯はあるはず、わざわざ銭湯へ来るのは、似たやうな夢が見たいのだ。

剣持は菖蒲の束を提げて立上る。中の一本を抜いて鬼頭に、また一本を草薙に、わざと恭《うやうや》しく渡してやる。自分も一本、玩具《おもちや》の兵隊の指揮刀めかせて頭上に翳《かざ》し、さつと縁《ふち》を跨ぐ。重陽《ちようやう》には各自黄白の菊を持参して、あの苦い香に酔はうか。番台の親仁はまた首を竦《すく》めてゐる。

男湯に水ほとばしる真青なるこころひるがへれと初夏の水

猩紅《しやうこう》

妹の花婿候補が明日始めて訪れるといふことになり、赤倉もせうことなく外出は取りやめた。お前を貰つてやらうと言つてくれる奇特で殊勝な男なら、会はなくても十二分に信用できると例によつて毒舌であしらつても、妹の亜遊子《あゆこ》は常にもなく伏目勝《ふしめがち》に、そんな冷《つめた》いこと言つちやいやなどと怨《ゑん》じてみせ、母も傍から、父親代りを勤めて当然の立場だとしやしやり出る。玄関には大盞木《たいさんぼく》、客間には梔子《くちなし》、居間の机には素馨《ジヤスミン》と、純白の、芳香を放つ花ばかり飾つた亜遊子の心根がふといぢらしく、かういふ馬鹿丁寧な心尽しと念押しが、結局は男を鼻白ませうるさがらせ、たうたう十度近くも結婚寸前で肩すかしを食《くら》ふ仕儀になつたのだらうと、暗い目つきになる。

銀行員、体操教師、書店副主任、靴下製造業の次男、袋物卸《おろし》の二代目当主、市役所の係長、病院勤めの眼科医と次第にヴァラエティに富み、今度は何でも染料会社の仕入課長とか。一応五月の末に見合《みあひ》して、双方納得、形通り御交際といふ運びになつたのだが、前例に鑑《かんが》みれば油断は禁物である。結婚してしまへばあの世話女房気取も当然鼻につくまい。甘つたれのお引摺《ひきず》りも愛嬌の一つにならう。ともかく始終傍にゐて、彼女の弱点を巧にカヴァーしてやらねばと、彼はいつものことながら気が気ではない。相手にいかがはしい節《ふし》が見えたら、すかさず究明するのだ。いい加減な青二才に、最愛の、たつた一人の妹を渡してよからうかと、彼は独肩《ひとり》を怒らす。

写真をちらと見た時は、いささか反撥を感じるやうな粗野な男だつた。いつもさうだが赤倉は見合にまでついては行かない。肖像と釣書《つりがき》を手にさんざ怪事《けち》をつけ、不承不承縁談の進行を黙認することになるのだ。亜遊子もいかにも気の進まぬ面持で、仲人の御意のまにまに操り人形よろしく頭を下げたり微笑を見せたりするだけだ。内心は浮き浮きしてゐても、兄の手前さうも行かない。うつかり浮かれでもしたら、早速凄じい皮肉を浴《あび》せられるに決つてゐる。兄の言葉一つで話は壊さうと思へば一瞬にして壊れる。彼女は彼の顔色を窺つて適当に、どうなるか判らぬ相手とつきあつてゐるに過ぎない。それ以外に術《すべ》はない。母親も蔭で彼女に手を合せて見せる。

生憎《あいにく》その日は雨だつた。染料会社仕入課長の朝倉青年は、約束より一時間も後れ、肩から雫を垂らしてやつて来た。吹き降《ぶ》りの上に、道を一筋間違へて同じ道を三度行き帰りしたといふ。荒削りだが清清しい目鼻立ちである。赤倉も一目でお気に召したか、早速自分の書斎に連れ込み、到来物のクレイモアの栓を抜き、亜遊子は肴《さかな》を見つくろへと追ひ払はれた。西独逸《ドイツ》のホフマンがどうしたとか、インダンスレン染料は七十年前にかうだつたとか、赤倉はてんで畠違ひなのに怖ろしく博識、話は弾みに弾んで朝倉はつひに酔ひ潰れ、花嫁候補には一言も口をきく暇がなかつた。翌朝も義兄気取の赤倉に支へられて、宿酔《ふつかゑひ》の息を臭はせながら、十時頃車で出勤した。

兄は午後からの講義に悠悠と家を出る。好男子で独身の西洋哲学助教授の周りには、いつも女子学生が鈴生《すずな》りとか。一体どんな出鱈目を喋つて人気を得てゐるのだらうと亜遊子はかたはら痛い。二言目にはプラトンの『饗宴』に『国家』、特に前者は専売特許の類らしいが、すぐ脱線して一部の顰蹙《ひんしゆく》を買つてゐる様子だ。染料屋の朝倉は結納前に断つて来るだらう。学者や才媛との縁組は畏れ多くて肩が凝るとか、特殊な育ち方をしていらつしやるから、当方の家風はお気に召すまいとか、必ず妙に含みのある断り文句を聞かされるのが落ちだ。眼科医の時もさうだつた。役人も本屋も体操の先生も、似たり寄つたりの顛末、何しろ見合は、兄の検閲をパスした写真の主とだけすることになつてをり、彼女より先に、兄が念入りに毒見してくれるのだ。縁談の調《ととの》ふ気遣ひはまづない。もしそれでもと迫られれば彼女が逃げ出す。

亜遊子は仲人口も縁談も頭から当《あて》にしてはゐない。修羅場に立合ふのが煩《わづら》はしいから、適当にお見合ごつこに附合つてゐるだけだ。末を誓つた愛人は五年前からちやんと控へてゐる。彼女は郊外にある彼のアトリエへ、この前頼まれた緋ダリアを十数本抱へて、「勝ちて還れ」を口遊《くちずさ》みながら家を出る。オダリスク風に横臥《わうぐわ》してダリアを持つた裸体画は、夏の終に完成するだらう。だが、そんな際《きは》どい絵を見せて兄を激怒させるのは慎まう。血は繋つてゐなくても、戸籍の上では兄妹なのだから。

あゐの空その禱りもてくれなゐに変へよ杜若《かきつばた》のオダリスク

深朱

息子の論策《ろんさく》が庭の芝生で仲間と謎比べをやつてゐるのが、きれぎれに夏見の耳に入つて来る。口があつても喋らず、牀《とこ》があつても眠らないもの何《なあに》。それは河。孔《あな》だらけなのに水のこぼれないもの何。それは海綿《スポンジ》。聞き馴れない材料だが多分外国種の翻案だらう。謎解きする声は四、五人の中に一人混つた女の子だ。彼はその子を知つてゐる。始めて遊びに来た時、一目見た瞬間棒立ちになつたものだ。知夏子《ちかこ》に生写しだつた。まさかとは思ひながら論策に名を聞いた。伊勢君だよ、名は奈歌子《なかこ》。パパ「奈」には「どうして」といふ意味があるんだつてね。あの子の死んだママがさう言つてたらしいよ。うん、二年前まで生きてたらしい。「どうして歌ふ?」つて良い名だよ。あの子美人だらう? 仲間五人と張合つてるんだが、朱鳥高校パスしないと資格喪失さ。空怖ろしいませた文句は聞き流しておかう。伊勢奈歌子、まさしく彼女の子、それも忘れ形見だつた。なほ聞けば家は五粁《キロ》以上離れた隣町で、論策同様朝は父親の車で登校するらしいが、同級生百名以上の中、全くどうして、どういふ因縁であの少年少女が殊《こと》に親しくなり、遊びに来てくれたのやら。妻も知らぬ昔のことながら、夏見は背筋に冷《つめた》いものが流れる思ひである。一昨年死んだとすればまだ三十七、他に子供はゐなかつたのだらうか。夫の伊勢に会つたことはない。何でもその頃既に三十過の建築家とか聞いてゐた。あの子が母親似だつたからこそ、自分の心の中ででもめぐり逢へたが、父親似だつたら恐らく知ることもなかつたらう。なまじめぐり逢つたばかりに心が騒ぐ。消し去つた昔がまた鮮かに蘇つて来る。謎謎の声を聞けば、なほさらありありと当時の面影が浮ぶのだ。

河口は喋らない。河牀には眠れぬ。そんな洒落た謎を教へたのは知夏子だらう。彼女の研究主題は謎謎考古、考現学、大学ノートに七冊分資料を蒐《あつ》めてゐた。無気味なまでに大きな眼を激しく瞬かせ、何を考へてゐるか見当のつかぬ危険な妖精だつた。信者、否《いな》、犠牲者は彼を含めて十人はゐたらうか。よくある女王蜂的性格の高慢ちきな才女には違ひなかつたが、それを承知しかつ警戒してかかりながら、男達は皆次次と溺れて行つた。

彼女の囁きが聞える。雨催《あまもよ》ひの七夕の黄昏《たそがれ》だつた。

「謎謎は『何ぞ何ぞ』の転訛《てんくわ》でせう？　十世紀の終《をはり》に貴族達が謎合《なぞあはせ》をしてゐる記録があるのよ。たとへば『なぞなぞ、履物並べたる禱《いの》りの師』と出題すると、相手方が額を集めてしきりに考へる。判らなければ出題者側が答歌を見せるわけ。『履物を二つ並べて勤め来《こ》しくつくつ法師いづちなるらむ』で、心は蜩蟬《ひぐらしぜみ》。このごろぢやつくつく法師つて言ふけど。そこで一方が次に『なぞなぞ、大空に兵士《つはもの》の来《きた》る』と問ひかける。鳩首《きうしゆ》協議、勘の鋭いのがゐて『弓張月《ゆみはりづき》』と答へると、恐れ入りました、御明答といふ寸法ね。歌は『弓張のかたどの月を山の端に空武士《そらつはもの》のいるかとぞ見る』で『入る』と『射る』を懸けてゐるの。古い謎謎は味があるわ。いる時にいらないものは風呂の蓋《ふた》、さむくなるほどあつくなるのは氷、重くなるほど軽くなるのは病人の体重、毀《こは》さねば役に立たぬものは卵、高いところへ落ちるのは鯉《せ》羅《り》なんて、思はずほほゑむやうなのばかり。『犬菟玖波《いぬつくば》集《しふ》』の連歌《れんが》も大半は謎謎問答でせう。ところで燃えれば燃えるほど冷くなるもの何《なあに》。言つてあげませうか。私の心と貴方の心」
それを媚態、誘惑と勘違ひして手の一つも握らうものなら、たちまち背負投《せおひなげ》を食《くら》ふ。同じやうな殺し文句を、彼女は万遍なくばら撒《ま》いてゐるのだ。その時彼は放心したやうに呟いた。僕は夏見、君は知夏子、これはどういふ偶然なんだらう。最大の謎はその偶然といふやつさ。僕は言葉も皆謎だと思つてゐる。バベルの塔の昔から、人の心を乱すために言葉はあつたんだもの。君はテーマをそこに絞るべきだよ。資料など倉庫に一杯蒐集したつて空しいことだ。彼の言葉が終つた頃、星合《ほしあひ》の空から雨が落ちて来た。暗闇の露台の寝椅子に、知夏子は無言でくづほれた。人生の夏が見たい。謎が知りたいと、彼の耳に囁いた。そしてその秋、夏見は大学院での仕事を中断して郷里の町に引揚げた。父の死と共に無理矢理継がされた畠違ひの洋画材料卸《おろし》は目の廻るやうな忙しさ、知夏子の噂も一、二年で聞かなくなつたし、諦めて娶《めと》るとすぐ子供が生れた。夏見は転寝《うたたね》から覚める。奈歌子が帰つて行く。首筋の黒子《ほくろ》が見える。黒子は彼にも、ある。

母にふたたび逢へりと鎖《とざ》す唇のにがみ横一文字のかんなぎ

黄丹《わうだん》

烏丸御池《からすまおいけ》は塗師屋町《ぬしやまち》南の辻に、三代続いた漆器店「蔦星屋」が、たうとう一切合財処分して、妙心寺の前の大藪町へ逼塞《ひつそく》したと噂に聞いた時、麻野はあの気丈な女主人が、どんな顔で店を締めただらうと、他人事《ひとごと》ながら胸が痛んだ。他人事と言へばいささか冷淡だが、一人娘の高校時代、二年ほど家庭教師を勤めただけの縁だから、今はもう先方も咽喉元《のどもと》過ぎて忘れた熱さの類、麻野が気を揉んでくれようとは思つてゐまい。それにしてもその一人娘を産業大学に入れ、漆や渋を専攻させ、行く行くは仲間の老舗《しにせ》の二、三男坊を養子に迎へると、十年先の見取図まで鮮かに描いてゐた蔦江の、ある執念に似た目論見は、一体どの辺で潰えてしまつたのだらう。

砂金《さきん》町の先輩を久久に訪ねたその帰り、彼はふと思ひついて烏丸通を南へ下つてみた。蒔絵屋《まきゑや》町、真如堂《しんによだう》町、秋野《あきの》野町と名もゆかしい晩夏の巷、間口一間の仕舞屋《しもたや》風の家が櫺《れん》子格子《じがうし》を脇へ外し、薄汚れた木箱に五色豆や肉桂《にっき》飴《あめ》の類を、ほんの一摑みづつ並べ、奥の暗がりには廂髪《ひさしがみ》の老女が浴衣《ゆかた》を縫ひ直してゐる。木箱の蓋の曇つた硝子《ガラス》に裸電球の五燭ばかりの灯《ひ》が映り、これも京の町の姿であつた。祇園祭過ぎてほぼ一月《ひとつき》、まだ秋の気配は全くない。「蔦星屋」は看板を剝《は》ぎ取つた痕もまだなまなましく、周囲は申訳程度の板囲《いたがこひ》で、どうやら改装にかかる寸前らしかつた。お手のものの銘木に肉豊かな行書で書かれたあの看板が懐しい。母屋の二階の黄絵《きゑ》の部屋へ駆上るのを、大番頭の欽六老人がじろりと見送り、厚化粧の蔦江が目の隅で捕へてゐた。華客先《とくいさき》の教授の推薦もあり、様子見たところ至極真面目さうだから、娘と二人にしておいても大丈夫と高《たか》を括つて、様子を窺《うかが》ひに来るやうなこともなかつた。黄絵は十六の美少年じみた娘で、色気より食気の横着な年頃だつた。母親が四十の年に生れ、父親は三年前に死んだとか、問はず語りに洩らすやうになつたのは半年《はんとし》ばかり経《た》つてからのことで、始めのうちは冗談を言つてもにこりともしなかつた。ともあれ麻野の指導がよかつたのか、黄絵の試験度胸が抜群だつたせゐか、合格率六割の、その中に這入《はい》れた。彼を正座にささやかな祝賀会を催すとそれが縁の切れ目、爾来三年蔦星屋へは行つたこともない。もつとも彼自身就職して、郊外のさる洋酒メーカー勤め、住居は水無瀬《みなせ》ゆゑ行く便もなかつた。黄絵が小学生の頃から養子を物色してゐた蔦江のことだから、勿論麻野の身上調査もぬかりなくやつてゐたらう。父は小さな鋳物工場の会計、母は後添《のちぞひ》で小料理屋の仲居《なかゐ》、かういふ身元では本人がいくら好青年でも問題にならぬ。蔦江より黄絵の方が手厳しい。貧乏学生の家庭教師など、義理に先生と呼んでゐても、心の中では下男くらゐに思つてゐたはずだ。世間でよくある恋愛沙汰など生れやうがない。無味乾燥な二年だつた。

御池通を横切り、梅屋町にさしかかると、西角の菓子屋「蓼万」の飾窓の前に、白髪の老女が彳《たたず》んでゐる。横顔はまさしく蔦江、昔日の面影は更にない老《ふ》けやうで、還暦前だらうに七十近く見える。肩を叩いて一揖《いちいふ》すると振仰《ふりあふ》いで刹那《せつな》に蒼褪《あをざ》めた。何か勘違ひしたのだらう。

「先生《せんせ》やおへんか。えらいお久し振《ぶ》りどすなあ。祇園さんの晩やつたか知らん、大学の薬師寺先生がお越しやしてなあ、あんさんのお噂も出てたんどつせ。へえ、うちら今妙心寺の脇《わき》にをります。もう漆の商売もしんどなつて隠居さしてもらひました。大番頭は今年の春卒中で死にましたし、第一漆言うても、うちらで扱ふ堆朱《ついしゆ》や螺鈿蒔絵《らでんまきゑ》は半分お遣ひ物《もん》やさかい、不景気になるとさつぱりどすわ。店仕舞したらせいせいして、毎日遊び歩いてますのえ。お近いうちに一辺あつちへもお越しやす」

黄絵のことには全然触れない。倒産前後は地獄の苦しみも嘗《な》めたらうに、涼しい顔で太平楽を並べてゐるのはさすがである。鼠《ねず》色の絽《ろ》の小紋を着て、手提《てさげ》は間道裂《かんたうぎれ》、他人様に見下げられてたまるかといふ気位《きぐらゐ》がひりひりと感じ取れる。深追ひするのも大人気《おとなげ》ないとその場はあつさり別れた。八月の末、社用で都ホテルへ行くと、薬師寺教授にぱたりと逢つた。どちらからともなく蔦江の話になつた。教授の言によれば黄絵は行方不明らしい。確に一度養子は迎へた。某蒔絵師の次男坊、二枚目半の利口馬鹿、結婚して一週間目が大晦日《おほみそか》で、彼は夜もすがら妙心寺の鐘の音をテープに取り、『黄鐘調《わうじきてう》』と銘打つて音楽学校の前で売つたとか。悲しい音色だつたといふ。

夕星《ゆふづつ》はきそのすひかづらの色にまたたけり兄いもうとの咎

雄黄《ゆうわう》

鸚鵡《あうむ》や九官鳥には自分の繰返してゐる言葉の意味が、本当に判らないのだらうか。ただの条件反射で、むやみやたらと教へ込まれた白《せりふ》を吐き出してゐるのか。それにしては、横町の千三屋《せんみつや》の瑠璃《るり》コンゴー鸚哥《いんこ》など、午前中は「お早う」、夕暮は「今晩は」と挨拶を変へるのが面妖だ。友人の家で飼つてゐる九官鳥は、餌を遣る時間が後《おく》れたり、電気掃除器の顫音《せんおん》がやかましい時だけ「馬鹿野郎」と叫び、機嫌が良いとロンドンデリー・エアのスキャットを試みるさうだ。喋る喋れぬは別として、愛玩動物や家畜のほとんどは人語を解する。言葉どころか飼主の感情まで敏感に捕へる。鋭い聴、嗅覚のせゐとばかりは思へない。柚木《ゆのき》家の飼犬など狂犬病予防接種の日になると早朝から縁の下深くもぐり込んで、牛の骨を見せようが鯨の肉を奉らうが、夕方まで金輪際出て来ない。担当獣医の特別巡回を待ち、首の根つこを押へつけて注射を受け、プレミアム附の料金を払はねばならぬ。それを忌忌《いまいま》しげに語ると、隣家の書家は、そんなレジスタンス風逃亡など愛嬌があると自家の飼猫の奸智の数数を、これでもかといふほど棚卸《たなおろし》して聞かせてくれる。家族なみに座蒲団を敷かせなかつたのを根に持つて、客間の総刺繡のクッションを嚙み破つた逸話、執拗《しつえう》な保険の勧誘員とか、いかさま不動産業のセールスマンが玄関の扉を開けようとすると、廂からどさつと彼らの頭上に飛び下り、十中八九退散させる譚《はなし》等等悲喜こもごもである。

柚木家の飼犬カエサルは、折角指物屋《せつかくさしものや》に註文して作らせた犬小舎の、どこが気に食はないのか、頑として入らうとせず、そのまま雨晒《あまざら》しになつて、当初の薔薇色もすつかり色褪《いろあ》せた。柚木が一日《いちじつ》暇潰しに刷毛《はけ》を持ち、鮮かな黄に塗り変へたところ、カエサルは乾き上るのも待たず勇んで入居、元の住家である廊下突当りの一隅は二年振《ぶ》りにさつぱりした。カエサルといふ名にちなんで紅を選んでやつたのに、大して高雅な色とも思へぬ黄が気に入るなんて、やつぱりシェパードの雑種は雑種と、細君は舌打まじりに呟く。だが柚木はそれに応へず、小首を傾《かし》げた。何やら思ひあたることがある。犬小舎を塗り変へたのは彼岸中日《ちゆうにち》の休日、その三日前、今日から動物愛護週間云云《うんぬん》の文句のある新聞を拡げて、彼は入浴後少しふやけた足の爪を切つてゐた。パパ、「暗剣殺《あんけんさつ》」つて何のこと？　と中学生の長女が尋ねた。カエサルは彼女の膝に顎を載せ、瞼を閉ぢてゐた。外は小雨模様だつた。

「九曜《くえう》を知つてるかい。ああさうさう、一白《いつぱく》から九紫《きうし》までのね。何、沖君のパパは五黄《ごわう》の寅《とら》だから強いんだと自慢してたつて？それなら話が早い。方陣の縦横斜計十五もお前は小学生の頃から知つてたね。あの方陣の、五黄中宮《ちゆうぐう》つてのがノーマルな状態なんだが、それは九年に一度。他の年は五黄が外廓に出て他の各曜が之に代る。外に出た五黄の正面にあたる曜が、すなはち暗剣殺さ。強烈で絶倫な五黄の威光に昏《くら》んで、すべて負《ふ》の目といふ不吉な年廻りだ。今年は六白《ろつぱく》中宮、五黄は巽《たつみ》、だから乾《いぬゐ》の七赤《しちせき》が暗剣殺といふことになる。昔なら七赤の人は東南の方角へ出掛ける時は方違《かたたが》へつて寸法さ。ともかく暦法や陰陽道《おんみやうだう》では、結果的に黄が絶対専制的な力を持つてゐたやうだね。ややこしいが、まあさう覚えとけよ」

長女は不得要領に頷いただけだつたが、今にして思へばカエサルは耳を欹《そばだ》たせ、眦《まなじり》を決して彼女の傍から立上り、植込の彼方の犬小舎を、嘆かはしさうに眺めた。

この牡犬は別に去勢手術《ガストラチオン》も施してゐないが、全然牝に興味を示さない。一度生後三箇月の柴犬をあてがつたところ、三日間いぢめにいぢめ、たうたう逐ひ出してしまつたといふ変り種である。あるいは自分達の夫婦生活を毎日見てゐると、犬ながらにほとほと嫌になり、結婚など思ひもよらぬと、清清《すがすが》しく自由な独身を楽しんでゐるのではあるまいか。柚木はさう思つて向日葵《ひまはり》より冱え冱えと輝く犬小舎を、その中で薄目を開くカエサルを顧みる。犬は家族が何人ゐて、どのやうに接してゐようと、その中の誰が経済力を持ち、誰と誰が扶養されてゐるのかちやんと見抜き、その、真の主人の命令なら、他の家族を嚙み殺すことも多多あり得ると聞いたことがある。殺せとなど言ひはしない。柚木は細君と口喧嘩さへしない。だが敏感無類のカエサルは察してゐたのかも知れぬ。寝つきが悪いと言つて昨夜催眠薬を嚥《の》んで就寝した細君が、今朝何時になつても一向起きて来ないのだ。

羅馬皇帝《カエサル》は黄の狩衣の夕惑ひ覚むれば死後のうすら明りよ

浅緑

降霊術や反魂《はんごん》の儀式を、あながち信じぬわけではなかつた。神尾にしたところで三十一のこの年になるまでには、幾度か超自然的な出来事を見聞した。人に喋つたことはないが、十八歳、修学旅行中に父が輪禍に遭《あ》つた折など、旅館の浴場の脱衣場の鏡は、彼が姿を映したその瞬間、縦横に亀裂を生じた。旅館側は故意の破損だといきまいて弁償を迫り、彼は潔く支払つたものだ。父は手術が成功して命を取りとめたが、後から思へばこの潔さを神仏が嘉《よみ》したまうたのだらうと思ひ自足した。

ところが二つ上の老嬢の図書館勤めの姉が、急に最近加持祈禱《かぢきたう》に凝り始め、亡母から譲られたささやかな館の二階には、仰仰《ぎやうぎやう》しい祭壇まで築いたといふのを聞くと、無暗《むやみ》に腹が立つて来た。祭壇もさることながら、火難、水難、女難除《よ》け、亡物《うせもの》探しに金運招き、さては嫁いぢめの姑の調伏《てうぶく》まで引受け、あらうことかそれが至極好評とか。夜と休日の寸暇を利用するだけでは到底裁《さば》ききれなくなり、近近勤めも辞する心づもりらしい。そんな甲斐性があるなら、たとへ遅蒔《おそまき》の憾《うら》みはあつても、ふさはしい良縁を掴めばよからう。あの抜群の器量ゆゑ、相手初婚の口もないことはあるまい。さう忠告してやらう。

勢込んで土曜の夜半、善男善女の消え亡《う》せる刻を狙つて行つてみると、彼女は古代更紗の縮緬《ちりめん》を夜会服風に纏《まと》つて窈窕《えうてう》と鎮座ましましてゐた。町の噂も神尾精進館のことで持ちきりだし、親戚筋も眉を顰《ひそ》めてゐる。大過のないうちに、なしくづしに廃《や》めてくれと下手《したで》に出た。

「馬鹿ねえ、貴方は。親戚筋なんて大嘘、目の色変へて悪口言つてるのはお宅の賢夫人唯《ただ》一人よ。町の噂も気にすることはないわ。恨まれる理由はないもの。精精《せいぜい》噂の的になるつもりだから悪《あ》しからず。あまり変な言ひがかりをつけに来ると、弟といへども容赦しないからその覚悟でいらつしやい。何でも透けて見えるんだからごまかしても駄目。正論の御意見なら伺ひませう。この私が、伊達《だて》や酔狂に仏教大学で真言密教を専攻したわけぢやなし、小遣ひ稼ぎに図書館の番人になつたのでもないことくらゐ、貴方も十分承知のはずね。魔術に呪術、修法《ずほふ》に祈念に調伏、呪禁《じゆごん》に逆修《ぎやくしう》、九年がかりで隈《くま》なく勉強したわ。北畠・一条の神儒仏習合なんかとても面白かったの。私はどこかの寺へ興入すれば、二十年くらゐで一山牛耳《ぎうじ》れる自信は持つてゐたの。でもやはり自分が独創的な教派の教祖になりたかつたから、野《や》に潜んで着着と時期の来るのを待つてゐたつてわけ。まあ今に見ておいで」

祭壇は曼陀羅の前に秘密壇、その左右に並べてあるのは五宝、五香、五薬、五穀と呼ぶものらしい。瓶の中には金《こん》、銀《ごん》、瑠璃《るり》、真珠《しんじゆ》、琥珀《こはく》でこれが五宝、香は沈香《ぢんかう》、白檀《びやくだん》、丁子《ちやうじ》、鬱金《うこん》、龍脳《りゆうなう》。薬は赤箭《せきぜん》、人参《にんじん》、茯苓《ぶくりやう》、石菖蒲《せきしやうぶ》、天門冬《てんもんとう》。穀は稲、大麦、小麦、大豆、小豆。これだけ蒐集するのも一仕事だつたらう。だが以上など序の口で、法器を揃へ、修法壇ももつと本格的なのを建立《こんりふ》するなら三年がかり。一寸《ちよつと》やそつとの費《つひ》えでは済まぬ。かう言ひ募る彼女の眼はきらきらと華幔《けまん》の彼方の朱蠟燭の灯に映え、なるほどかういふ教祖なら、事と次第では信者の千や二千、大して宣伝しなくても集るかも知れぬ。

終始無言の弟に拍子抜けしたのか、姉は小馬鹿にしたやうな笑みを浮べて、白朮《びやくじゆつ》入の冷茶を出してくれた。祭壇脇には銀の壺に地楡《われもかう》と白桔梗がたつぷり投込んであつた。その向うの潜《くぐ》り戸《ど》が突然開き、薄緑のサングラスをかけた瀟洒《せうしや》な四十男が現れた。一昔前の支那服、それも漆の入つた黒の甲斐絹《かひき》をさらりと纏《まと》ひ、誰にともなく一揖《いちいふ》した。姉の話によると薬剤士で、種種の妙薬、仙丹《せんたん》の類の製法を司り、事のついでに神尾精進館の支配人を兼ねることになつてゐるらしい。恐らくは弟の心中に、じたばたせず嫁に行けといふ呪詛を読み取り、辛辣な呪禁をやつてのけたのだらう。単なる協力者とは思へぬ物腰であり、二人の間には濃密な妖気がどろりと漂ふ。

「お母さんが私に遺してくれたのは、この建物と地所だけぢやなかつたの。彼も遺産の一つよ。お母さんの愛人だつた。お父さんは知らずに離婚して三千万円もふんだくられたけど、今ぢや後の祭ね。貴方、奥様の命令で養老院へ逐ひ遣つたんでせう？　半身不髄のお父さんを」

その父が放火して館も祭壇も、彼女も彼も一夜で炭になつたのは、忘れもしない十月の末のことだつた。焼跡は未整理のまま十一月になり、冬草が萌え始めてゐる。


災厄《わざはひ》招かむとぞ禱る菩提樹の花もわがたましひもさみどり

濃翠《こみどり》

黄菊の厚物《あつもの》に「酔陶《すいたう》」といふ銘の品種があり、芳醇な酒のやうな香を放つといふ。そのかみ伯父に聞いて以来花卉《かき》のカタログや、菊専門の書籍で探したが、そんな名は更に出て来なかつた。悪戯《いたづら》好きの伯父のことだから、陶酔といふ熟語を引つ繰り返して、面白さうな話を捏《でつ》ち上げたのだらうと、霜沢は独《ひと》苦笑した。その伯父ももう故人である。一周忌を修するとの通知を受取り、幾分億劫《おくくふ》ではあつたが、一日がかりで彼は郷里に帰つた。葬儀の時もさうだつたが、一人娘は両親に逆《さから》つて家出同様に嫁ぎ、もともと系累の少い伯父夫婦には、席に連《つらな》るのも十名足らず、霜沢など縁者筆頭の口だつた。彼は次男坊だが兄はどういふわけか伯父一家とは反《そ》りが合はず、祝儀不祝儀一切顔を出さなくなつてゐた。二人の父も既に亡い。伯父は生前、兄弟のどちらかを養子にほしいと申出てゐたらしい。どちらかと言つても、次男が家を出るのが順当だし、第一馬が合ふ。強引に貰ふつもりで、娘が嫁いだ後はあんなにかはいがつてくれたのだらう。話の決らぬうちに父は心筋梗塞で急死し、後を逐ふやうに伯父も身罷《みまか》り、その縁談は立ち消えになつたが、なつただけに彼は伯父の遺影を見ても、不覚の涙がこみあげてくる。父は優男《やさをとこ》でひやりとするやうな鋭い目つきだつたが、伯父は童顔の肥《ふと》つちよ、何もかも厚ぼつたく野暮つたく、笑ひ上戸で、彼にも酒を強ひた。酒の香の菊も、きつと伯父の願望が咲かせた非在無根の花だらう。

法要が終ると伯母は遺言に従つて形見分《かたみわけ》がしたいと言ひ出した。忌明にするのが普通だが、その折は娘が姿を現はさなかつた。今度は銀流しめいた男を引具《ひきぐ》して正座に控へてゐる。男の鼻面取つて引廻さねば納《をさま》らぬ女だから、ああいふ柔弱なうら生《な》りタイプが適してゐるのだらう。しばらく見ぬうちに目のあたりはますます険が加はり、折角《せつかく》の美貌も魔女染《じ》みて陰惨だ。昔から彼も打ちとけて喋つたことがない。財産は一切妻に遺され、霜沢には書庫の中央の棚に整理済の本を贈るとあつた。伯父は大蔵省に三十年奉職し、晩年は晴耕雨読、漢籍の類は相当集めてゐた。時計、パイプ、ライター、ゴルフ道具、それぞれ故人の趣味を偲ばせる一流品が、それも計算に入れて罷《まか》り越した縁者に次次と配られた。他人の貰つた物を横目に見て値踏みし、たちまち口を尖《とが》らす手合もゐて、なかなか面白い眺めだつたが、彼はつぶさに見物するほどの熱意も暇も、残念ながら持《もち》合《あは》さなかつた。

書庫も半分は簞笥《たんす》、長持《ながもち》、葛籠《つづら》に占領されてゐたが、ざつと五千冊に及ぶ本が、整然と犇《ひしめ》きあふ様は、そぞろに背筋が寒くなり、かつ涙を誘はれる。左右の棚の夥《おびただ》しい辞書、事典、全集本、類聚本《るいじゆうぼん》等は図書館への寄附が指定してあり、言葉通り真中の棚には霜沢宛の遺贈文と目録を添へ、美しい限定本、特製本が念入なカヴァを施されて積まれてゐた。かつて霜沢がねだつて断られた『桐の花』の初版本も見える。彼も今では銀行員ながら、趣味は昔日と変らない。手紙は一度巧《たくみ》に開封してまた閉ぢた形跡がある。文面を見て彼はしばらくとまどひ、やがてにやりとした。「天馬地鹿玄共黄に宇僕宙の洪書荒簡日の月読盈め昃ぬ辰の宿は列愉張快寒だ」行書で流麗に書流してあるから呪文同然だが、千字文《せんじもん》の間を一字置に拾つて行けば、すぐ文意は通じる。すなはち「天地玄黄云《うん》云《ぬん》」を一切消せば「馬鹿共に僕の書簡云云」が残る。伯父と霜沢はかつてよくこの方法で際どいことを伝へ合つたものだ。この絶筆には娘の出生に関る秘密がすべて暴露してあつた。伯父は幼時の耳下腺炎罹病《りびやう》のため、男性不妊症と医師に引導を渡されながら、誰にもそれを喋つてゐなかつた。娘が生れても黙つてゐたのだ。恐らく今も、診断した医師以外は外部では知る者もゐない。伯父とその女房の間が過去二十五年、どのやうな状態であつたかは想像に余る。不貞はそれ一度きりと誰が信じよう。気の遠くなるやうな静かな地獄に、よくも永らく耐へて来たものだ。彼は母屋《おもや》に取つて返すのが怖ろしくなつた。手紙の脇には三巻本の『聊斎志異《れうさいしい》』、第三巻に鮮かな翠の栞が挟んである。開くと「黄英」なる挿話で、菊の化身の姉弟が俗界に交り、姉は人の子を生んで存へ《ながら》るが、弟は稀代の酒豪でつひに酒で身を亡ぼし、菊に還る。弟の名は陶、ゆゑに菊花「酔陶」は酒の香、読み進むうちに霜沢は啜《すす》り泣いてゐた。無性に酒が飲みたくなつた。伯父は本棚のどこかにきつと酒壜《びん》を隠してゐる。

恋終るこの世のみどり死のにほひせり翡翠《かはせみ》は水に触れしや

漆黒

枇杷子は足温器《そくをんき》の調節スウィッチを「強」の日盛にして、手編の膝掛を引摺《ひきず》り上げる。午前中十一人、夕方までにもう十五、六人来れば多い方だらう。国宝の茶室で知られた「烏羽玉庵《うばたまあん》」も、参観者の列をなすのは春と秋だけ。初夏と新年はまだしも、土用に年の暮となると日に十人を下ることもあり、野分や雪の日は誰も来ない。事務所の受付に坐りだしてもう三年になる。持主の梅小路家が、白羽の矢を立ててくれたのを勿怪《もつけ》の幸に、彼女は隠居の暇潰しのつもりで引受けた。先方では、茶室を含む名園の創設者から七代目の当主が、七十近くでまだ矍鑠《くわくしやく》として采配を振《ふる》つてをり、だからこそ昔連歌《れんが》の会であまたたび席を連ねた、夫人の幼馴染といふ縁で、ねんごろに迎へた。一方世間並に黒江家は代変りしてしまつて、梅小路も烏羽玉庵も無用の長物と鼻の先であしらふ息子夫婦が、どこへだつて構はないから姑が毎日出掛けてくれればいいと頷き合つてゐる。息子とはいつても養子、すなはち二人共他人なのだから仕方のないことだ。ストーヴに灯油を満たし、閉園の五時まで後三時間、公園事務所の漆原が巡回に来たら、お茶でも入れてやらうと戸棚の羊羹を確める。稀には突然貴賓を迎へねばならぬこともあり、さういふ場合は枇杷子が万事取り仕切る。間に合せだからとて雑な点前《てまへ》を見せると後後笑ひものにならぬとも限らない。点心も茶も常住心を配つて補充しておく。梅小路家の大旦那も、その才覚を恃《たの》めばこそ枇杷子に委嘱したのだ。季節季節の茶事茶会にも、彼のお声がかりで半東《はんとう》を勤めることがある。五十七歳とは信じかねる艶《えん》をひそめた枇杷子を、梅小路元伯爵はそんな時うつとりと見つめてをり、曰《いは》くありげに囁き交す連中も少くないが、二人ながらにどこ吹く風だ。

机に伏せた『宇津保《うつほ》物語』の「蔵開《くらびらき》」をまた読み継いで行く。紀伊の国守の祖父、吹《ふき》上浜《あげのはま》の長者神南備種松《かんなびのたねまつ》の家から、源涼《みなもとのすずし》へ歳暮の贈物を届ける件《くだり》である。鮭の苞苴《あらまき》、鳩と大角豆《ささげ》、銀製餌袋《えぶくろ》形《なり》の容器に野蜜と甘葛《あまづら》、国守の北の方からは鰹、鮑《あはび》の壺焼、海松《みる》に甘海苔《あまのり》を三方《さんばう》と高坏《たかつき》に盛つて運ばせる。南国で北の魚の鮭は珍味中の珍味だつたらう。あるいは鮭と称して天魚《あめのうを》を蘆で巻いたのかも知れない。臘月《らふげつ》の大角豆《ささげ》もきつと熊野近くの温泉《いでゆ》の地で栽培したのだらう。夫の柊太《しゆうた》はよく熊野路をたどつた。何の目的もなく、ふらりと旅立つて意外な時に帰つて来た。道中の冒険譚やロマンスは、多分に創作臭かつたけれども、彼女は殊更に目を瞠《みひら》いて相槌《あひづち》を打つてやつた。

梅小路が連歌の座に誘ひに来るのは、不思議に柊太の留守だつた。亡夫人とはその昔、肩を並べて少女歌劇に通ひ、葭波千百子《よしなみちほこ》の男装にうつつを抜かし、私こそ親衛隊長、否《いな》、パトロネスと鎬《しのぎ》を削つた仲。旧華族の百万長者、ジャン・マレー生写しの梅小路と婚約が調《ととの》ふと、たちまち熱が冷《さ》め、今度は豪奢な邸宅で度度《たびたび》園遊会を催した。あれは二十五歳の秋、この檜扇園の一隅、仄《ほの》かに紅葉《もみぢ》した楓林の間の亭《ちん》で、始めて梅小路に紹介された。彼はその時既に三十七歳、ケンブリッヂ帰りの有髯《いうぜん》の貴公子で、浮いた噂はなかつたが、枇杷子を見るその目は異常な光を帯びてゐた。午後には柊太も現れた。挨拶を受けた時の、敵意を秘めた目差《まなざし》と共に決して忘れない。

あの年の十二月、柊太は雪の朽木《くつき》路《ぢ》を見て来ると言ひ残して一週間家を外にした。串《くし》刺《ざし》の天魚《あめのうを》を五尾も家苞《いへづと》に彼が悠悠と帰つて来たのは十六日、十七日の夕暮から牡丹雪が降り始め、十八日は源内忌とやらで連歌会に招かれた。梅小路夫人は渡仏中で、今にして思へば運座は必ず夫人の留守に限つてゐたやうだ。会果てて深夜十二時の送り狼、車を下りて玄関まで連れ添ひ、無理矢理に唇を重ねて来た。その時扉が開き、柊太が棒立ちになつて睨んでゐた。彼が熊野の帰りに行方不明になり、古座《こざ》峡《けふ》で屍体になつて発見されたのは翌年五月の末のこと。死後十日余り、耳の孔《あな》は黒蟻の巣になる寸前、枇杷子は確認を迫られて失神し、梅小路が代つてくれた。帰途椿温泉で泊つたが鮑も鰹も咽喉《のど》を通りはしなかつた。

漆原が未央柳《びやうやなぎ》の籬《まがき》沿ひに大股に歩んで来る。二十五日は蕪村《ぶそん》忌で年忘れの釜を懸けるとか。明日は露路の手入をしてもらはねばなるまい。枇杷子は客の下向してしまつた烏羽玉庵の暗がりで、梅小路を客として、心をこめて一服点《た》てたいと思ふ。茶には附子《ぶす》をたつぷりと混ぜよう。柊太は三十年間待ちくたびれたことだらう。

柊の花ぞ散りぬる男らも眠れぬばたまのクロロフォルムに

石榴

草　Mai

草笛を合図に、五月の野で若者と少女が逢引《あひびき》するなどといふ初初しい恋物語も絶えて聞かないが、翔《かける》が先鳴《さつき》らしてゐたのは青葉の笛、ならぬ若葉の笛、それも庭の樟《くす》の葉を軽く唇に当てて一吹きすると、鳥の断末魔さながらの鋭い音色が一瞬あたりに尾を引いて走り、しばらくすると枝折戸《しをりど》を隔てた隣家の、庭の突当りの石榴《ざくろ》の樹蔭に、ちらりと女の姿が見える。逢引と言へば言へぬこともない。女はその家の女主人で三十五、翔が二十三で一周《ひとまは》りは違ふが、さういふ恋もあるものだ。鉱石学とか鉱物学とかを専攻したせゐでもあるまいが、昔仲間の悪友連が匙《さじ》を投げるほどの堅物《かたぶつ》で、みづからを潰《けが》すことすなはち童貞を喪《うしな》ふことと信じて疑はず、童貞以外は絶対処女を娶《めと》り得ぬものと頭から決めてかかつてゐた。そのくせ十年前死んだ父親は十代前半から漁色を始め、翔の母と結ばれてからも放蕩三昧、四十未満で死んだのも少女のやうな愛人の家だつたといふから、世の中は皮肉に出来てゐる。隣家の女主人は庭の南の四阿《あづまや》に彼を誘ひ入れて乳を探らせる。彩《あや》といふ名の通り艶《あで》やかな眉目が人目を引き、兎角《とかく》噂は絶えないが、亭主は歴《れつき》とした建設会社の幹部だ。もつとも家へ帰るのは月の中《うち》七、八日ばかり、後は草枕か笹枕か知らぬが各地へ出張してゐるらしい。両家の庭の樹樹《きぎ》およそ二十種余り、ことごとく若葉してやや暗いほどに繁り初めた中に、やつと新芽がほぐれて淡い緑青に透いてゐるのが石榴と百日紅《さるすべり》、あたかもまだ髪の伸びきらぬ若者が、濃く伸び揃つた長髪の青年の群に交らうと背伸びしてゐる図だ。彩は顫《ふる》へやまぬ翔の肩をさすりながら、遠くの物音に耳を澄ます。二人の頰も項《うなじ》も腕も若葉明りで仄《ほの》青く染まる。あれは何の音だらう。北の方から響いて来るのは嗄《か》れたソプラノで、歌はどうやら「デ・プロフンディス」らしい。翔の母が罪深い一人息子のために真昼間も禱《いの》つてゐるらしい。彩は若者の耳に唇を触れる。なまぬるい吐息が耳孔の袋小路に吸ひ込まれる。翔の身体の隈隈《くまぐま》にも、ぽつと昼の灯《ひ》がともる。彼の首筋は爽やかな石鹼の香がする。二十《はたち》を越えてこんな香を漂はせる男が、この世にはまだ生きてゐたのかと彩は涙ぐむ思ひだ。乳房を這《は》ふ指はなめらかで冷《つめた》い。夫の手の麤《あらかは》の感触、その胸の鞣革《なめしがは》の臭気が蘇つて来る。あれが男といふものであらう。自動車の止る音がした。扉を手荒く鎖《とざ》す音がこれに続く。彩が身を固くする。若聖歌の声もはたと消えた。翔もおづおづと手を離して立上る。珍しく御帰館らしい。冷い指い牡鹿は、あの獰猛な猟師に、弾丸《たま》を射こまれる刹那《せつな》を思ひ、唇を痙攣させる。

先が燃えてゐる。この指先の探りあてた乳房の心《しん》の痼《しこり》は何だつたのか。あの時指は、何か不吉な火種に触れたやうに、かつと熱くなつた。放つておくと瘭疽《へうそ》ができるのではあるまいか。昔、否《いな》ついこの間まで愛撫してゐた母の乳房の方が、小さくはあるが安らかだつた。彼は手を洗はうと、庭隅の噴泉の方へ歩いて行く。

水　Juin

水の上に石榴《ざくろ》の花が火屑のやうにこぼれる。六月も上旬を過ぎ庭の木洩《こも》れ日《び》もやうやく暑い。噴泉の水を溜めた池に病葉《わくらば》や花骸《はながら》が沈み、もう永らく掃除してゐないことが判る。四阿《あづまや》には彩の夫速人《はやと》と翔の母霜代が肩を寄せ合つてゐる。空色の軽羅を纏《まと》つた霜代は、翔そつくりの繊細な眉目を翳《かげ》らせて何やら縷縷《るる》と述懐する。速人は赤銅《しやくどう》色の腕を拱《こまね》いて目を瞑《つむ》つたままだ。二日前彩が姿を消した。スーツケースに身の廻りの物を少少詰めて出て行つたらしい。速人の乱行ならもう慢性になつてゐるので、今更つむじを曲げることもあるまい。翔は一週間前から、これは大学院の仲間と共に昼顔高原へ合宿に出かけてゐた。あの高原には貸山荘が沢山ある。翔は多分彩を呼んだのだらうと霜代が唇を顫《ふる》はせる。石榴の花が音もなく頭に落ちる。速人はあつ髪が炎《も》えると呟いてそれを払ひ落す。おお空恐《そらおそ》ろしい。あの子は道ならぬ恋を彩様に仕掛けたのです。毎日毎晩、神様に禱《いの》りましたのに、堕落いたしました。どうなるのでせう、この後。ついこの間まで、みだりがはしいものは一切見ず、浄《きよ》らかに生きて来たあの子が、またどうして急に、神に背くやうな振舞をし始めたのか、私には判りません。お赦し下さいませ。申上げてしまひます。私が唆《そそのか》したのです。翔は女の人が怖くて、口一つまともにきけない子でした。十代の終りが近づくのに、私が傍にゐて子守唄を歌つてやらないと眠れないのです。添寝すると夢みるやうな表情で私の胸に顔を埋めました。ああ神様、あの子は二十歳《はたち》を過ぎても、本当に男にはなつてゐなかつたのです。あるいは、イエス様にあやかつたのでせうか。もしあのままなら、私は世嗣の顔も見られなくなります。お許し下さい。私はあの子の眼を開いてやつてほしいと、彩様にお願ひしました。女の私が見ても胸騒ぎのするやうなあの方なら、翔も、必ずや男として目覚めてくれるだらうと思つたのです。噂に聞くと、娼婦めいた女が巷のしかるべき所には屯《たむろ》してゐるさうですが、そんな連中に私の翔が辱《けが》されるのは真平《まつぴら》です。最初は御本をお貸しすることにして使者を務めさせました。この四月のことでした。石榴の芽が吹いてゐました。歯《は》齦《ぐき》からしたたる血のやうな色でした。恥づかしくてとてもそのままには伝へられない私の真意を、あの方は敏感に察して、華やかにほほゑんで下さいました。用事を作つては、あの四阿で逢ひ、少しづつ男と女の愛の姿を暗示して、翔を夢見心地に誘つて下さつた。それをありのまま、あの子は私に教へてくれると期待してゐました。何といふおろかな母でせう。彩様に、恥を忍んで伺ふと、まだ少年の魂を残していらつしやると、また華やかに微笑なすつて、それがどんなに辛かつたか。でももう大丈夫、翔は奥様を誘惑したんですもの。母の私を聾桟敷《つんぼさじき》において、あの子は邪恋に耽《ふけ》つてゐる。素晴しい。霜代の声はかすれ、眼は血走り、石榴の花がとめどもなく髪に肩に降つて来る。

星　Juillet

星鰈《ほしがれひ》が手に入つたからと、彩が勝手口から入つて来たのは、まだ昼にやや間のある頃だつた。青竹を細く削《そ》いで編んだ籠に大振《おほぶり》のを三尾、一塩してあるのかしんなりと乾き、これは霜代の好物だ。他に用事があるのだらうと客間に招じ入れる。牀《とこ》の間《ま》にささやかな祭壇が設けられてゐて、額《がく》には聖母マリア像、その下の銀の水瓶《すいびやう》の供花《くげ》が青い実石榴《みざくろ》だ。あら石榴は鬼子母神《きしぼじん》の訶梨帝母《かりていも》が食べるのだとばかり思つてたら、マリア様も？　随分いかもの食ひねえ。ところで坊やの様子一寸《ちよつと》は変つたか知ら。残念だけど、私はもう失格よ。あの優雅な彩が、霜代と対《たい》の時は、このやうなぞんざいな口を利くとは、誰も想像できまい。だが霜代も、膝もあらはに椅子にかけて、祭壇の方に組んだ足を向け、やや巻舌でこれに応へる。お乳を片方切つたからつて、何もさう弱気になることはないわよ。武器は磨きをかけていつでも役に立つやうに待機させてるんでせう。それにしてもうちの坊やもお手柄だつたわ。自分の手で触診して、あんたが乳癌の初期だつて予感したんだから。ああ医者に仕立てりやよかつた。それを、その日のうちに友達の医者の卵に相談して、翌日精密検査、三日目が手術つて手廻しのよさでせう。私、見直したわ。失踪だ、駆落だ、うちの息子が誘惑したんだとか何とか、さんざ大騒ぎして、お宅の旦那の気を揉ませた揚句《あげく》だもの、こつちが赤くなるほど感激してくれて、をかしいやら気の毒なやら、いやはや。それを怺《こら》へて涙ぐんだら、また勘違ひして男哭《な》き。男の泣くのつて猥褻《わいせつ》ね。私痺《しび》れたわ。ねえ、誘惑しても構はない？　一晩だけでいいから。霜代は子供など一人も生んでゐない。翔は亭主が愛人の一人に生ませた子だ。その愛人が自分の妹であることを知つた時も、霜代は驚かなかつた。凄じい呪詛を試みた。人形《ひとかた》に千本釘を打つた。妹は翔を生んで三日目に死に、霜代は嬰児を引取つて育てた。その年に入信し、翌翌年洗礼を受けた。母ならぬ母となつたからマリアとも昵懇《ぢつこん》に願ふつもりだつた。姉妹は双生児と言つても通るほど酷似してゐた。翔は自分が叔母に似てゐるなどと勿論思つたことはない。それはともかく、彩の退院後、速人は急に夜遊びを止《や》めた。酒《しゆ》色《しよく》の色《しよく》を警戒気味で、この日頃懸値なしに仕事に没頭してゐるらしい。出張先でも男子社員の独身寮に泊り、決していかがはしい処へは足を踏み入れず、若手社員のリーダー格にのし上りつつあるとか、それとなく耳に入つて来る。油断するんぢやないよ、男は怖いんだから。妹を殺して以来私は亭主を血祭にあげるつもりで、浮気を始めると必ず先廻りして、煮湯《にえゆ》を飲ませてやつたんだけど、結局は先を越されてね。揚句の果《はて》は半分位の年の小娘と心中しやがつた。娘が生返つたのが目つけものでねえ、かはいい子だから今でも目をかけてやつてるの。さう知つてるでせう。百合奈つて子。と言つても二十七だつた。内証だけど雉子《きぎす》教会の神父を到頭陥落させたわ。

月　Août

月が晩夏の石榴《ざくろ》のやうに歪んだ形で夕空に浮ぶ。今出たばかりなのにこれから沈むとしか思へない。このホテルのロビーは三階にあり、翔の位置からは東の空が見渡せる。「ホテル・良夜」と名づけたのも、空の眺めを計算に入れてのことだらうが、世間ではうまく勘違ひして、新婚客の申込が多いとか。勘違ひではなく深読みに違ひない。月でも見てゐないとやりきれないカップルが多い証拠だ。週の始めで、しかも午下《ひるさが》りのせゐか、人影はまばら、偉《ゐ》丈夫《ぢやうふ》の速人が現れると一目で判る。試合に臨んだ柔道選手擬《もど》きに、胸を張つて、野蛮な大股でのつしのつしと中央の氷柱の方へ歩いて行く。いつもかうなのだ。自分から相手を探さうとはしない。必ず相手が自分を見つけてやつて来るものと決めてゐる。その自信満満の競馬馬《けいばうま》さながらの雰囲気を、嫌ふ人は反吐《へど》が出さうだと言ひ、好む人は爽快無比と称する。翔は好悪を問題にしてはゐられない。この日本晴の美男の大男が、八月の雪達磨《ゆきだるま》さながら、完膚なきまでに傷ついて崩れて行く様が見たい。そのためには手段を選びはしない。手段は選ばずとも、その過程で自分も存分に楽しまねば割が合はぬ。心を鬼にし、みづからを牲《にへ》とし、ひたすら復讐など馬鹿馬鹿しい。エドモン・ダンテス風は当今はやらないし、復讐の快感に酔ひ痴《し》れるために、花の二十代を棒に振るほど、彼はサディストではない。きりきり舞ひをさせた末にぽいと投出すのは、彼にとつてはスポーツの一種、お負けに速人ほどの重量級なら後味も至極濃厚だらう。想像しただけでもぞくぞくする。彼は霜代や彩の三文芝居がをかしくて仕様《しやう》がない。舞台裏も演出の秘密も何もかも一切見え透いてゐる。霜代が伯母であることくらゐ十年前、父が死んだ時ちやんと嗅ぎつけた。母の雪穂は二十歳《はたち》で翔を生んで死んだ。姉の夫と姦通して孕《はら》み、ために命を落としたと知る人は眉を顰《ひそ》めてこの因果の子翔を見た。だが雪穂は死ぬ時も決して悔いてはゐなかつた。神父の若杉が知つてゐる。彼は当時十七歳、先代の老神父に従つて終油の秘蹟の折枕頭《ちんとう》に侍《はべ》り、残らず聴いた。父の葬儀の折、雪穂の遺言を守つて香華《かうげ》を捧げに来た。その帰途を邀《むか》へて、翔は神父に鎌をかけてみたのだが、至極簡単に一切を明るみに出してしまつた。今度は翔の方が、感知してゐる事実を偽の生母の霜代には秘密にしておいてくれと神父に頼む始末、十三の少年にしては策を弄し過ぎたやうだ。父の死の翌年霜代には愛人ができた。それも今日までひた匿《かく》しにしてゐるが、翔は三回目の密会から感づいた。天才的な閃《ひらめ》きはあるのにあまり売れない画家だつた。その頃あたかも現在の翔くらゐの年恰好で、容貌其他もどこか似てゐる。速人と彩が隣家に越して来たのがその翌年である。移転の当日門前で、その画家樅谷と速人とは出会頭《であひがしら》に正面衝突し、速人の提げてゐた骨董品《アンチック》のランプが粉粉《こなごな》になつた。

雨　Septembre

雨が降り出したらしい。速人はホテル・良夜の九階の寝台で全裸のまま横臥してゐる。シャワーを浴びようと思ひながら何か懶《ものう》く、しばらくはこのどろりとした後味を楽しんでゐたい。向うの壁の鏡に、寝台の上の額《がく》の絵が映る。銅版画かペン画か写真か、ここからは判別できないが、実物大の石榴《ざくろ》一箇。七三に裂けて、その暗黒の傷口から、黒い顆粒《くわりふ》が覗いてゐる。モノクロームゆゑになほさら無残な感じだ。翔は十数分前に帰つた。美しいポーカーフェイスの裏側で、精一杯の奸智を絞つてゐるらしいが、所詮青二才の小刀細工に過ぎない。十年前、丁度こんな季節に、かうしてこのホテルの一室に裸で転《ころが》つてゐたのを思ひ出す。相手は画家の樅谷だつた。秋には個展を越天楽画廊で開かせてやると約束した。霜代には二度と会はぬと誓はせた。そして彼我共に、この事について違背《ゐはい》はしなかつた。作品も買上げ、パトロンとして画商の所へも同行し、十分に箔をつけてやつたつもりだ。今一人の、更に輝かしい才能を持つ硝子《ガラス》工芸家の鷹井を、彼が引き合せさへしなければ、あのまま甘美な歳月が流れてゐたらうに、鷹井は雉子教会が新《あらた》に誂《あつら》へた焼絵玻璃《ステインド・グラス》の製作者、樅谷はその原画作者、二人ながらに若杉神父の息がかかつてゐる。何の洗礼を受けたのやら、あの凄じい堕天使振りは、さすが古豪の速人も鼻白むくらゐだつたがそれはともかく、鷹井に熱中して今度はその個展を主催してやり、渡仏までさせるに及び、樅谷は俄然逆上して失踪、満刃洞《まんじんどう》の絶壁の真下の海で三週間後に屍体が見つかつた。遺書はなかつた。翔が時折その遺書を握つてゐるやうな口吻《こうふん》を示すが、多分でたらめだらう。彼はこの狭量な画家に代つて復讐するつもりらしいが、無益なことだ。この不思議な、危険な、激しい苦みと甘みに満ち溢れたシャングリ・ラへ誘つてやつたのだから、恨まれては間尺《ましやく》に合はない。速人は心の中でさう嘯《うそぶ》く。妻の彩との姦通さへ見て見ぬ振りをして済ませた。あれが姦通と呼べるものならのことだが。彼はむしろ翔に見事《みんごと》姦通してみせてほしかつた。母親の霜代もさぞかし喜んで、ふさはしい縁談に耳を傾けよう。さもなくば、翔がまだ男になり切つてゐないどころか、永久になれる見込のないことを知らされ、やれ硫黄《いわう》と火の審判を受けるの、私を塩の柱にするつもりかなどと、毒毒しい言葉を浴せるだらう。若杉神父の泣面《なきつつら》が目に見えるやうだ。それもさることながら、あの画家が一応過失死に決つて、雉子教会での葬儀を許された後、霜代は二度自殺を図つた。決して痕跡を止《とど》めぬやうに、巧妙に自然死を装つたが、二度とも翔に発見され、神父に脅《おど》され、それからは思ひ止まつたらしい。永遠に渇いて煉獄をさまよふ怖ろしい場面を、神父は絶妙な仕方噺《しかたばなし》で説いてみせたと覚《おぼ》しい。翔にしても罷《まか》り間違つて尊属弑逆《しいぎやく》の疑ひでもかけられてはかたはら痛いので、二六時中ひそかに監視してゐたのだ。みづからを潰す暇もなかつたらう。

霧 Octobre

霧雨が残つてゐるらしい。外から入つて来た百合奈の白いコートの肩がしつとり濡れて光つてゐる。鷹井の硝子《ガラス》工房はまた弟子が殖《ふ》えたか、六、七人の若者が群青の褌《ふんどし》一つで坩堝《るつぼ》の前を右往左往してゐる。これがこの工房のユニフォームだと朗らかに笑ふ工房主は同色のスラックスを穿《は》き上半身裸体、十月も半《なかば》といふのにここは三十五、六度の熱気の中で、百合奈の額にもたちまち汗が滲《にじ》む。古株の職人は顔馴染だから、鮮麗な来訪者にちよいと片手を挙げて歓迎の合図をするだけ、製作中の罎《びん》や板を扱ふ手順は瞬時も狂はないが、二、三の新顔は百合奈の横顔を盗み見て手許を狂はせ、痛罵の礫《つぶて》を浴びてゐる。鷹井は粗《あら》い麻のシャツを羽織つて彼女を外へ連れ出す。この頃百合奈がしげしげ工房を訪れるのは、どうやら鷹井に気があるらしい。鷹井もうすうすそれは承知してゐるのだが、何しろ永い間、即《つ》かず離れずのつきあひをして来た仲とて、急に積極的になつたからといつて、さうにこにこと調子を合すわけにもゆかず、この一筋縄では行かぬ妖女を、露骨に拒みでもしたら後が怖ろしからう。翔の父が十年前この女の傍で死んだことは知つてゐる人も多い。鷹井にパトロンを横取された画家の樅谷が、その二年後に事故死した顚末も同様にかなり知られたことだ。そしてその前後一週間ばかり、鷹井が旅行中だつたことを知つてゐる人も二、三人ゐる。その上、満刃洞に近い霰森《あられもり》のホテルで彼の顔を見た人が一人あつた。当時ファッション・モデルをしてゐた百合奈が、あたかもそのホテルで催されたショウに招かれて来た。廊下で摩れ違つて会釈までしたから、否定しやうもない。百合奈はそんな気配は全然見せない。だがいささか強引に過ぎる口調で、結婚を考へてくれないかと切出《きりだ》した。霜代女史とはもう十年近い仲だけど、私、そろそろ綺麗さつぱり別れたいのよ。あの人の御亭主ねえ、貴方は夙《と》うにお察しだらうけど、私が殺したの。嫌ねえ、首を締めたり、お湯に沈めたりしたんぢやないわ。心臓と肝臓が弱り切つてゐるのを計算に入れて、ひねもすよもすがら愛してもらつたの。濃厚な食事とウィスキーと珈琲を勧めたのも効果的だつたか知ら。殺す理由？　貴方本当に何も知らなかつたの。霜代女史に頼まれたのよ、勿論。その時の謝礼があればこそ、曲りなりにも店が一軒持てたのよ。そりや例のガルガンチュアの後援もあつたけどねえ。あの人その代り、うちの店に採用した新人は、必ず味見するつて特権も、抜からずに行使したわよ。あらこのことも貴方知らなかつたの？　あきれた。知らなかつたのなら、知らない昔に戻つて、私と一緒に暮してみない？　いろいろと便利なこともあるわよ。うるさい連中から自由になれるし、出るところへ出るのも夫婦同伴の方が信用度も高くなるわ。今度の、あの豪華な石榴《ざくろ》聖母の焼絵玻璃《ステインド・グラス》、教会に寄附したら、あの神父とも切れた方が賢明よ。あの人ねえ、もうすつかり改宗したんだから。

霜　Novembre

霜にまみれた石榴《ざくろ》を堆《うづたか》く盛つた皿を両手に捧げ、彩はしづかに教会の門を潜《くぐ》る。後には ダーク・スーツの速人が続く。四分五裂してわらわらと実をこぼす、夥《おびただ》しい数の石榴を粗い目の籠に入れて、翔が引摺《ひきず》るやうに提げ、教会の扉を押す。黒天鵞絨《くろビロード》の服を着た霜代が、楚楚として後に従ふ。鷹井と百合奈は既に祭壇の前で神妙にうなだれてゐた。若杉神父の薔薇色の頬が、黛《まゆずみ》色の揉上と口髭の剃痕《そりあと》が、今日は殊《こと》になまめかしい。東側一面には黄、赤、青の鳥が翅《かは》を交して、巨大な林檎を啄《ついば》む図を焼きつけた彩硝子《いろガラス》の窓、亡き画家樅谷の、この世への餞《はなむ》けであつた。西側は先月、今日の新郎鷹井が精魂籠めて作り上げ寄進したもので、五彩の実の詰まつた石榴を二箇、雪白のローブの聖母が胸のあたりに抱いてゐる。その伏目がちの視線は今日ここに集《つど》ふ一人一人の心を見透《みす》かしてゐるやうだ。形通りの儀式が終ると、祭壇の前の寄木細工《よせきざいく》の大きなテーブルに、両家持参の石榴を撩乱《れうらん》と飾つて、翔は持参の石榴酒の栓を抜く。グレナディン・シロップに少少赤葡萄酒と蜂蜜を加へたものだと言ふ。薄青い酒杯に満ちた石榴酒は紫に透く。一同は互に眼の中を覗きこみながら乾杯する。何といふ切ない味であらう。舌の根に残る仄《ほの》かな苦みも、遠い日日の記憶さながら、心を刺す。しかも唇をほてらすやうな快い甘みは、ひとりでに杯を重ねさせる。七人の善男善女はやうやく夢見心地になり、軽やかな会話を交し始める。神父は最も早く酔ひ、奇妙な、ソプラノめいた高音で絶叫する。皆懺悔をなさい。今こそ神の聴《ゆる》しを乞ふのです。早く。未だ穢れも知らぬ青年の肉欲を煽り立てて、恥知らずな振舞を重ねて来た人妻よ。まだ少女の頃から様様の男に偽りの恋をしかけた揚句、終《つひ》には病める者を荒淫《くわういん》のため死に到らしめ、それでも慊《あき》りずに今日ここで、前途ある芸術家の妻にならうとした永遠の娼婦よ。その娼婦を唆《そそのか》して、おのが夫を殺させ、殺人者とゴモラの恋に耽りつつ、一方では他人の妻に、自分の息子を誘惑させた贋《にせ》の母よ。妹に夫を寝盗られた腹癒せに、彼女の孕《はら》んだ子を引取つて育てた上で、殊更に堕落させようとした怖るべき毒婦を、神は果《はた》して宥《ゆる》されようか。おお忌《い》まはしい。お前達の額に、胸に、腹に、神の怒りは石榴散弾のやうに射こまれるだらう。今悔い改めて、人妻も娼婦も母もここを立去り永遠の旅に立つがよい。神父は告げ終つてその場に昏倒する。矢面に立つた女三人はしばらくの後抱腹絶倒、涙ながらに笑ひ続ける。倒れた神父の黒衣に石榴の紅の実を撒き散らし、下腹部を代る代る尖つた靴先で蹴立て、三人肩組んで内陣の彼方に消えて行く。待ちかねてゐたやうに、酔眼朦朧の速人がむんずと鷹井の肩を摑む。振向きざまに鷹井はその熊襲《くまそ》の裔《すゑ》に痰を引つかけ、潸然《さんぜん》と涙を流しつつ百合奈の後を逐ふ。速人は泡を吹いて神父に折重なり鼾《いびき》をかき始めた。唯《ただ》一人メスカリンを入れずに杯を乾《ほ》した翔は、静かに教会を出る。

空蟬昇天

初鶯

耳聾ひて初うぐひすの瑠璃の声

兄の結婚式は三月三日に決つた。私は市役所へ赴いて結婚届の用紙を一揃ひ貰つて来てやつた。彼自身はまるでひとごとのやうにふてくされて部屋に閉ぢ籠《こも》つてをり、父母もこの処《ところ》口喧嘩の絶間がない。結婚届と同時に離婚届の方も請求して、記入欄の要項を目でたどつてゐると、受付の老嬢は皮肉な笑みを浮べた。構ふことはない。早晩これも要《い》る。自転車で十分もかかる場所だから、一度でも回数を省かなくては、第一私がやりきれない。署名捺印欄もいつそのこと同時に済ませておく方が手間いらずだが、さうも行くまい。

冬至十日前の町はクリスマス・セールとかで、ヴィニール製の樅《もみ》に綿の雪を積らせた飾窓の中には、けばけばしい衣裳や装身具がひしめいてゐた。大きなマスクで顔を覆つた男の子が、硝子《ガラス》に顔を押しつけて熱帯魚を視《み》つめてをり、硝子は彼の顔の大きさだけ白く曇つてゐた。ピラニアが敏捷に水中を奔《はし》り、ついと身を翻して少年の手を硝子越につつく。彼は愕然として二、三歩退《すさ》り、あわててあたりを見廻す。母親らしい肥《ふと》つた女は向うの魚屋の前から、刺すやうな声で少年を呼んだ。

隣の希臘《ギリシヤ》正教の教会の脇の掲示板には二十四夜深夜弥撒《ミサ》と記され、昨夜の雨で黒い蠟《らふ》涙《るい》のやうに滲んでゐた。兄の式は町外れの新築のホテルを予約したが、ひどい吃音の彼は例の誓ひの言葉が果して半分でも読めるだらうか。私はその情景を思ひ浮べるだけで冷汗が流れる。相手の娘はそれを承知で来るのだらうか。父母の繰返すいざこざもすべてこれにかかつてゐるのだが、私の知つたことではない。兄に無理強ひすること自体間違つてゐるのだ。彼は煩《わづら》はしい人間関係とは絶縁して、一生作曲に没頭してゐればいいのだ。雅楽、それももつと古い唐楽《たうがく》を蘇らせたあの閑雅荘重な曲を、念願通り百篇創り上げさせたい。一切の面倒は私が見る。父も母も徹底した俗物でそのやうな夢は一笑に附し、家業の漆器商を継がさうと躍起になつてゐる。今度の縁談も輸入漆商の出戻り娘を迎へて、将来の布石にしたいのだ。兄は心まで漆にかぶれて激しい拒絶反応を起すだらう。無益なことだ。

新年には非公式に娘を招いた。去年の秋の見合以来、ただの一度も逢つてゐないのだから、それもよからうと私は苦りきつた兄を励ます。ピアノでも叩いて時間を潰せば、私が万事とりもつてやるつもりだつた。結果的にはそれも杞憂《きいう》に終つた。彼女は終始伏《ふし》目勝《めがち》でほとんど口をきかず、たまに返事をしても的外れで意味をなさぬ。ただ顔だけは天使のやうに清らかで、明けて二十七歳とは信じられなかつた。唖同様の、しかし堂堂とした美丈夫の兄に、縋《すが》りつくやうな目を向け、アトリエへ伴はれると、ためらひながらも、いつの間にかぴつたりと寄り添ふ。兄はおのづから心も和むのか、とつておきの「春鶯囀嬉遊曲《しゆんあうでんきいうきよく》」を弾き始めた。彼女は黒白の鍵の上を走る手をうつとりと眺めながら呟いた。

「耳が聞えたらどんなに楽しいでせう」

斑雪《はだれ》

囚はれて身は飛火野《とぶひの》の斑雪かな

職業案内欄に目を通し終つて私は席を立たうとした。かつては押しつけがましいと思つてゐたサーヴィスのパンも綺麗に平げ、着たつきりのジャケツは袖口が薄汚れてゐる。

ここで三行広告に隅から隅まで目をさらすのが日課となつてもう二週間、いい加減に選り好みは止めて、土方でも人足でもしないことには朝の珈琲も飲めなくなりさうだ。

「失礼だがあんたこの処お暇だね。その暇を潰す気なら、悪くない仕事がありますよ」

左の席から声がかかつた。この店ではよく見かける白髪の好好爺《かうかうや》、今までもふと気がつくと私を視《み》つめてゐたやうな記憶はある。向うの窓際のほつそりした若い男女も、カウンターの下の赤ら顔の中年男も常連だ。だが彼らは全く無縁で、目が合つたこともない。

黙つて不得要領にもう一度坐り直した私の方へ、ずるずると席を移して、男は畳みかけるやうに、しかし淡泊な口調で言ふ。

「もし万一気が向いたら、ここへ行つてごらんなさい。あんたなら多分パスしませう。一日三千円にはなるな。楽な仕事ですよ」

私はわざと興味なげに彼の差出すメモを受取り、それとなくその仕事の性質を聞いてみたが、巧《たくみ》にはぐらかされて、そこに走り書きされた「ガニユメデス会」なるものの実体も機能も求人内容も、曖昧模糊《あいまいもこ》として要領を得ない。気が向いたら行くかも知れぬと鸚鵡《あうむ》返《がへ》しに答へて喫茶店を出た私は、求職面接の午後三時を待ちかねて、隣町の指定の場所へ駆けつけた。空は悲しいくらゐ青く、行きずりの花屋には水仙が香つてゐた。目的の「ガニユメデス会」は町外れの巨大な新築マンションの五階に、小さな看板を掲げてをり、周囲はまだほとんど空室だつた。メモにあつた通りに三・三・三とノックすると扉が開き、受付の前に立つて釦《ボタン》を押せば、テープが作動してこう語つた。

「正面九号室へお入り下さい。それが貴方の部屋です。十六世紀の衣裳を着けて快適にお遊びになりますやうに。委細は室内に掲示がございます。ではお元気で」

それからずつと私はその部屋に幽閉されつ放しなのだ。室温二十度、食事は釦一つで自動的に現れ、寝台は軟《やはら》かだつた。ケースには中世西欧の華やかな男性の衣裳が並び、その着用方法も詳しく記してあつた。私はそれにまる一日は熱中し、自分を着せ替へ人形に仕立てて恍惚となつた。いざ帰らうと扉を押したが開かず、呼べど叫べど応へはなく、檻の中の獣さながらに荒れ狂つた末力尽き果てて眠り、翌日一日考へた揚句《あげく》諦めてしまつた。隣室はジムを模した運動用具も完備し、私はそこで真裸になつて跳び廻る。天井に近く小さな窓が穿《うが》たれてゐる。吊環の鎖を攀《よ》ぢ上《のぼ》ると外界が見える。厚い硝子《ガラス》越に三月の野が霞み、点点と雪が残つてゐる。遥かに血の色の紅梅が揺れ、その辺を人が行く。ふとこちらを見た。帽子片手に白髪の好好爺がにつこりと笑ふ。

花篝

誘はれてふた業平《なりひら》のはなかがり

灌仏会《くわんぶつゑ》に山麓の瑠璃光寺に詣る慣ひもその頃わが家ではしばらく忘れられてゐた。その年は遠い港市から節分に輿入《こしいれ》して来た分家の叔父の新妻を案内して、私は二、三年振《ぶ》りに蔦葛の絡む道を歩いた。叔父は遠洋航海に出て年に数度しか帰つて来ない。次の賜《し》暇《か》は五月の末である。田舎町の暗い家家の軒には女房連《れん》が額を寄せ合つて、藤色のセルの袖を翻して歩く美しい彼女と、侍童よろしく傍を行く私を様様に月旦《げつたん》してゐるやうだつた。私は誇らしく小倉服《こくらふく》の金釦《きんボタン》の胸を張つて進んだ。

衿足のあたりから仄《ほの》かな香が漂ふ。尋ねると、木立瑠璃草《ヘリオトロープ》と答へて、その香のもつと濃く沁みたハンカチーフを私の鼻先で振つてみせた。私は十で彼女は二十三、不在の叔父は二十七で母の末弟だつた。私も行く行くは叔父のやうに商船学校に入らうと心に決めてゐたが、父はそれを知つて渋い顔をした。叔父の嫁に嬉嬉と奉仕する私の日常も大いに気に入らなかつたらしい。父が母に向ひ「小母《をば》」といふ言葉は、そのかみ、出戻り女や遊女をも意味したが、あの女はそのいづれも兼ねてゐるとせせら笑ふやうに噂するのを聞いたことがある。それ以来、私は彼女を「をばさん」と呼ぶのを止め、「真帆《まほ》さん」と呼ぶことにした。勿論二人だけの時に限つてである。

薬師堂では大釜に甘茶を煎じて参詣者に振舞つた。三三五五訪れる老人連の中でも、やはり私達は注視の的だつた。彼女は懐紙に紙幣を包んで老院主に差出した。誰かへの回向《ゑかう》を依頼したらしく、やがて本堂に導かれ、ねんごろな読経が始まつた。私はうつらうつらと眠つた。摩耶夫人《まやぶにん》に寄り添ふ悉達多《しつたるた》を夢みてゐたのかも知れない。過分の布施であつたとみえ、その後書院で茶菓の接待を受けた。

院主の二男と称する若者が、猛猛しい四肢にそぐはぬ墨染の法衣を纏《まと》つて応接に出た。剃髪のあともなまなましく、叔父よりも鋭いしかも潤んだ目が、彼女と私を等分に見て、やがて明るく微笑した。十三日には花鎮《はなしづ》めの会式《ゑしき》がある。前庭の数十本の杏も満開、夕刻頃是非参詣をと、胸に響くやうなバリトンで告げた。仏家の杏林とは珍しいと彼女は囁くやうに言つて立上り、彼は魂のみか肉も癒やすのが真の僧侶の勤めだと答へて、私達二人を、後から擁《だ》き抱へて見送つてくれた。

十三日の夜は、殊更に私がねだり急《せ》き立てて彼女を瑠璃光寺へ連れ出した。父母の手前も考へての幼い智慧であり、それよりも私自身彼をもう一度見たかつたのだ。杏の樹の下には鉄の篝籠《かがりかご》に火がとろとろと燃え、ほろ苦い花の香が夜気に流れ、樹樹の彼方は墨を流したやうな闇だつた。花より苦い樹液の香が走り、私達は太い腕で後から抱きすくめられた。彼女の頬に彼の唇が触れ、また私の項《うなじ》を這つた。彼を真中に二人は乾いた芝生にころがつた。最初に彼女が啜《すす》り泣き、次に私が喘いだ。どこからか潮の匂が流れ、気がついた時は私達だけだつた。二十年後の今日、彼の消息も彼女の行方も絶えて聞くことはない。

朝凪

別れきて朝凪の死のイスラエル

アブラハム・サッスーンと片仮名表記の名刺を差出した。栗色の口髭を生やし空色のシャツの隙間からは同色の胸毛が覗いてゐる。名刺を裏返すと横綴り、ハイファ生れといふからには、問はずと知れた猶太人《ユダヤじん》、三十も半《なかば》と踏んだが、二十六とのこと、私より二つも若い。仲間では聞えた織物輸入商、エドモンド・サッスーン御大《おんたい》の次男坊とは、後日判つた。神戸へ来て三箇月になるならずらしいのに、結構用を足す程度の日本語を操る。勿論アラビア語の他に仏、英、西、伊の順に自在で、日本語程度なら支那語も喋れるが、書く方は勿論からつきしと苦笑してゐた。

欧米人には日、支、鮮、安南、暹羅《シャム》の区別がほとんど判じ難いやうに、否《いな》それ以上に日本人にはどれがゲルマンかラテンかスラヴかとんと弁じ難い。まして猶太人を見抜く能力など全くない。名前でそれと知る人も多くはなからう。アブラハムの言ふには、それゆゑこの国は住みよい。欧州へ行くと、アメリカにゐる黒人に勝るとも劣らぬ差別を受けて腸《はらわた》の煮える思ひだと人懐つこい目を翳《かげ》らす。

親仁《おやぢ》の要請で営業見習のためにやつて来たが、実はその方は長男の兄と事変り一向に興味が湧かず才能もない。ベイルートの大学にゐる頃、日本には十世紀にも入らぬ頃から、秀れた詩人や画家がゐて、それは世界の檜舞台に出しても恥づかしくないものだと教授に聞いた。二、三年、神戸にゐる間に、この目でそれに触れたいと、秘事を打明けるやうに語つた。考へてみれば私もまるつきり同じ身の上、たちまち意気投合して、彼が来店した時は大番頭の見てゐる前で、六十番手百五十本の格子ギンガム、碼《ヤール》幾らが相場で限月《げんげつ》は何月などと、もつともらしく算盤《そろばん》を縦におき、夜になれば山手にある瀟洒《せうしや》なサッスーン邸に赴き、心ゆくまで話に華を咲かせた。伊勢や源氏を前にしての私のたどたどしい仏訳紹介や、抜きにはできぬ歴史のあやふやな講釈などを、彼は目を輝かせて傾聴してくれた。彼も亦《また》コーランの章句を例の甘つたれた日本語に直して朗誦してみせ、興に乗ると二人で外人墓地まで逍遥《せうえう》の足を延ばし、深夜第三突堤で月を眺め、「月やそれほの見し人の面影をしのびかへせば有明の空」と、高らかに歌ふこともあつた。

肩を抱き合ひ、しかし二人とも酒は嗜《たしな》まず、花街などへ足を向けたことは一度もなかつた。

戦争は私達を割《さ》いた。彼は口を極めて海外逃亡を勧めてくれた。オレンジ園を相続するから二人で経営しよう。一生苦労はさせないと私の二の腕を摑んで離さなかつた。召集令状の舞ひ込んだのはその三日後だつた。海岸のホテルで別れの宴を開き、一夜明けて彼方遥かな海は、生れて始めて見るやうな美しい紺青《こんじやう》に煌《きら》めいてゐた。もし平和な日がもう一度周《めぐ》つて来たらと彼は言つた。涙を拭《ぬぐ》はずに私達は左右に別れた。オレンジ園は今も茂つてゐるだらうか。アウシュヴィッツで彼が殺されたその三十年の後にも。

照射《ともし》

天焼いて照射剰《あま》せるをとこかな

男は炎《も》えさかる松明《たいまつ》を桜の葉《は》交《がひ》に差し入れた。梅雨晴れのなごりの雫《しづく》が二の腕を伝ひ、続いて焼け爛《ただ》れた黒い毛虫がわらわらと落ちて来る。鈍《にび》色の煙と異臭が樹下に漂ひ、私は嘔吐を催してその場を離れようとした。

「おう、おれに用事があつたんぢやないのか？　この仕事は途中で止めるわけにはゆかないから、今聞かせてもらはうか。さうさなあ、あと二時間ばかりかかるぜ。年中行事なんだ。あんたも妙な日に来たものさ」

黒紫色の実をまばらにつけた桜の木は十五六本、庭のぐるりに植わつてをり、梢を透かして見ると、残る隈《くま》なく毛虫の巣になつてゐるらしい。男はさう言ひながらも手を休めず次次と松明を押しつけて毛虫を焼き殺して行く。傲慢な面構《つらがま》へを微かに弛《ゆる》め、一枝片づける度に舌舐めずりをする。返事を待たずに彼は次の木の方へ歩《ほ》を移した。

もう何も言ふことはない。青葉の焦げる臭ひに彼の小鼻がぴくりと動き、唇のあたりに残忍な笑みが浮ぶのを見た時私は気づいた。否《いな》確信を深めた。あの時、漆闇《しつあん》の音楽堂の入口に立つてゐたのはこの男に違ひない。ライターの火が一瞬照らし出したのは、この削《そ》いだやうな厳しい頬だつた。私の視線を感じて身を翻した。青葉の焦げるやうな臭ひがしたのを忘れはしない。今問ひ詰めたところで不知《しら》を切るだらう。妹はあの夜以来姿を晦《くら》ましたが、この一週間ひそかに探つたところでは彼と一緒にゐる様子もない。

去年の二月、立春にちかいある日妹は急に旅に出たいと言ひ出した。卒業記念の作品を浅妻高原のホテルに籠《こも》つて仕上げるといふ。貸ピアノの設備もあり、近所への気がねもなく作曲に耽《ふけ》れるとのこと、半歳《はんとし》がかりでまだ未完のエチュード「飛花《ひくわ》」を、麓の梅林を望みながら一気呵成《いつきかせい》に創り上げるのだと、私の渋面《じふめん》を横目に家を出た。雪が降つてゐた。

二週間経つて彼女は帰つて来た。挨拶もそこそこ離室《はなれ》に籠つて、完成した曲を調べ始めた。私は扉を細目に開けてその後姿を見た。心なしかやや頽《くづほ》れた肩の線がなまめかしく、曲はアレグロの連続で、私の胸は騒いだ。何かあつたことに気づき、問ひただそうとしたが妹は私の目を避けて、翌日から外出勝《がち》になつた。そして作品発表をかねたチャリティ・ショウが四月八日に町の音楽堂で催されることになつた。私はあの夕暮楽屋に届けられた一抱《ひとかかへ》の満開の桜の苦い匂を忘れない。彼女はそれに顔を埋めて喘いでゐた。

愛してゐるのかと訊くと、青みがかつた目で頷いた。殺されても本望なのと呟いて唇を噛んでゐた。彼女の翡翠の耳環も揃ひの指環も、五百万ばかりあつた預金も、その頃は悉皆《しつかい》無くなつてゐた。三十三歳、一月に出獄して来たところだと吐き出すやうに告げた。

男は振返つて私をじろりと見た。獣めいた美しい目だつた。三本目の桜、私が昨夜爆弾を仕掛けておいた梢に、彼は鼻歌混りで、おもむろに松明を差し伸べた。

八朔

星散りて八朔はづかしきなみだ

陰暦の八月一日といへば今日《こんにち》の九月上旬、祖母の生きてゐた頃のあの山里は、朝夕冷《ひや》やかな露が零《ふ》り白萩の花が咲きこぼれ、夕月が青かつた。彼女の名は茂束《もと》、娘の頃は「千両おもと」と村の男らに呼ばれてゐた。当時鄙《ひな》も都も万年青《おもと》の栽培、鑑賞が熱病のやうにはやり、縞獅子、金剛杖などと呼ぶ貴種は一株千金の声がかかつたといふ。鄙にも稀な美人がゐるやうに、懸詞《かけことば》の綽名《あだな》を創作する風流な男も生きてゐたらしい。幼心《をさなごころ》にも祖母は美しかつた。当時還暦に近かつたはずだが、切長な眼とやや厚い唇はいささか艶《えん》に過ぎ、夏の夕暮、鳴海絞りの鮮かな藍の浴衣《ゆかた》の胸をひろげた姿は眩《まぶ》しいくらゐだつた。

蚊帳《かや》問屋の女主人、文弱の夫を離室《はなれ》に飼ひ殺しにし、出入の商人、小作の農家の連中に采配を振り、同業の古豪に伍して退《ひけ》を取つたことがなかつた。その上何町歩かの麻畑の植付から収穫まで、一切掌握してゐたのだから恐れ入る他はない。八月一日から農家は午睡を廃し夜業《よなべ》に入る。八朔の涙餅とは、殊《こと》に若い農婦の切実な恨みの声であつたらう。いくら砂糖を入れてもこの日の牡丹餅は苦いといふ。私も方方から届けられるこの餅を祖母の膝の上で食べながら、そのやうないはれを聞かされたものだ。遠い昔のことである。

経済力も膂力《りよりよく》もない祖父はお定まりのほつそりした美男で、千両おもとが金で迎へ入れた養子であつた。歩けば小半日かかる町へ嫁いだ母は、この実母とてんで反《そ》りが合はず、祝儀、不祝儀以外は滅多に里帰りもしなかつた。私はまたもの心のついた頃から母が嫌ひで、兄と姉が甘えてゐるのを横目に見て冷笑し、年中写生旅行に出てゐる画家の父に手紙を書き続けた。よくしたもので祖母は異端者の私をただ一人の孫のやうに溺愛し、事ある毎《ごと》に呼び寄せて手許から離さなかつた。一人娘が貧乏絵描きの許へ奔《はし》つたのを根に持ち、その代償に私を溺愛し、行く末は家業を継がせる意向だつたかも知れない。

あの年の八月一日は異常に涼しかつた。蚊帳問屋の裏商《うらあきなひ》はブランケットといふのが極《きま》り、祖母は仕入の旅に立ち、私が遊びに行つた時は家付の女中が老番頭と組んで店を取仕切つてゐた。離室には一足先に訪れた父が祖父と談論風発の最中、私は所在なく庭の蟻地獄を苛《さいな》んで時間を潰した。五十七、八の祖父と不惑の父は血の繋つた兄弟のやうに、古い絵巻を覗きこんで盛んに議論してゐた。夜の秋草の中に屈んで用を足すのは素敵な発想だと祖父が言ひ、父がそれに哄笑を以て答へてゐたのを思ひ出す。一時間ばかりして離室の灯《ひ》は消え、私は無視された憤りに胸をくすぼらせて一人家へ帰つた。

その翌日から祖父と父は連立つて姿を消した。祖母と母は始めて利害一致し、彼らを誘ひ出したであらう未知の女を呪ひ、あらゆる手段を講じて捜索を続けた。今日に到るまで女は勿論、恋に狂つて失踪した男二人も発見されない。麻畠は荒地になつてしまつた。

蘆火《あしび》

見過して蘆火のをちの彩《いろ》がらす

細小井《いさらゐ》の硝子《ガラス》市で秋絵を見かけたといふ。従兄《いとこ》の太刀生《たちお》の話だから嘘ではあるまいが、市の立つのは秋彼岸の中日《ちゆうにち》から結願《けちぐわん》までの四日間、聞いたのが十月十日では正《まさ》に十菊だ。それに従兄はもともと彼女を一度しか見てゐない。類の少い顔ではあるが、あるいは他人の空似だつたかも知れない。彼もその点は自信がなささうだつた。連れて帰らぬまでも、どうして声をかけて確めてくれなかつたのかと言はうとする前に、私は苦笑した。下手に近づけば彼女はますます警戒して、二度と表《おもて》へ現れなくなる。彼女の方が気づかなかつただけでもさいはひだつた。太刀生の話では、秋絵は硝子市の雑沓の中の一人ではなく、露店で硝子器を売つてゐたとのことだ。華道師匠の彼は新趣向の花器を漁りに時時小旅行を試みる。この間は青萱《あをすげ》の窯《かま》を覗いたついでに一足のばして細小井に赴き、偶然硝子市の最終日に出会《でくは》したらしい。秋絵に似た女の店は彼女と幼児の二人、品は全部平皿で、薄紫の地に煙を吹込んだやうな蘆手紋様が散り、なかなかの趣であつた。あれが瓶なら買つて帰るところだつたと、彼はひとごとゆゑ今は秋絵より硝子の方に心が残つてゐる様子だ。それも却《かへ》つて気楽である。妻の不審な失踪については、その折にシノプシスを伝へてゐただけだし、彼は穿鑿《せんさく》が嫌ひだつた。

私は翌日思ひ立つて旅装を調《ととの》へ、細小井へ向つた。万一の場合を慮《おもんぱか》つて髪は短く刈り、サングラスも用意した。無駄足に終つても秋晴の二、三日、北国の旧い城下町を遊行するのも悪くはない。私の本業であるインダストリアル・アートにも益するところがいささかはあらうと心は軽かつた。

町へは夕刻に着いた。七時間余りの旅で快い疲れが私を高ぶらせてゐた。宿は従兄の泊つたといふ「千振屋《ちぎちぎ》」にした。花月流の師匠はついこの間五泊もしたこととてよく覚えてをり、女将《おかみ》が直直に挨拶に出た。明日は町の商工会議所へでも出向き、探つてみようと腹案を旋《めぐら》しながら夕餉の膳に向ふ。鯎《うぐひ》に川蝦《かはえび》、初茸に新牛蒡《ごばう》、みな芳しく、果物は珍しい木通《あけび》、その笑《ゑ》み割れた一つを手に取り、私ははつとした。太刀生の言つた蘆手透かしの硝子皿、これはと逸《はや》る心を抑へ、女将に出所を尋ねると、すらすらと窯の在処まで判つた。

一里奥の川岸、蘆手、柳手、土筆手《つくしで》と三軒並び、それは右の端《はし》と教へられた工房の前へたどりついたが、戸は固く鎖《とざ》され、柳手の女房の話では先月末引払つたといふ。淀川なる人が尋ねて来たらこれを渡してくれと言ひ残した、それは貴方かと差出す封書は紛れもなく秋絵の筆蹟、淡い鉛筆の走り書だつた。

「太刀生様に見つかりました。いいえ、見逃した振《ふり》をして下さいましたが、きつと貴方は追つていらつしやる。私のことはお忘れになつて下さい。宥《ゆる》すと仰《おつしや》つても罪は生涯消えません。私は貴方の『弟』を生んだのです。亡きお舅様《とうさま》の忘れ形見を抱いて、硝子の故郷ヴェネツィアへでも落ちて行くつもりです」

竈馬《いとど》

忘られていとどの六腑透き通る

年を取ると捨てた故郷も懐しくなるのか、伯父は工場用地に売払つた実家の取毀《とりこは》しが始まると、早速トラックを差向けて、様様な愚にもつかぬ廃物を運んで来た。簞笥《たんす》、長《なが》持《もち》の類は先先月引取つたのだから、ろくな物の残つてゐるはずがない。煤けた梁《はり》の材木、銭苔の生えた蹲踞《つくばひ》、それくらゐは合点も行くが、赭土《あかつち》と煉瓦で築《つ》いた竈《かまど》まで解体して積み込んだのには、骨董《アンチック》流行の昨今とはいへ私もいささか仰天した。火吹竹のお負《まけ》までついてゐるのだから念の入つたことだ。そのかみ家刀自《いへとじ》が払暁《ふつげう》に起き出て大鍋に茶粥を煮たのが忘れられないといふ。頑固一徹のヴァイオリン職人、修業《しゆぎやう》制作の妨げになるからと結婚もせずに三十年この道に打込み、曲《まが》りなりにも功成つた昨今、薄情だつたうからやからを許す心のゆとりも生れたのだらう。私もいづれは養子と定められ、遺産相続の可能性十分の身ゆゑ、別に異議を称へることもない。

伯父のやうにストラディヴァリウスの塁《るい》を摩するほどの名品は、私には一生作れさうにもないが、才能がなければなほさら、有形資産はたつぷり譲つてもらふに限る。だからこそ柄《がら》にもなく彼の前では一生独身を誓ひ、嘔吐を怺《こら》へて適当に付合つてゐるのだ。弟子《でし》入《いり》志願は後を絶たないが、これぞと思ふ奴も三箇月と続いたためしがない。私は皮肉な笑みを浮べて傍観してゐるだけで、別に競争者が現れたなどと思つたこともない。

竈の復元には出入の左官が若い弟子を連れてやつて来た。親方は七十近い老人で、昔築《つ》いた経験もあり、今時かういふ仕事ができるのは左官冥利に尽きると目を細めた。若《わか》造《ざう》は全然仕事に身が入らず、携帯ラジオのロックに合せて腰を捻り、それが結構身についてゐた。揉上げに泥がついても、却《かへ》つて趣のある明るく精悍な顔立、この男も永続きはしないだらう。仕事場に続く土間には十一月の白い日が照り、三時には伯父が手づから入れる紅茶の檸檬《レモン》が遠くまで馨《かを》つた。

工事は三日がかり、一週間おいて験《ため》し焚《だ》きすることになり、その日は親方は風邪とやらで若いのが一人やつて来た。伯父は季節外れの七種粥《ななくさがゆ》を煮るのだと気負ひ立ち、朝から菜園へ出て摘み揃へた田芹、貝割菜、芽人参に貝柱や海老《えび》まで加へ、下拵《したごしら》へに大童《おほわらは》だつた。私は下手にしやしやり出ぬが最高の手伝ひと決めて、ヴァイオリンの胴の削り屑を運び、これまた手持無沙汰な若い左官には薪を割らせてゐた。さて焚きつけと木屑を竈に放り込む。奥から一匹飴色の竈馬《かまどうま》が飛び出した。あの田舎の廃屋から土に混つて運ばれて来たのだらうか。伯父は若者が燐寸《マッチ》を擦らうとするのを優しい目で制し、虫を掌に撮《つま》み上げてしみじみと眺める。身体つきに似合はぬ大きな尻をもたげ、あはれみを乞ふやうに手を摩《す》り合はす。若者は小さな声で、何でえ、小汚ねえおかまこほろぎ！　と呟くと、ラジオの音を大きくして腰を捻り出す。伯父は突然竈馬を竈の奥へ逐込《おひこ》み、木屑に静かに点火した。

冬霞

望み絶ちて男香に立つふゆがすみ

ほんの二、三年と口で言つてゐるものの、当《たう》の兄自身二度とこの牧場へ帰つて来るとは思つてゐないだらう。デンマークで本格的に酪業技術を究めて、経歴に箔でもついた上は改めてここの経営に参加するとも言明した。だが一週間前経営権は既に他人に譲つてゐるのだ。二十五で畜産の、殊《こと》に乳牛については助教授候補を噂される頭と腕をもちながら、僻鄙《へきひ》の開拓地に好んで身を投じ、粒粒辛苦《りふりふしんく》の九年、私も出資してやつと軌道に乗り出したこの百瀬牧場も大企業の攻勢には勝てなかつた。隣接の原野五百ヘクタールを三年もかけずに、食肉からアイスクリームまで一切を生産管理するコンビナートに仕立て上げる芸当など、その昔は思ひも及ばなかつた。資本力の前には若者の野心も誠意も儚《はかな》いものだ。

副社長の私も従業員男ばかり三十一名も、職能に応じて適当にコンビナートに吸収すると、御勿体ない条件つきの譲渡ではあるが、行末は思ひやられる。待遇は悪くない様子だがそれは気休めに過ぎぬ。若い牧夫、搾乳夫は例外なく鑑別所、感化院上りだ。十

五、六から私より四、五歳上の二十代の終りまで、一癖も二癖もある連中。年年送られて来る猛者《もさ》共が、お定まりの悶着を起してさんざ挺摺《てこず》らせた末、とどの詰りは兄に惚れ込んで謀叛《むほんぎ》気を無くし、今後は逆転して思ひ込んだら命懸け、兄のためならと骨身惜しまず働いたからこそ、この牧場は曲りなりにも経営できたのだ。畜生、他の奴に使はれるなんて死んでも厭《いや》だと地団駄踏むチーフ三人、彼らは創業時からの生き残りである。譲渡代金は負債一切を差引精算の上、年功に応じて平等に頒《わか》ち与へた。最年少の五名でも三十万なにがしは貰つてゐる。牧夫頭が大将についてデンマークへ行くといきまくのも当然だらう。他の連中も目を潤ませ、俺も我もと兄にせがむ。

私は兄が真底《しんそこ》羨しかつた。英雄を絵に描いたやうな豪放で清清《すがすが》しいその風貌が妬ましくもあつた。私は荒くれ男達の中では単なる坊《ぼっ》ちゃんであり、盛りを過ぎた愛玩物《ペット》だつた。だがその境遇さへも昔の夢にならうとしてゐる。特殊技術も持たぬ私はコンビナートの厄介者になるだらう。目の前が昏《くら》くなる。

最後の晩餐は草原にテーブルを並べ、晩秋のこととて三時頃から始めることになつた。黄ばんだ牧草には点点と紅葉した藜《あかざ》が混り、遠く西の涯にコンビナートの冷凍庫が霞んでゐた。あの向うで、一転したみじめな姿をさらし、愛すべき男らの憫笑《びんせう》を買ふのに耐へらるだらうか。私は気を取り直して立ち、兄から順に一人一人、私の金で昨日町から求めて来たヴァット69を、心を籠めて注いで廻る。

皆うつむいて、あるいは無量の思ひに潤む目で盃を差出す。さやうなら男らよ。美しい日日は過ぎた。兄が高高と盃を挙げる。言葉はなかつた。三十二人が無言でこれに和し、苦い盃を捧げて一気に呷《あふ》る。まことに苦い酒だつた。乾草《ほしくさ》の香が仄《ほの》かに流れ、男の匂が滞り、皆テーブルを摑んで崩れてゆく。

千鳥

恋を得て夕波千鳥ちぢにあはれ

父が生きてゐる限り結婚など思ひもよらぬといふのが菜苗《ななへ》の極り文句だつた。酒乱といふより重症のアルコール中毒で、ここ五年は廃人同様、それも足腰立たぬのなら入院治療の道もあるが、生憎《あいにく》五十をやや過ぎたところで膂力《りよりよく》は抜群、一見すれば水際立つた男前でもあり、弁舌も立つのだから始末が悪い。

初めて会つた時は私もしばらく気づかなかつた。ウイスキー・グラスを持つ手の異様な顫《ふる》へ、妙に色褪《いろあ》せて乾いた顔、嗄《か》れた声、それに支離滅裂な会話でははあと思つた。無為徒食、娘の壁蝨《だに》同様の身の上などと愁訴を繰返しながら、グラスを五、六回口許に運ぶとやうやく口跡も確《たしか》になり、皮膚も色艶《いろつや》を増して、たちまちに若返る。私はむしろ、調子づいて来た彼を見る方が気味悪く、四度、五度と通ふうちに要領も判つて、その辺で引上げることにしてゐた。私が帰ると途端に泣上戸に変り、あはれな父を棄てないでくれ、お前を狙ふ男は皆呪ひ殺してやると叫び、揚句《あげく》はよよと泣き崩れるらしい。

よくある近親姦紛ひの父娘関係に酒精《アルコール》の魔性が加はつた因果話で、私は別に驚きも歎きもしなかつた。結婚が思ひもよらないなら、してくれなくても一向に構はない。廃人の舅在世の家へ養子に行く馬鹿が、ゐると思つたら新聞広告でもしてみるがいい。女《をんな》旱《ひでり》がしやすまいし、私は他にも浅からぬ契を交した佳人が三、四人はゐる。美人といふ点では菜苗が抜群だが、大瘤《おほこぶ》つきの割引は大きい。

身を刺すやうな川風の吹く曇日《どんじつ》が続き、冬至も近かつた。私は彼女が、といふより彼女の境遇が鼻につき始め、婉曲《えんきよく》にそれも匂はせて遠ざかつてゐた。意地もあらう、こちらから連絡せぬ限り、彼女はしんと静まり返つて葉書一枚よこさない。家主の老婆が中風の呪《まじな》ひとやらで南瓜の煮たのを皿に盛り、独者《ひとりもの》の身辺偵察かたがた上つて来た。さういへば今日は冬至、鈍色《にび》の空は次第に垂れ下り今にも霙《みぞれ》が降りさうだつた。老婆と入違ひに思ひがけぬ客が訪れた。菜苗の父が時代物のスコッチのジャケツから、苔色のネッカーチーフを粋に覗かせ、気弱な微笑を浮べて突立つてゐた。招じ入れて早速到来物の飲み残りのカッティサークを勧めると、廃《や》めましたと手を振る。いつから廃めてゐるのか全身漂白して陰干《かげぼし》したやうに生気がない。強ひて明るくよそほひ、身の振方を決めたから気兼《きがね》なく娘をめとつてやつてくれといふ意味の言葉を、あちこちきよろきよろ眺め廻しながらきれぎれに吐いて、蒼惶《さうくわう》と帰つて行つた。

窓から瞰下《みおろ》してゐると川端を、風に吹かれて前のめりに急ぐ姿が見える。素面《しらふ》の千鳥足は、裸の篠懸《すずかけ》並木に引つかかりながら遅遅と進まない。一度振仰いで私の方へ手を振つたやうな気がする。菜苗そつくりの冱《さ》えた頰の線に、私は一瞬差含《さしぐ》む思ひだつた。それつきり彼に会つたことはない。彼女の行方も知らない。そして浅からぬ契云云《うんぬん》の女らもぴたりと私に近寄らなくなり、冬至ばかりが周《めぐ》る。

月光変

「魔笛」に寄せて

妙に胸にもたれる夕食だつた。料理に関しては一切ものぐさな紫磨子にしては、複雑無類の味つけのビーフ・シチューだと思つてゐたら、それはターフェルシュピッツと呼んで、オーストリア風の牛肉の葡萄酒煮、実は夕刻、七座《ななくら》画廊主夫人が、鍋ごと使ひの者に届けさせてくれたのだと言ふ。夕食に招くと、いくら気楽にと言つても、盛装に手土産くらゐの気は使ひかねない空閑《くが》夫婦の性質《たち》を慮《おもんぱか》つて、お届けに限ると気をきかせてくれたのだらう。だが、空閑にしてみれば、結局それだけでは済まない。相手欲しやでうずうずしてゐる七座の顔が目に浮ぶ。六月六日、食後の果物は、これもシチュー鍋の傍に、青い竹籠入りで添へられてゐた桜桃、その一粒を口に放りこむなり、空閑は玄関へ出て電話のダイアルを廻した。

「いささか辛《から》かつたかな、あのターフェルシュピッツは。いや、実は、ユーゴースラヴイアのシュバプチチのやうに、うんとパプリカをきかせてみたんだ。ところで、あの料理、何か思ひ出さない？　食後の黒い桜桃も、君に何かを思ひ出して貰ひたかつたから添へたんだよ。『さくらんぼ』ぢやない、『キルシェ』をね。そら牧神《パン》の笛の音が聞えやしないか？」

苦みのある桜桃酒の香が、一刹那鼻先に漂ふやうな気がした。空閑は背後を振返る。そして、強ひて明るく、張りのある声で言つた。

「六月六日の『魔笛』は、そんなにまでして貰はなくつても忘れるものですか。十周年、でせう。肉料理は『グリーヒェンバイゼル』、赤髭の老人がツィターで、『鱒《ます》』を弾きましたね。貴方は次の夜、桜桃の過食で、危く胃痙攣を起すところだつた。癒《なほ》つてエルンスト・フックス邸へ伺候したのは、その翌日でしたつけ。え？　『魔笛』の、その時と同じ配役のレコードが手に入つたつて。行きますよ、今夜、聴きに行きます。紫磨子も、構ひませんか」

あの夜七座と空閑は、ブリストル・ホテルから肩並《なら》べて、オペラハウスへ「魔笛」を聴きに行つた。六月六日のウィーンの夜は若葉と山査子《さんざし》の花の香が流れてゐた。一人十五シリング、ホテルの係にプレミアムと心附を払ふと二十シリングを超えたが、それだけの費《つひ》えなら安いものだと思つた。ザラストロはフランツ・クラスでタミーノはフリッツ・ヴンダーリッヒ、夜の女王がロバータ・ピータース、その娘パミーナはイヴリン・

リア、それらもさることながら、最大の聴きものはフィッシャー＝ディースカウのパパゲーノだつた。誰の思ひも同じだらう。劇場フォワイエの、舞台写真の前でも、ディースカウのパネルの周囲は殊《こと》に人集《ひとだか》りがして、凄じい人気のほどが察しられたが、さすがウィーン気質《かたぎ》、ドイツ人バリトンへの月旦《げつたん》は甚《はなは》だ辛辣で、声は王侯貴族だが、顔は道化師紛ひだから、パパゲーノは適役だとか、パパゲーノはパパゲーナを恵まれたが、歌手の御本人は一生独身で通す気だらうかとか、殊に初老の紳士達は喧《かしま》しいことであつた。

「あの時、私、お土産にこれのテキストと思《おぼ》しい、豪華な、台本入りのプログラムを戴いたわ。十年前、まだプッチーニやヴェルディに首まで漬かつてゐて、『ドン・ジョヴァンニ』も『フィガロの結婚』も聞かず嫌ひ。『魔笛』の名前だけ気に入つて、レコードを買つたら、エヴァンスのパパゲーノだつた。女王がシュワルツコップでタミーノがロスヴェンゲ、ザラストロはシュトリエンツで指揮がパウムガルトナーつて顔触れなの。ドイツ語は二年ほどしか習つてゐないから、今でも苦手だわ。でもあの時、ザラストロの歌の文句見て、私、しまつた、『アイーダ』のレコードを間違つて持つて帰つたと思つて。でもね、イシスだとかオシリスが頻頻《ひんぴん》と現れるんですもの。ともかく、気味の悪いオペラだつたわ。レコードの印象でもさうなんだから、舞台の、生の演奏は、一種のヨーロッパ歌舞伎の感じでせうね。綺麗事も嫌ひだけど、あゝいふものものしくつて泥臭いお芝居も、私は消化不良を起しさう。絶対者風の、強面《こはおもて》の役者が出て来ては、形容詞の最上級を連ねたやうな科白《せりふ》を、のべつ幕なしに喋るのは、何だか滑稽な気がして。第一、あのジングシュピールとかいふオペラは、元来低俗愚劣な茶番劇《ファルス》なんでせう。何もモーツァルトの曲だからつて、眼の色変へて、大の男が論じ立てたり、うつつを抜かしたりすることないんだわ」

紫磨子は十年前、まだ婚約前の、一人の男友達に過ぎない空閑には、いつも伏目で、淋しいほほゑみを浮べて、むしろ、彼の長広舌《ちやうくわうぜつ》に、うつとりと耳を傾けてくれた。始めて曰《いは》くつきの名曲「魔笛」を、しかもウィーンで聞いた歓びを、憑《つ》かれたやうに喋り続けた時も、膝の上のプログラムに恭《うやうや》しい視線を注いで、さも感に堪《た》へたやうに頷いてゐた。十年はあだやおろそかに経《た》たない。今日の彼女は、夜の女王か何かに扮した甲高い声で、七座夫人相手に、女だてらのモーツァルト月旦《げつたん》、「魔笛」裁判、別室で楽音に耳傾けてゐる二人の亭主は、時折奇妙な微笑を交して、その判者気取の魔女の方角に目を向ける。

あの頃ディースカウはまだ四十五歳、ウィーンの老悪童連《れん》は彼のことをひよつとこ扱ひするが、つぶらな眼も短い鼻も、鳥刺しパパゲーノにぴたりであつた。元来あれは、少年か、少少ひねてゐても二十歳《はたち》どまりの若者の役処ではなからうか。空閑はレコードの一枚が終つたのをしほに、珈琲を所望して、一しきり回想に耽《ふけ》る。キリマヌジャロの苦い香が背後から流れて来る。主人自身が荒挽きの顆粒《くわりふ》を量《はか》つてゐるらしい。

「さうさ、あれは少年の役だよ。パパゲーノつて固有名詞の語源知つてますか？　釈迦に説法かも知れないが、『パパガイ』。鸚鵡《あうむ》のことですね。転じて鸚鵡返しに口真似する人も意味するらしい。もつとも、これが語源かどうか確証はないけど、ちなんでの命名であることは間違ひないと思ふんだ。それからついでに、テノールの『タミーノ』ね、あれ同じ綴《つづ》りで、ラテン語の動詞の『汚れる』だつてこと、何か意味してゐるのか知ら」

七座は読心術を心得てゐる。就中《なかんづく》、空閑の心の中は、彼の眉の動き、瞳の照り翳りだけで読み取つてしまふ。油断も隙もない。何かの拍子で絶交し、殺意を抱くほどの仲になつたとしても、謀殺は不可能だ。さう考へて苦笑しても、筒抜けに判るとしたら、以心伝心の交友も、むしろ味気ないものになる。十年前、ウィーンへ旅して、国立歌劇場《スタッツオーパー》で、幕間《まくあひ》に、七座は突然、はたと膝を叩くやうにして空閑に告げたものだ。「貴方、鳥刺しで何か連想してるんぢやない？　あててみせようか。私も丁度今考へてゐたところなんだから。『神州纐纈城《しんしうかうけつじやう》』の発端に近いあの場面を。『いざ、鳥刺しが参つて候。鳥はゐぬかや大鳥は。はあほいのほい』と歌ひながら現れるんだ、たしか」と。古今東西、掛声や合の手は共通するところもあらうが、先程フィッシャー＝ディースカウのパパゲーノが、「鳥刺し男はおれのこと、常住愉快に、ハイサ、ホプサッサ」と、朗朗たる声を聞かせてくれた直後だけに、その囃子《はやし》の〈heissa, hopsasa!〉の綴り字まで、頭に思ひ描いて、頷いたことだつた。

「それは可愛い鳥刺であつた。頭には頭巾を冠つてゐる。頭巾の色は緋無垢である。足には山袴を穿《は》いてゐたが、それは樺色の鞣革《なめしがは》であつた。亀甲形の葛の筒袖に萌黄の袖無を纏《まと》つてゐる。腰に付けたは獲物袋で夫《そ》れに黐筒《もちづつ》が添へてある。二間半の長《なが》黐棹《もちざを》、継ぎ差し自在に出来てゐて、予備の棹は背に背負つてゐる。色白で円顔で、鼻高く唇薄く臙脂《べに》を塗《つ》けたやうに真紅である。さうして其《そ》の眼は切長であつた、が気味の悪い三白眼で、絶えず瞳の半分が上瞼に隠されてゐる。戦国時代の武士としては寧ろ小さかつたが、クリクリと肥えてゐて障《さは》らば物を刎《は》ね返しさうである。弾力に富んでゐるのであつた」

空閑が『神州纐纈城』を読んだのは、ウィーンで「魔笛」を観る二年前のこと、多分七座もそれと前後するはずだ。人をあやめて絞り取つた血で纐纈を染めるといふ発想、触れるものすべて、たちまち膿み潰れて死ぬ奔馬性癩《らい》なる業病《ごふびやう》の創作、奇を好むこと魔のごとし、の空閑には、まさに天来の読物ではあつたが、作者の悪文には時時匙《さじ》を投げさうになつた。宇治拾遺《うぢしふゐ》の巻十三を写したとか、アンドレーエフの「ラザルス」が粉本《ふんぽん》だとかの取沙汰も一一もつとももながら、纐纈城の夢幻性はザラストロ城の奇怪な雰囲気に通ひ、黒人モノスタトスのパミーナ折檻シーンは、轆轤車《ろくろぐるま》に縛《いまし》められ、血の出るまで鞭打たれる若い尼僧の挿話に通ふものがある。七座は、逆に、もし「魔笛」が、たとへば魔女裁判物で、またたとへば、アーサー・ミラーの『坩堝《るつぼ》』の先駆をなすやうな、凄惨妖美な邪劇であつたら、さぞかし面白いことだつたらうにと考へる。ただ、その時、果してモーツァルトは、その「惨」に耐へ得たかどうか。さういふ主題はベルクの出現まで待たねばならなかつたのだらうか。

幕間の感想は、オペラが果てて、劇場の真前のホテル「ブリストル」の部屋に帰つてから、再燃した。ザラストロは纐纈城主と武田信玄を兼ねてゐるなどと口走るのは、恐らく途中の酒場でひつかけたグムポルトキルヘン酒のせゐであつた。それよりも、戦国武士とどこかで響き合ふとすれば、この劇の底を流れる、劇《はげ》しい女性嫌悪乃至《ないし》蔑視の心情ではあるまいか。それは劇場主シカネーダーの性癖によるものか、あるいは、彼もモーツァルトも関つてゐた秘密結社の立場から来るものであつたか。夜の女王とは、恐らくかつてはザラストロの妻であつた。もとは夫婦であつた二人ゆゑに、このやうな、慄然たる憎悪も生れるのだ。パミーナが二人の間に生れた一人娘であることは勿論だ、七座はかう主張した。

七座はその頃、離婚直後であつた。一人娘の真帆は夫人が絶対に離さず、むしろそれを条件に、彼等の離婚が成立した。夫が娘を溺愛してゐることが、絶好の責め道具で、この条件さへ楯に取れば、翻意も望めると考へたのが夫人の誤算であつた。拷問以上の苦痛に耐へて、彼は条件を容《い》れた。代りに画廊を譲るとまで申出《まうしで》たくらゐである。娘への愛よりも妻への憎しみの方が濃く重かつた。あれほど憧憬の的としてゐた父親に、冷《ひや》やかな笑みを捧げただけで、母に蹤《つ》いて出て行く真帆の後姿を見て、彼は妻や娘によりも、女の性《さが》、その存在に絶望した。ザラストロとパミーナの応酬を聴きながら、彼が滂沱《ぼうだ》と涙を流したことを思ひ出す。

あれは第一幕の終幕《まくぎれ》に近く、黒人の邪恋に顫《ふる》へ上つて、城を脱れようとして囚はれ、ザラストロの前に跪《ひざまづ》き、「私には子としての義務がございます。私の母は」と言ひ、言ひ淀む。ザラストロは答へる。「お前の母親は私の権限の下にある。彼女の手に委ねられてゐたなら、お前の幸福は喪《うしな》はれてゐたらうに」と。しかもパミーナはなほ、「母の名は、私には優しく響きます」と、母恋《ははご》ひを止《や》めぬ。ザラストロは、この時声を大にして次のやうに宣する。「お前の母は高慢な女だ。お前達の心を導くには男が要らう。いかなる女といへども、男なくしてはその分際を逸脱する」。そこで第十五場は終る。

真帆も父に邂《あ》つたら、あのやうに述べるだらうか。涙を怺《こら》へてゐる七座にとつて、第二幕第八場の、夜の女王の、復讐のアリアは、胸を抉《あぐ》るものがあつたらう。ロバータ・ピータースの奇妙な艶のあるソプラノも、彼には生理的に不愉快だつた。その言葉がまた至極毒毒しかつた。「地獄の復讐が私の心中に沸き返る。死と絶望が私を焼く。お前がザラストロに死の苦痛を与へないならば、最早私の娘ではない。永遠に捨てられ、忘れられるだらう。お前がザラストロに死の冷たさを味はせねば、母と子の絆《きづな》は断たれよう。復讐の神よ、聞け、母の呪詛を！」。コロラチュラの、本来華麗な聞かせどころに、薄い鉄片でも罅《ひび》割れるやうな響きを幻聴して、空閑はしばしば耳が覆ひたくなつた。彼は、もともと、女声には独特の好き嫌ひがあり、原則としてラテン系の歌手を愛する。そのかみのクラウディア・ムツィオ、トティ・ダルモンテ、ニノン・ヴァラン、コンチータ・スペルビア。今日ではヴィクトリア・デ・ロスアンヘレス。例外として、ラテン系だがクレール・クロワザを好まず、マリア・カラスに傾倒する。ロッテ・レーマンからシュワルツコップに到るドイツ歌曲の大御所はひたすら敬遠し、クリスタ・ルートヴィッヒにブリギッテ・ニルソンなどのワーグナー歌手は、これまた高く評価しつつ、決して愛してはゐない。凛凛《りんりん》たる雄雄《をを》しい女声だとか、亀裂の入つた焼絵玻璃《ステインド・グラス》的ソプラノだとか、念の入つた形容で、みづからの嫌悪を表明する。七座にその理由のない嫌悪を指摘されて、たとへば、これを認めないなら、音楽を云云《うんぬん》する資格なしとの宣告つきで聞かされた、フラグスタートのシューマン歌曲「蓮の花」さへ、認めはするが惚れはしないと渋面《じふめん》をつくり、推薦者に匙を投げさせた。好悪《かうを》は善悪、良否と更に関りを持たないのだ。

あるいは、と七座も亦《また》思ふ。夜の女王のソプラノは、非人間的な金切声で、聴衆を鳥肌立たせるやうなのが一番ふさはしいのではあるまいか。第一、この重みと翳《かげ》りと辛さの勝つた、屈折した性格の役柄なら、メツォ・ソプラノ、否《いな》、アルトこそ適してゐように、なぜソプラノで、しかも、あんなフリル付のローブさながらのコロラチュラ技法が現れるのだらう。対立するザラストロのバスとのアンサンブルを慮《おもんぱか》つたら、コロラチユラ・ソプラノなど、採用できるはずがない。だが、そこに、モーツァルトの、夜の女王以上に屈折した、悪意に近い思惑があつたのかも知れない。このオペラに、男声はバス、バリトン、テノールすべて出揃ふが、どういふ訳か、女声は、夜の女王以下、パミーナもパパゲーナも三人の侍女も、あまつさへ三人の「童子」さへも、すべてこれソプラノ一点張りである。

空閑も同時に同様の思ひに耽《ふけ》る。一体登場女声がソプラノで統一されたオペラが他にあるだらうか。勿論、登場人物の少い作品は多多あるし、稀には、役らしい役は女一人の例もなくはない。「魔笛」には、曲りなりにも、全く性格を異にする母と娘がゐる。なぜこれが、二人共にソプラノなのか。モーツァルトは、夜の女王を、ザラストロと対立などさせる気は毛頭なく、ザラストロの言葉通り、彼の権限下に隷属させようとしたのではなからうか。第二幕第五場で、三人の侍女とタミーノ、パパゲーノの五重唱が終り、侍女達が退場する時、二人の男は「女達は恥ぢ入つて出て行かねばならぬ。もう誰もお喋りするものはゐない」と追ひ討ちをかけるやうに歌ふ。お喋りをみづから認めてゐるパパゲーノの科白《せりふ》だけに滑稽だ。更に面妖なのは、その次に一斉に、女達も交へて、「男の魂はしつかりしたものだ。口に出すべきことはわきまへてゐる」と合唱するところである。しかも、続いて、城の中からは僧侶が「聖城は瀆《けが》された。女達よ地獄へ堕ちよ」と喚《わめ》く。女性憎悪はザラストロの主義主張として、城内に浸透してゐたらしい。

そのかみウィーン市の城郭外にはシカネーダーの経営宰領する一般市民のための劇場があつた。彼はモーツァルト同様フライマウラーの組織の一員で、「魔笛」のテキストは、彼が処処方方から寄せ集めて来た継《つ》ぎはぎだらけの物語であつたと伝へる。しかもモーツァルトが依頼された作曲を、半ばまで進めた頃、筋書《すぢがき》は突如書き改められた。シカネーダーのウィーン劇場とは競争相手のマリネリの劇場で、思ひきや、作曲進行中の「魔笛」と全く同工異曲の「ファゴット吹きのガスパール、あるいは別題魔法のツィター」が初演されたからであるといふ。それなら、素材の横笛《フルート》を改変すべきであらうに、小道具や梗概はそのままで、ザラストロが悪玉から善玉に、夜の女王が逆に娘を奪はれたあはれな母から、闇黒の邪悪世界の女主人に急転した。英国渡りのフリーメーソンことフライマウラーの差金《さしがね》との説が行はれるのもゆゑのあることだ。

七座は、さすがに彼らしく、まことにシニカルな説の同調者であつた。すなはち、悪の女王としてのソプラノ役は、他でもない、憎むべき結社弾圧者、傲《おご》れる魔女マリア・テレジアを諷したとの、穿《うが》つた想定である。一七九一年九月三十日、「魔笛」初演の時、この女帝は、七十五歳とはいへ、まだ国内に、否《いな》欧州に睨みをきかせてゐた。空閑はインスブルックからザルツブルクを経てウィーンに着き、二、三日経つと、七座にこんな感想を洩らした。

「オーストリアへ来ると、あつちもこつちも、マリア・テレジアだらけですね。マリア・テレジア通り、マリア・テレジア広場、ホテルもレストランもマリア・テレジア。気味が悪いんです。私は、合計十六人も子供を生んだ、女怪の名をあちこちで見るのは。あの悪趣味なシェーンブルン宮殿はどうでせう。ついでにマリア・テレジア牢獄、マリア・テレジア屠殺場、マリア・テレジア公衆便所も作りやよかつたのに。あの女は、マリー・アントワネット以外にも、不幸な申し子を沢山生んでゐますよ」

七座は苦いほほゑみに唇を歪《ゆが》めてゐた。さうは言ふけれども、マリア・テレジアの夫、トスカナ大公フランツは、ひよつとすると、私よりは幸福だつたのかも知れない。あるいは、幸の不幸のと、主観を述べる気力もないほど、女傑の臀《しり》に敷かれてゐたのだらうか。彼は口にこそ出さないが、別れた妻の激しい自己中心主義を、オーストリアの街街の、マリア・テレジア尽《づく》しにたぐへてみた。空閑の言ふ通りだ。女帝の偉大な徳への鑽《さん》仰《ぎやう》の象徴と言へば聞えは良い。表向きはさうに違ひない。だが、さうして迎合せねば、生きてゆけぬ十八世紀であつたことも考へねばなるまい。まことにホテルまでマリア・テレジア。インスブルックの中心街にはこの名のホテルがある。

第二幕、試練を受けに行くタミーノを励まし、かつ戒めて、僧侶が歌ふあの二重唱。

「女の奸策から身を護れ。これが同志の第一の義務。賢明な男さへしばしば欺かれる。

心の備へをゆるがせにするからだ。最後には見捨てられ、貞潔は侮蔑を以て報いられる。無念さに苦しまうとも、与へられるのは絶望と死のみ」。かうなると女性憎悪と言ふよりも女性恐怖症に近からう。たしかに、この直後、三人の侍女は、タミーノに、まことしやかに告げる。「タミーノ、お聞きなさい。お前はもう駄目です。女王を忘れてはならぬ。坊主らのでたらめを聴きすぎました」とか、「彼らの仲間に加はつてゐると、現《うつ》身《しみ》のまま堕地獄」とか、禍禍《まがまが》しい囁きは、たとへばお人好しで単純なパパゲーノなどたちまちうろたへさせる。「魔笛」論者の誰彼が指摘するやうに、タミーノとパパゲーノは別人格でありながら、その背反する性格二つ併せて、実はモーツァルト自身であつた。影の形に添ふやうに現れ、愚行を繰返しつつ、この異様な、古代エジプト劇擬《もど》きの、大袈裟で時として陰惨、しばしば支離滅裂で愚劣なオペラの、唯一の救ひとなるのはパパゲーノの存在であつた。

空閑はシカネーダーなる人物に、モーツァルトにも増して、激しく興味を唆《そそ》られる。彼は劇場主であり台本作者であると同時に、歌手・俳優を兼ねてゐた。初演の折はパパゲーノを演じ歌つたといふ。またこの時の、夜の女王役は、モーツァルトの義姉ヨゼファ・ホーファー、またシカネーダーの兄が僧侶の一人に扮してゐた。モーツァルトがこの面妖なオペラの作曲を引受けた理由の一つは、共にフライマウラーの組織単位である結会《ロージェ》の一員であつたことにもよるが、今一つは、義姉が劇団所属の花形ソプラノであつたことも数へ得ると聞く。ちなみにモーツァルトは一七五六年生れ、シカネーダーは一七四八年生れ、八歳の差は適度な擬似兄弟関係の基調となるが、多分この二人の場合、シカネーダーは多芸多才、強引で世故《せこ》にたけ、実利に敏感で、行動力抜群、多分に俗物としての特徴も具へてゐたらう。稀代の神童がそのまま百年に一人の天才に生長し、めくるめく青春を迎へて終幕へなだれ落ちる、その寸前の三十代のモーツァルトは、彼にとつて弟も弟、時としては息子を幻覚するやうな若い友人であつたらう。「魔笛」を作曲させるために、劇場の近くに建ててあつた四阿《あづまや》風の家を提供し、様様に改造し、彼が作曲に没頭できるやうに、こまごまと気を配つたと伝へる。この辣腕家の目にも、天才作曲家の背後に漂ふ暗い影は見えてゐたのだらう。初演九月三十日、その指揮棒は作曲者自身が振つた。そして、六十数日後の十二月五日には、モーツァルトは、あの不気味な挿話を幾つか残して、世を去つた。あるいは命を断たれた。空閑は、「魔笛」の、得体の知れぬ渾沌の彼方に、天才モーツァルトの、中《うち》なるパパゲーノ、すなはち、俗人モーツァルトの、赤裸裸な、やりきれない人生の断片を幻想する。あの珠玉の音楽は、宮廷楽師の綺麗事から生れて来たものではない。

二十六歳で娶《めと》つたコンスタンツェは、破れた初恋の相手アロイジアの妹であつた。父も姉もその結婚を決して祝福しなかつた。新妻は経済観念ゼロ、三十過ぎの、次第に収入の道を狭められつつあつたモーツァルトの貧乏世帯を、彼女は切盛《きりもり》する才覚を持たなかつた。モーツァルト自身がひねた神童で、生活は下僕に任しておきたい方だつた。そのくせぞろぞろと六人も、この自堕落な女房に生ませ、その子らがまた、先天的な虚弱と、恐らくは母親の不手際も手伝つてか、次次と死に、残つたのは次男カルルと六男のヴォルフガングの二人。彼にとつて家庭とは天才の足を縛つて羽搏《はばた》かせまいとする檻であり、肉親とはその羽にまつはる黐《もち》であつた。空閑は、夭折の天才の、そのやうな、世俗の埃をかぶつた横顔を思ひ浮べる時、天上的な静けさと明るさに満ちた幾つかの音楽が、切ない。知る前から、聞く度に涙の溢れた交響曲第四十番ト短調が、彼の綻《ほころ》びのある若い晩年の日日を知つてからは、更に悲しく、中断することさへあつた。

「魔笛」のLPはまだ続いてゐる。もう終幕に近い。パパゲーノの独《ひと》り芝居のシーンだ。縊《い》死《し》を企てる男の、世にも陽気な歎き節、死を目の前に見ながら、なほ笛吹く鳥刺し男。七座夫人がまた珈琲を運んで来た。妻帯は懲り懲りのはずの、女嫌ひに徹したとか自称してゐた七座の、ふたたびの娶《めと》りも、「魔笛」の筋書改変以上に面妖な話だが、当の本人は「茶飲み友達」と放言してけろりとしてゐるし、夫人の方は、御想像に任せます、と嘯《うそぶ》いてすらりと逃げる。淡泊で気品があつて、しかも温いこの初老の、眉目美しい婦人の挙止を傍見してゐると、なるほどと会得することもあるにはある。

「さすがにディースカウは違ひますこと。こんな滑稽な長科白《ながぜりふ》でも、ちつともだれませんものね。なまじつかな、若い歌手だつたら、泥臭くつて聞いてゐられないのに。あら、私、知つたかぶりして、御免なさい。空閑さん、およろしければ、オールスパイスをきかせたクッキーお持ちしませうか。奥様には、シナモン入りより珈琲に向くつてお褒めいただきましたのよ。あ、それから珈琲お代りをどうぞ、三杯目はノワールで召上るとさつぱりしますわ」

紫磨子が皮肉な笑顔をつくりながら、クッキーの皿を捧げて現れた。多分この二人は、隣室にゐながら、二人の男の会話はもとより、以心伝心の、とある一部分も、敏感に捉へてゐたのではあるまいか。女達の立入禁止区域で、不可触の次元で、彼等が架空の、それゆゑに純粋で華麗な王国を築いてゐることに逸早《いちはや》く気づきながら、素知らぬ顔で、決して、敢へて深入りしようとせず、自在に振舞つてゐる。だからこそ空閑も、つきあつてゐられるのだらう。子供など造らず、愛の巣など考へず、醒めた、快い、そして何か欠落した「家庭」を営んでみようと、さう言ひ出した空閑に、紫磨子はあの時、さういふ「家庭」には、ワーグナーよりもモーツァルトがふさはしいのよと歌ふやうに言つたものだ。そして、それはある意味で的を射てゐたやうだ。

「『魔笛』に似たやうなお話つて沢山あるんですつてね。何でもヴィーラントといふ人の抒事詩には、同じ題名のまで伝はつてゐると聞きましたわ。ジングシュピールつてもともと、その辺の小父様小母様、子守娘に餓鬼大将まで、面白がつてくれれば大成功なんでせう。思想だとか主義だとか、深刻な顔して論じてゐたら、モーツァルトが迷惑するんぢやないか知ら。これに限らず、歌劇の作曲家は、もともと作曲だけで、その台本の優劣巧拙まで云云《うんぬん》されると、かへつて災難だし、間違ひのもとになると思ふの。残つてゐるのは勿論傑作ばかりだから、作曲者は台本作家の功績まで代つて讃へられてゐるケースが多いのよ。でも、私判らない。たとへばあの頃のモーツァルトに、お話の筋から細部まで、全部彼一人に考へさせるとしたら、出来上つたものは、案外こんなものぢやなかつたかとも思ふこともあるわ。天は二物は与へないものよ」

レコードは終りに近づく。第三十場「太陽寺院《ゾンネンテンペル》」の場、ザラストロが「太陽の輝きが夜を追ひ払ひ、偽善者の邪悪な力を摧《くだ》いた」と、謳《うた》ひ、次は僧侶達のコーラス、「浄められた人人よ万歳《ハイル》！」まさにめでたしめでたし。追はれた「夜」こそ良い面《つら》の皮。何と御都合のよい、安直な物語であらう、などと思ふのは、近代以後の小説の読み過ぎだ。ヒロインが必ず肺病で死に、死ぬ寸前まで、コロラチュラの超絶技巧を聞かせてくれる、ヴェルディやプッチーニ作曲の恋愛歌劇にしたところで、所詮、安直な点では五十歩百歩だと、七座は心の中で苦笑してゐる。同工異曲は数へ立てたらきりもあるまい。「オベロン」と呼ぶヴィーラントの抒事詩を粉本にして、シカネーダー劇場の端役《はやく》俳優は同名のジングシュピールを書いてゐる。魔法の角笛の力で、サルタンに捕はれた愛人を救出するといふ物語。しかも道化役が終始行動を共にして、彼も伴侶を授かる。ヴィーラントに「ジニスタン」なる童話集があり、中に「ルル、別名は『魔笛』」があるとも聞く。空閑は、「ユリシーズ」と「百合若大臣」のやうに、日本にも似たやうな筋は、古典の中にも、探せば沢山あるだらうし、それだからと言つて、別に、「魔笛」の価値に変りはあるまい。

むしろ、このオペラに教訓じみたものを盛りこみ、諷喩《ふうゆ》をちらちらさせるのは、多くの人の語るやうに、フライマウラーの思想のせゐだらう。不知不識《しらずしらず》に、導入せずはやまぬ気運にあつたのだらう。思へば、モーツァルトが「魔笛」の作曲に着手する前年、一七九〇年の二月二十日の墺国皇帝ヨーゼフ二世の崩御を契機として、フライマウラーは一切禁止された。この日から、この結社は文字通り「秘密結社」として地下にもぐり、弾圧され続けることになる。もしたとへば、三年前に「魔笛」が取上げられてゐたら、夜の女王は安泰であり、ザラストロは暴君といふ筋で推移した公算も大であらう。あらゆる信仰、すべての主義、権力者から睨まれ、逐はれ、虐げられた時、その時を記念するやうに、更に強力な信者・同志の結束・同盟を促し、その基礎は固められる。衰微に瀕し、放置しておけば自然消滅になつたはずの一邪教が、たまたま、ことのついでに弾圧をうけて、俄《にはか》に注目を浴び、非合法のまま次第に勢力を拡大したといふ、皮肉な例もある。七座夫人が、音楽の終るのを待つて入つて来る。冷水を満たした藍青玻璃のタンブラーに檸檬《レモン》の小車輪を浮べて、「魔笛」にほてつた心を冷やせとの意であらうか。彼女は七座に向つて、いつもの、煙つた微笑を見せ、呟くやうに言ふ。

「私、まだ十分に聴いたわけぢやありませんけど、たつた一つ判らないのは、肝腎の小道具の魔笛なの。だつて、お話を途中でがらりと変へて、ザラストロといふ人物を太陽の象徴のやうに祀《まつ》り上げたところで、頭隠して何とかみたいな気がしますのよ。モーツァルトはその辺どう考へてゐたんでせう」

男二人は、彼女の意中を仄《ほの》かに察しはするが、さて、どう応へるべきかに迷ふ。殊に七座は、滅多に聞かぬ、夫人の意見表明に、いささか困《こう》じてゐるらしい。その時、紫磨子がつと手を伸ばして、レコードの一枚目を抜き取り、ターンテーブルに載せ、暫《しばら》く盤面を眺めて、針を置く。第一枚目裏面、第一幕第八場のあたり。曲は過《あやま》たず、第一の侍女の言葉の始めであつた。パパゲーノの口枷《くちかせ》を取つてやつた直後、侍女は、タミーノに黄金の笛を渡すくだりだ。「王子様、これをお受け下さい。夜の女王の贈物です。この魔笛こそ、不幸に襲はれた時の貴方の護り」。続いて三人の侍女は魔笛授与の歓びの合唱、男二人も加はつて更に魔笛礼讃。そこまで来ると、紫磨子はレコードを止めた。七座夫人は、何も言はず、「いかが」と言ふやうに小首傾《かし》げて、空いた珈琲カップを銀盆に回収し始める。

いかに拒まうが嫌悪しようが、夜の女王の神通力は、このオペラ全体を終始支配してゐる。魔笛の所有者はもともと女王であり、タミーノに与へたのも彼女の恣意、延《ひ》いては慈悲、従つて、すべての登場人物は、夜の女王の掌《てのひら》の上で、何もしらずに、大袈裟な愁歎場を演じてゐたことになる。ザラストロも例外ではない。七座はがつくりする。何たる悪辣な笑劇《ファルス》であらう。

存命中のマリア・テレジアも、たとへば成立のゆゑよしを知つた上で、このオペラに耳を傾けたら、からからと打笑つたことであらう。フライマウラーの統領と目されてゐたフォン・ボルンは、恐らく怒髪天を衝《つ》いたことだらう。自分に擬《なぞら》へたといふザラストロはまさに虚仮《こけ》扱ひ。シカネーダーもモーツァルトも殺したくなつたらうと、彼は、ひとり頷く。空閑はそれを横目で見ながら、黄金色の輪切檸檬を噛みしめる。外は夜、すでに白い弦月が傾いてゐる。

我が師 塚本邦雄

皆川博子

一九七〇年代を中心にその前後数年、数えればおよそ二十年に亘《わた》るか、書店の棚の間を逍遙するのを何よりの楽しみとした時期があった。現代の名作を網羅した集英社版〈世界の文学〉全三十八巻、白水社の〈現代世界演劇〉全十八巻が刊行され、思潮社が〈現代詩文庫〉で尖鋭的な詩集を次々に出版し、ラテンアメリカ文学が矢継ぎ早に邦訳された。ホセ・ドノソを知り、ブルーノ・シュルツを知り、ジュリアン・グラックを知り、多田智満子を、吉岡実を、耽読した。日常の写実の平面から言葉の力で飛翔した作品たちであった。幻想小説は砂糖菓子のようなものと誤解されることがあるが、すぐれた幻想文学(小説のみならず、詩歌、戯曲などすべてを含めて)は、現実を深く認識することから生まれる、ときに辛辣な、ときに哀切な、ときに冷徹な、ときに美しい、批判であり表現である。

「短歌の革新を成し遂げた」(『菊帝悲歌 小説後鳥羽院』河出文庫・島内景二氏の解説)前衛歌人塚本邦雄の小説、エッセイ、論評が、相次いで上梓されたのもこのころであった。

文章は、内包する意味のみならず、文字から受ける感覚もまた重要な要素となることを、塚本邦雄師の『詞華美術館』によって私は識《し》ったのだった。『ことば遊び悦覧記』からは、文字の連なりを一つの意匠として楽しむことをまなんだ。「悦覧」がすでに「閲覧」を変えた独自の言葉であった。塚本邦雄第六歌集の題名が「管弦楽」を変奏した「感幻楽」であることを想起する。拙作短篇のタイトルを「水葬楽」としたのは、師のまねびである。本書に収められた『夏至遺文』、先に河出文庫で復刊された『紺青のわかれ』の目次も、言葉遊びの愉しさを識るよすがとなる。「失楽園」を反転させ「悦楽園」という言葉を創り出した『悦楽園園丁辞典』は、タイトルからして惹き込まれる瞬篇集であった。拙作「悦楽園」はこのタイトルから借用している。『薔薇色のゴリラ』はシャンソンを、著者が自らの感覚によって得た悦びを基に語る。

古典の知識乏しい身が『梁塵秘抄《りようじんひしよう》』『閑吟集』の魅力を知ったのは、塚本師の『君が愛せし　鑑賞古典歌謡』による。文語は、現代にあって口語に駆逐されつつある。もはや絶滅種に近いか。幼時から慣れていればさして難解ではないものを、と行政の方針をいつものことながら嘆く。古文の文法をことさらにまなぶのは退屈だけれど、吟唱や読書を通じて古い言葉、古い語法に馴染むのは楽しい。それをしも忌避するのか、と、つい口走ってしまう。

何と多くの悦びを塚本邦雄師の御著書から得てきたことか、と思い返す。

書店でいま、これらの著作を目にする機会は乏しい。知れば惹かれるであろう方々は、かならず存在する。未来形の潜在読者と呼ぼうか。

河出文庫がいま数々の作を蘇らせつつある。『十二神将変』(長篇ミステリ)、前述した『紺青のわかれ』(短篇集)、『菊帝悲歌』(歴史長篇)。そうして本文庫。『夏至遺文』は十七の瞬篇からなり、『トレドの葵』は数誌に載せた短篇を蒐《あつ》め、書き下ろしも収められている。書き下ろしの「石榴《ざくろ》」「空蟬《うつせみ》昇天」はそれぞれが数篇の瞬篇から成る。いずれも粗雑な言葉、表現を排した砂金である。

デジデリオやワッツを装画とした間村俊一氏のカバーデザインが、新しい読者の目を惹くこともあろう。潜在的読者も手をのべよう。

塚本師が後鳥羽院と並べてわが眷恋《けんれん》の歴史的人物シリーズと呼ぶレオナルド伝『獅子流離譚』、イエズス伝『荊冠伝説』も、いずれ蘇ろう。半世紀も前からの読者たちも、上梓当時にはまだ生を受けていなかった読者たちも、熱く迎えるだろう。

(みながわ・ひろこ　小説家)

解説　瞬篇小説という言葉の爆弾

島内景二

この文庫本には、『夏至遺文《げしいぶん》』と『トレドの葵《あおい》』という二冊の単行本を収録している。『夏至遺文』は、昭和四十九年六月に、塚本邦雄の盟友にして、編集・企画・装幀を担当する政田岑生《まさだきしお》が興した出版社である書肆季節社《しょしきせつしゃ》から、限定五百部で刊行された。

特筆すべきは、『夏至遺文』が、塚本邦雄の全盛期の著作物を支えた「精興社《せいこうしゃ》の活版印刷」の最初の記念碑だったことである。塚本美学は、この書物から始まったと言っても過言ではない。政田岑生の並々ならぬ意欲、あるいは執念が、この書を誕生させた。塚本ワールドは、「活版印刷文化」の最先端で美しく開花した。

活版印刷は、既にある活版（種字《たねじ》）を利用するだけではない。政田には、「ぜひともこういう字形に変えてほしい。塚本邦雄がそれを望んでいる」という、強い思いがあった。

政田が交渉相手としていた精興社の中村勉氏と、「この活字の形をもっと美しくするために、種字《たねじ》を彫り直してほしい」、「職人の技術の限界を超えている。これ以上は、職人の名誉のためにも種字の形を変えられない」などと、火花の散る会話を交わしているのを、私は恐る恐る、二人の横で聞いたことがある。

作者も編集者も印刷会社も、皆が鬼だった。『夏至遺文』は、鬼たちが作った本である。鬼たちが作った本を熱く迎えた読者たちもまた、鬼だった。この時代には、文学の鬼たちがいた。今も、いる。だからこそ、この文庫本が出版される。

「遺文」というタイトルを持つ小説としては、『夏至遺文』以前に、室生犀星『かげろうの日記遺文』（昭和三十四年）があるが、これは「遺書」ではなく、「古文」とか「異聞」などのニュアンスである。

『夏至遺文』以後には、井上靖『本覚坊遺文』（昭和五十六年）などの用例がある。塚本自身にも、『黄道遺文』（昭和五十五〜六年）という、毎月送本される「月読《つきよみ》小説集」があり、偶然ながら『本覚坊遺文』と執筆時期が重なっていた。

『夏至遺文』は、昭和五十三年四月、湯川書房から装幀を改めて、普及版が再版された。書肆季節社版と同じく、各ページが、三十字の十三行で印刷されている。ただし、「絵空」の内容は、書肆季節社版と湯川書房版とで、まったく別物になっている。

単行本では、どちらの『夏至遺文』にも、「塚本邦雄瞬篇小説集」と明記されている。収録されている十七篇の瞬篇小説のタイトルは、文字数が一字ずつ増減し、三角形の山が二つ、見事に造型されている。これは、二つ並んだ墓である。一つが、作者自らの生前の寿蔵だとすれば、もう一つは誰のものなのだろうか。

『トレドの葵』（昭和六十一年二月、花曜社）には、十一の作品が収められているが、そのうち『虹彩和音』と『空蟬昇天』は、かつて独立した単行本として刊行された瞬篇小説集である。

『虹彩和音』は、昭和五十一年六月、季刊「銀花」を出版していた文化出版局から、限定五百部で刊行された。A六判（文庫本と同じ大きさ）。函入りのハードカバーなのだが、「瞬篇小説集」にふさわしい体裁である。

入野《いりの》忠芳《ただよし》の彩色作品が装画として、巻頭に飾られている。「裂罅《れっか》」というシリーズの作品である。美術と音楽の交響が目指されている。入野は、広島在住の画家であり、政田岑生も広島出身の詩人だった。この年の二月、塚本と政田は、東洋工業（マツダ）PRのために、広島県各地を訪れている。政田が、塚本と入野を引き合わせ、塚本が気に入ったのだろう。また、広島は、戦時中、呉《くれ》市の広工廠《ひろこうしょう》に軍事徴用されていた塚本邦雄が、映画や書物を求めて訪れたことがあり、戦後も商社員として何度も訪れたことがあった。

「虹彩」は色彩、「和音」は音楽の領域である。文化出版局版では、目次に雅楽の「十二律」のそれぞれが書かれている。すなわち、「壱越《いちこつ》　純白」「断金《たんぎん》　淡青」「平調《ひやうでう》　紺碧」「勝絶《しょうぜつ》　紫紺」「下無《しもむ》　二藍」「双調《さうでう》　猩紅」「鳧鐘《ふしょう》　深朱」「黄鐘《わうじき》　黄丹」「鸞鏡《らんけい》　雄黄」「盤渉《ばんしき》　浅緑」「神仙《しんせん》　濃翠」「上無《かみむ》　漆黒」の十二である。ここでは、聴覚と色覚とが交響している。

なおかつ、十二の瞬篇小説の末尾には、短歌が置かれ、散文と韻文が交響している。巻頭には、「わかき日は白露ゆらら音《ね》にたちて虹彩に散るかなしみの色」という序歌が飾られ、『虹彩和音』というタイトルの由来を説明している。

このように、『虹彩和音』という瞬篇小説集は「歌集」でもあり「画集」でもあった。『空蟬昇天』は、昭和五十年十二月、書肆季節社から限定五百部で刊行。「塚本邦雄瞬篇小説集」、そしてラテン語で「TRANSLATIO」と明記されている。三島由紀夫の衝撃的な自決から、まだ五年しか経《た》っていない。皆が、転生と再生、新生を夢見ていた。

全部で十の瞬篇小説のタイトルは、季語である漢字二文字、冒頭に置かれた俳句も十四字で統一されている。作品の終わりには、柄澤齊《からさわひとし》の木口木版《こぐちもくはん》画が、十枚飾られている。文学と美術、散文と俳句が交響している。私が「版画」という不適切な表現を用いて、柄澤から「私の技法は木口木版と言うのです」と訂正された、恥ずかしい思い出がある。

神奈川県立近代美術館鎌倉などで開催された柄澤齊展（平成十八年）では、版画集『Translatio』が展示されていた。「一九七四年、作家蔵」というクレジットがあった。『空蟬昇天』の前年であるから、塚本は柄澤の作品を基に、想像を膨らませたのであろうか。この展覧会のパンフレット（チラシ）の裏面、左上に、この『Translatio』が印刷されている。

『空蟬昇天』は菊判の大きな本だが、文字は小さくて、わずか7ポイント。この小さな活字で、各ページが二十字の十五行の長方形に印刷されている。この長方形は、墓碑銘のようだ。この印刷方式で、「瞬篇」を視覚化している。生と死、現実と非現実が入り乱れ、入れ替わる瞬間を、言葉で写し取ろうとしている。

書肆季節社版『空蟬昇天』の奥付の前のページに押されている落款《らっかん》には、「悦楽園昧爽黄昏」という七文字が彫られている。

「悦楽園」とあるのは、昭和四十六年二月、薔薇十字社から刊行された『悦楽園園丁辞典』に基づく雅号である。『悦楽園園丁辞典』は、塚本邦雄の最初の「散文集」であるが、「反歌を伴なふ瞬篇小説集」が含まれる。

「瞬篇小説」は、塚本の造語であるだけでなく、最初期から用いていたことがわかる。短篇より短い小説を「ショートショート」、あるいは「掌篇《しょうへん》」と呼ぶことはあった。塚本は、意識して「瞬篇」と銘打っている。

塚本邦雄は、文学に志した当初から短篇を志向していた。戦時中に、広島県呉市の広工廠に軍事徴用されていた時代には、地方短歌誌に短歌作品を発表しながら、太宰治の『晩年』の短篇を、熱い渇きと共に愛読した。戦後も、川端康成の推薦で「人間」に発表された二十一歳の三島由紀夫の短篇『煙草』への羨望に身を灼いた。

塚本邦雄は、彼がまだ何者でもなかった戦前から、フランス映画とシャンソン、そして西洋美術を偏愛した。その時代から、短歌を創作する一方で、自分の得意領域である映画・音楽・美術を文学と掛け合わせることで、独自の夢の世界を紡ぎつつあった。

塚本が勤務する軍港都市の呉には、空襲が始まっていた。同僚や友人たちも次々に召集され、その中から戦死者も出た。その時期に、塚本が映画を愛する職場（又一《またいち》株式会社）の同僚（片桐太《ふとし》氏）に宛《あ》てて、書き送った膨大な書簡群がある。片桐は、塚本も認めるデザインの専門家だった。ある日の片桐への手紙には、次のような夢のプランが書かれている。遺族の片桐紀美子氏から私が寄託された資料の中に含まれる。

《徒然なるまゝに（暇な本にあらず）楽書《らくがき》を致しました。私の好きなアクトレスを頭に浮べて、たゞ何となく次の様《やう》な想ひの中に。

1．シモン……コ、アの香りの中に溶けてゆく、メロンの上の淡紅きクリイムか。その上にリラの花が散る。　たれに画《か》かせませう（乙女の湖）

2．マアゴ……コンガのリズム響きくる月明の砂漠に妖しく咲ける仙人掌《サボテン》の花か。ポオル・ゴォギャン画（情熱なき犯罪）

3．シャンタル……薄闇の中に散りゆく白きはなびら。そのはなびらの啜《すすり》なき。ス

ーティン画（アモック）
4. ディートリッヒ……蒼白き炎《ほのほ》の上に舞ふ蛾　アンドレ・ドゥラン画（鎧なき騎士）
5. バラン……刺繡入《いり》カーテン・レースの翳《かげ》の紫水晶の輝き　ロオランサン画（ペペ・ル・モコ）
6. ダミア……パリの裏街に匂へる悪の華　ギョルヂュ・ルオー画（モンパルナスの夜）》

ここには、海軍の艦船を製造していた多感な青年が、平和な時代が訪れたならば実現したいと願った夢の種子が、いくつもデッサンされている。ここで夢見られた物語の種子が発芽すれば、「瞬篇小説」になるのではないか。日本と西洋が重なり、映画と美術と音楽と文学が立体化する世界。それは虚構には違いないが、醜悪な現実を滅ぼす「黒《くろ》穂《ほ》」の役割を果たす悪夢の種子でもあった。

同じ頃、つまり、戦時中に軍事徴用されていた頃、塚本はコントのアイディアを、いくつも書き残している。これらは、岩手県北上市の日本現代詩歌文学館に所蔵されている。

《はい、申します。申します。(中略)はい、申します。今日こそは申します。》

これは、塚本が愛読した太宰治の『駈込《かけこ》み訴え』(昭和十五年)の、「申し上げます。申し上げます。(中略)はい、はい。落ちついて申し上げます」という文体を用いて、塚本が配属されている工廠の知識人上司の欺瞞を、告発している戯文である。

現実のあまりの悲惨さゆえに、この時期の塚本はパロディと笑いに走る傾向があった。

《『新篇西遊記』

主要登場人物　塚本苦人王

登場場所　孫県《ママ》空一行ガ支那ト印度トノ境ヲ進ミツ、アル時、ソノ進行ヲ妨ゲントシテ出ル森ノ悪者

年令　ソノ顔ノ変化ニヨリテ生レ立テノ赤ん坊ヨリ、今正《まさ》ニ死ナントスル老人ニ至ルマデ変幻自在デアル。本当ノ年ヲ知ル者、未《いま》ダナシ。》

このあと、「塚本苦人王」の性質、特技、服装、癖が、列挙されている。青年塚本「邦雄」が塚本「苦人王」、人を苦しめる魔王として、戯画化されている。

だが、パロディは、所詮パロディである。戦後の塚本は、現実の上に美を重ねる「本

歌取り」の手法を積極的に採用する。そのことで、現実世界を別乾坤《べっけんこん》、夏目漱石の『草枕』で言うところの「人でなしの国＝非人情」へと変容させようとした。先ほどは、塚本文学を、青麦畑を滅ぼす「黒穂」に喩えたが、蟬に寄生して「冬虫夏草《とうちゅうかそう》」を生じさせる菌に喩えることもできる。現実世界が蟬であり、塚本文学が冬虫夏草である。

黒穂は一粒から広がる。菌も同様である。漢字一字から、現実を越える「もう一つの世界」が立ち上がり、燎原《りょうげん》の火の如く広がってゆく。

『悦楽園園丁辞典』には、漢字一字のタイトルが多い。また、塚本にも、漢字の一字あるいは二字だけで作られた短歌がある。

錐・蠍・旱・雁・掏摸・檻・囮・森・橇・二人・鎖・百合・塵　　『感幻楽』

「り」の脚韻を持つ漢字が、それぞれ発芽し、成長すれば、そこに新しい物語のミクロコスモスが誕生する。

なお、この歌の草稿は、次のようなものだった。短歌研究文庫『文庫版　塚本邦雄全歌集　別巻Ⅱ』に収録予定の創作ノートに見られる。

針　蝎　錐　蟻　緑　槍　二人　檻　橇　飾《かざり》　森　香《かをり》　霧

配列順が、かなり違っている。また、「襟　幟《のぼり》　薬　祭　旱　芹　苦汁《にがり》　花ざかり」という推敲プランも書き込まれている。塚本は、言葉の遺伝子組み換えに没頭していた。日常言語を、美しい言葉や恐ろしい言葉に作り変えようとする執念には、凄まじいものがあった。それが、「瞬篇小説」の根底にある。

『トレドの葵』のもう一つの読みどころは、ヨーロッパ各地を実際に旅した体験が、どのように昇華しているか、という点である。昭和五十一年を皮切りに、毎年のようにヨーロッパを訪れた。

「風鳥座」と「トレドの葵」は、昭和五十二年に書かれている。想像の世界でひたすら夢み続けてきたヨーロッパを、塚本は現実の土地として眺め、歩いた。そのうえで、再び、想像の世界へと変容すべく、これらの作品を書いた。それは、瞬篇小説ではない。中篇と呼ぶべきだろう。

ただし、瞬篇小説と中篇小説をつなぐのは、「男と女の心の通い合わなさ」というテーマである。むろん、「男と男」、「女と女」の心も通い合わない。その騙し合いの無限連鎖が、たとえば瞬篇小説「石榴《ざくろ》」である。それゆえ、心が通い合う「刎頸《ふんけい》の友」を描いた作品は、尊い。そして、二人の友情を許さない世界のあやにくさが、悲しく浮かび上がる。

塚本邦雄は歌人である。俳句や詩も、小説も書いた。膨大な批評も残した。全方位で文学の冒険者だった塚本邦雄が、自ら命名するほどに愛したのが「瞬篇小説」である。この贅沢な文庫本では、その瞬篇小説の醍醐味が堪能できる。

梶井基次郎は、檸檬爆弾を作った。塚本邦雄の瞬篇小説の一つ一つも、美しい言葉の爆弾なのである。

（しまうち・けいじ　国文学者）

＊本書は、『夏至遺文』（一九七四年書肆季節社刊、一九七八年湯川書房刊、二〇〇〇年ゆまに書房刊『塚本邦雄全集』七巻に収録）と、『トレドの葵』（一九八六年花曜社刊、一九九九年ゆまに書房刊『塚本邦雄全集』六巻に収録）を合冊の上、正字正仮名を新字正仮名とし、文庫化したものです。
＊文庫化に際しては底本を全集とし、著作権継承者の承諾を得て、原文にはない読み仮名を、歴史的仮名づかいで加えました。
＊今日では配慮すべき必要のある表現も含まれますが、作品発表当時の状況に鑑み、原文通りとしております。

夏《げ》至《し》遺《い》文《ぶん》 トレドの葵《あおい》

二〇二三年 六 月一〇日 初版印刷
二〇二三年 六 月二〇日 初版発行

著 者 塚本邦雄《つかもとくにお》
発行者 小野寺優
発行所 株式会社河出書房新社
〒一五一－〇〇五一
東京都渋谷区千駄ヶ谷二－三二－二
電話〇三－三四〇四－八六一一（編集）
〇三－三四〇四－一二〇一（営業）
https://www.kawade.co.jp/

ロゴ・表紙デザイン 粟津潔
本文フォーマット 佐々木暁
本文組版 株式会社創都
印刷・製本 中央精版印刷株式会社

Printed in Japan ISBN978-4-309-41970-1

十二神将変

塚本邦雄　41867-4

ホテルの一室で一人の若い男が死んでいた。所持していた旅行鞄の中には十二神将像の一体が……。秘かに罌粟を栽培する秘密結社が織りなすこの世ならぬ秩序と悦楽の世界とは？　名作ミステリ待望の復刊！

紺青のわかれ

塚本邦雄　41893-3

失踪した父を追う青年、冥府に彷徨いこんだ男と禁忌を破った男、青に溺れる師弟、蠢く与那国蚕――愛と狂気の世界へといざなう十の物語。現代短歌の巨星による傑作短篇集、ついに文庫化。

菊帝悲歌

塚本邦雄　41932-9

帝王のかく閑かなる怒りもて割く新月の香のたちばなを――新古今和歌集の撰者、菊御作の太刀の主、そして承久の乱の首謀者。野望と和歌に身を捧げ隠岐に果てた後鳥羽院の生涯を描く、傑作歴史長篇。

契丹伝奇集

中野美代子　41839-1

変幻自在な暗殺者、宋と現代日本とを流転する耀変天目、滅びゆく王国の姿を見せぬ王と大伽藍、砂漠を彷徨う二人の男……中国・中央アジアを舞台に、当代きっての中国文化史家が織りなす傑作幻想小説集。

完本　酔郷譚

倉橋由美子　41148-4

孤高の文学者・倉橋由美子が遺した最後の連作短編集『よもつひらさか往還』と『酔郷譚』が完本になって初登場。主人公の慧君があの世とこの世を往還し、夢幻の世界で歓を尽くす。

第七官界彷徨

尾崎翠　40971-9

「人間の第七官にひびくような詩」を書きたいと願う少女・町子。分裂心理や蘚の恋愛を研究する一風変わった兄弟と従兄、そして町子が陥る恋の行方は？　忘れられた作家・尾崎翠再発見の契機となった傑作。

琉璃玉の耳輪

津原泰水　尾崎翠〔原案〕　41229-0

３人の娘を探して下さい。手掛かりは、琉璃玉の耳輪を嵌めています——女探偵・岡田明子のもとへ迷い込んだ、奇妙な依頼。原案・尾崎翠、小説・津原泰水。幻の探偵小説がついに刊行！

オイディプスの刃

赤江瀑　41709-7

夏の陽ざかり、妖刀「青江次吉」により大迫家の当主と妻、若い研師が命を落とした。残された三人兄弟は「次吉」と母が愛したラベンダーの香りに運命を狂わされてゆく。幻影妖美の傑作刀剣ミステリ。

妖櫻記 上

皆川博子　41554-3

時は室町。嘉吉の乱を発端に、南朝皇統の少年、赤松家の姫、活傀儡に異形ら、死者生者が入り乱れ織り成す傑作長篇伝奇小説、復活！

妖櫻記 下

皆川博子　41555-0

阿麻丸と桜姫は京に近江に流転し、玉琴の遺児清玄は桜姫の髑髏を求める中、後南朝の二人の宮と玉璽をめぐって吉野に火の手が上がる……！　応仁の乱前夜を舞台に当代きっての語り手が紡ぐ一大伝奇、完結篇

現代語訳 南総里見八犬伝　上

曲亭馬琴　白井喬二〔現代語訳〕　40709-8

わが国の伝奇小説中の「白眉」と称される江戸読本の代表作を、やはり伝奇小説家として名高い白井喬二が最も読みやすい名訳で忠実に再現した名著。長大な原文でしか入手できない名作を読める上下巻。

現代語訳 南総里見八犬伝　下

曲亭馬琴　白井喬二〔現代語訳〕　40710-4

全九集九十八巻、百六冊に及び、二十八年をかけて完成された日本文学史上稀に見る長篇にして、わが国最大の伝奇小説を、白井喬二が雄渾華麗な和漢混淆の原文を生かしつつ分かりやすくまとめた名抄訳。

八犬伝 上

山田風太郎　41794-3

宿縁に導かれた八人の犬士が悪や妖異と戦いを繰り広げる雄渾豪壮な『南総里見八犬伝』の「虚の世界」。作者・馬琴の「実の世界」。鬼才・山田風太郎が二つの世界を交錯させながら描く、驚嘆の伝奇ロマン！

八犬伝 下

山田風太郎　41795-0

仇と同志を求め、離合集散する犬士たち。息子を失いながらも、一大決戦へと書き進める馬琴を失明が襲う——古今無比の風太郎流『南総里見八犬伝』、感動のクライマックスへ！

信玄忍法帖

山田風太郎　41803-2

信玄が死んだ⁉　徳川家康は真偽を探るため、伊賀忍者九人を甲斐に潜入させる。迎え撃つは軍師山本勘介、真田昌幸に真田忍者！　忍法春水雛、煩悩鐘、陰陽転…奇々怪々な超絶忍法が炸裂する傑作忍法帖！

外道忍法帖

山田風太郎　41814-8

天正少年使節団の隠し財宝をめぐって、天草党の伊賀忍者15人、由比正雪配下の甲賀忍者15人、大友忍法を身につけた童貞女15人による激闘開始！怒濤の展開と凄絶なラストが胸を打つ、不朽の忍法帖！

忍者月影抄

山田風太郎　41822-3

将軍の妾を衆目に晒してやろう。尾張藩主宗春の謀を阻止せんと吉宗は忍者たちに密命を下す！氷の忍者と炎の忍者の洋上対決、夢を操る忍者と鏡に入る忍者の永劫の死闘など名勝負連発、異能バトルの金字塔！

黒衣の聖母

山田風太郎　日下三蔵〔編〕　41857-5

「戦禍の凄惨、人間の悲喜劇　山風ミステリはこんなに凄い！」——阿津川辰海氏、脱帽。戦艦で、孤島で、焼け跡で、聖と俗が交錯する。2022年生誕100年、鬼才の原点！

赤い蠟人形

山田風太郎　日下三蔵〔編〕　41865-0

電車火災事故と人気作家の妹の焼身自殺。二つの事件を繫ぐ驚愕の秘密とは。表題作の他「30人の3時間」「新かぐや姫」等、人間の魂の闇が引き起こす地獄を描く傑作短篇集。

十三角関係

山田風太郎　41902-2

娼館のマダムがバラバラ死体で発見された。夫、従業員、謎のマスクの男ら十二人の誰が彼女を十字架にかけたのか？　酔いどれ医者の名探偵・荊木歓喜が衝撃の真相に迫る、圧巻の長篇ミステリ！

帰去来殺人事件

山田風太郎　日下三蔵〔編〕　41937-4

驚嘆のトリックでミステリ史上に輝く「帰去来殺人事件」をはじめ、「チンプン館の殺人」「西条家の通り魔」「怪盗七面相」など名探偵・荊木歓喜が活躍する傑作短篇8篇を収録。

心霊殺人事件

坂口安吾　41670-0

傑作推理長篇「不連続殺人事件」の作家の、珠玉の推理短篇全十作。「投手殺人事件」「南京虫殺人事件」「能面の秘密」など、多彩。「アンゴウ」は泣けます。

復員殺人事件

坂口安吾　41702-8

昭和二十二年、倉田家に異様な復員兵が帰還した。その翌晩、殺人事件が。五年前の轢死事件との関連は？　その後の殺人事件は？　名匠・高木彬光が書き継いだ、『不連続殺人事件』に匹敵する推理長篇。

黒死館殺人事件

小栗虫太郎　40905-4

黒死館を襲った血腥い連続殺人事件の謎に、刑事弁護士法水麟太郎がエンサイクロペディックな学識を駆使して挑む。本邦三大ミステリの一つ、悪魔学と神秘科学の一大ペダントリー。

二十世紀鉄仮面

小栗虫太郎　41547-5

九州某所に幽閉された「鉄仮面」とは何者か、私立探偵法水麟太郎は、死の商人・瀬高十八郎から、彼を救い出せるのか。帝都に大流行したペストの陰の大陰謀が絡む、ペダンチック冒険ミステリ。

人外魔境

小栗虫太郎　41586-4

暗黒大陸の「悪魔の尿溜」とは？　国際スパイ折竹孫七が活躍する、戦時下の秘境冒険ＳＦファンタジー。『黒死館殺人事件』の小栗虫太郎、もう一方の代表作。

法水麟太郎全短篇

小栗虫太郎　日下三蔵〔編〕　41672-4

日本探偵小説界の鬼才・小栗虫太郎が生んだ、あの『黒死館殺人事件』で活躍する名探偵・法水麟太郎。老住職の奇怪な死の謎を鮮やかに解決する初登場作「後光殺人事件」より全短篇を収録。

紅殻駱駝の秘密

小栗虫太郎　41634-2

著者の記念すべき第一長篇ミステリ。首都圏を舞台に事件は展開する。紅駱駝氏とは一体何者なのか。あの傑作『黒死館殺人事件』の原型とも言える秀作の初文庫化、驚愕のラスト！

絶対惨酷博覧会

都筑道夫　日下三蔵〔編〕　41819-3

律儀な殺し屋、凄腕の諜報員、歩く死体、不法監禁からの脱出劇、ゆすりの肩がわり屋……小粋で洒落た犯罪小説の数々。入手困難な文庫初収録作品を中心におくる、都筑道夫短篇傑作選。

ヰタ・マキニカリス

稲垣足穂　41500-0

足穂が放浪生活でも原稿を手放さなかった奇跡の書物が文庫として初めて一冊になった！　「ヰタとは生命、マキニカリスはマシーン（足穂）」。恩田陸、長野まゆみ、星野智幸各氏絶賛の、シリーズ第一弾。

少年愛の美学　A感覚とV感覚

稲垣足穂　41514-7

永遠に美少年なるもの、A感覚、ヒップへの憧憬……タルホ的ノスタルジーの源泉ともいうべき記念碑的集大成。入門編も併禄。恩田陸、長野まゆみ、星野智幸各氏絶賛の、シリーズ第２弾！

天体嗜好症

稲垣足穂　41529-1

「一千一秒物語」と「天体嗜好症」の綺羅星ファンタジーに加え、宇宙論、ヒコーキへの憧憬などタルホ・コスモロジーのエッセンスを一冊に。恩田陸、長野まゆみ、星野智幸各氏絶賛シリーズ第三弾！

日本の悪霊

高橋和巳　41538-3

特攻隊の生き残りの刑事・落合は、強盗容疑者・村瀬を調べ始める。八年前の火炎瓶闘争にもかかわった村瀬の過去を探る刑事の胸に、いつしか奇妙な共感が……“罪と罰”の根源を問う、天才作家の代表長篇！

海鰻荘奇談

香山滋　41578-9

ゴジラ原作者としても有名な、幻想・推理小説の名手・香山滋の傑作選。デビュー作「オラン·ペンデクの復讐」、第一回探偵作家クラブ新人賞受賞「海鰻荘奇談」他、怪奇絢爛全十編。

毒薬の輪舞

泡坂妻夫　41678-6

夢遊病者、拒食症、狂信者、潔癖症、誰も見たことがない特別室の患者——怪しすぎる人物ばかりの精神病院で続発する毒物混入事件でついに犠牲者が……病人を装って潜入した海方と小湊が難解な事件に挑む！

日影丈吉傑作館

日影丈吉　41411-9

幻想、ミステリ、都市小説、台湾植民地もの…と、類い稀なユニークな作風で異彩を放った独自な作家の傑作決定版。「吉備津の釜」「東天紅」「ひこばえ」「泥汽車」など全13篇。

パノラマニア十蘭

久生十蘭　41103-3

文庫で読む十蘭傑作選、好評第三弾。ジャンルは、パリ物、都会物、戦地物、風俗小説、時代小説、漂流記の十篇。全篇、お見事。

シメール

服部まゆみ　41659-5

満開の桜の下、大学教授の片桐は精霊と見紛う少年に出会う。その美を手に入れたいと願う彼の心は、やがて少年と少年の家族を壊してゆき——。陶酔と悲痛な狂気が織りなす、極上のゴシック・サスペンス。

くるみ割り人形とねずみの王様

E・T・A・ホフマン　種村季弘〔訳〕　46145-8

チャイコフスキーのバレエで有名な「くるみ割り人形」の原作が、新しい訳でよみがえる。「見知らぬ子ども」「大晦日の冒険」をあわせて収録したホフマン幻想短篇集。冬の夜にメルヘンの贈り物を！

見えない都市

イタロ・カルヴィーノ　米川良夫〔訳〕　46229-5

現代イタリア文学を代表し世界的に注目され続けている著者の名作。マルコ・ポーロがフビライ汗の寵臣となって、様々な空想都市（巨大都市、無形都市など）の奇妙で不思議な報告を描く幻想小説の極致。

百頭女

マックス・エルンスト　巖谷國士〔訳〕　46147-2

ノスタルジアをかきたてる漆黒の幻想コラージュ——永遠の女・百頭女と怪鳥ロプロプが繰り広げる奇々怪々の物語。二十世紀最大の奇書。瀧口修造・澁澤龍彥・赤瀬川原平・窪田般彌・加藤郁乎・埴谷雄高によるテキスト付。

歩道橋の魔術師

呉明益　天野健太郎〔訳〕　46742-9

1979年、台北。中華商場の魔術師に魅せられた子どもたち。現実と幻想、過去と未来が溶けあう、どこか懐かしい極上の物語。現代台湾を代表する作家の連作短篇。単行本未収録短篇を併録。